Ophelia Nachtgesang

Gesa Schwartz wurde 1980 in Stade geboren. Sie hat Deutsche Philologie, Philosophie und Deutsch als Fremdsprache studiert. Ihr besonderes Interesse galt seit jeher dem Genre der Phantastik. Nach ihrem Abschluss begab sie sich auf eine einjährige Reise durch Europa auf den Spuren der alten Geschichtenerzähler. Für ihr Debüt »Grim. Das Siegel des Feuers« erhielt sie den Deutschen Phantastik Preis in der Sparte Bestes deutschsprachiges Romandebüt. Seither wurden ihre Bücher mehrfach ausgezeichnet und in viele Sprachen übersetzt. Gesa Schwartz lebt mit ihrer Familie in Hamburg und schreibt am liebsten in ihrem Zirkuswagen.

Von Gesa Schwartz ebenfalls bei Planet! erschienen:

Emily Bones – Die Stadt der Geister

Mehr über unsere Bücher, Autor*innen und Illustrator*innen auf: www.planet-verlag.de

1

Zur dreizehnten Stunde

Dieser verfluchte Regen!

Ophelia Nachtgesang schaute aus dem Fenster in die Finsternis und machte ein Gesicht, das selbst für eine Dunkle Fee außerordentlich düster aussah. Normalerweise hatte sie nichts gegen den Regen. Jedenfalls nicht, solange er ihr vom Leib blieb. Doch heute Nacht musste sie vor die Tür. Und als Dunkle Fee brauchte sie nicht vieles zu fürchten, aber die fiesen kleinen Regentropfen brannten auf ihrer Haut wie glühende Nadeln. Sie schüttelte sich, als sie nur daran dachte.

»He« sagte sie zu ihrem Spiegelbild, das sie wütend anstarrte. »Was nützen dir all deine magischen Kräfte, wenn du dich vor dem Regen verstecken musst? Kannst du ihn nicht erschrecken, damit er verschwindet? Gruselig genug siehst du heute schließlich aus!«

Womit sie vollkommen recht hatte. Ihr langes weißes Haar fiel über ihr ebenfalls weißes Kleid bis auf ihre Hüfte hinab. Ihre Haut ließ ein feines Geflecht dunkler Adern durchschimmern. Und ihre Augen glühten so rot wie das herrlichste Höllenfeuer. Allerdings kümmerte den Regen das herzlich wenig, das wusste sie, und ihr Spiegelbild presste statt einer Antwort bloß die Lippen zusammen.

»War ja klar, dass du mich hängen lässt«, murmelte Ophelia. »Was erwarte ich auch anderes von dir?«

Ihr Spiegelbild streckte ihr die Zunge heraus und Ophelia drehte sich um. So weit war es gekommen: Sie redete mit ihrem Spiegelbild, weil sie Angst vor dem Regen hatte! Das durfte sie niemandem erzählen. Immerhin war es allgemein bekannt, dass Spiegelbilder nur Blödsinn im Kopf hatten und viel lieber in der Spiegelwelt herumgeisterten, statt unzufriedene Feen zu spiegeln. Außerdem musste Ophelia nun einmal hinaus in den Regen, ob sie wollte oder nicht. Da gab es nichts dran zu rütteln. Wenn sie Pech hatte – und davon hatte sie für gewöhnlich jede Menge –, war der Regen in dieser Nacht noch ihr kleinstes Problem.

Sie warf einen Blick auf die Ascheflocken, die sich mitten im Zimmer zusammengekrümelt hatten. Vor nicht allzu langer Zeit waren sie in Form eines rabenschwarzen Briefumschlags zu Ophelias Eiche geflattert. (Als Dunkle Fee in Ausbildung wohnte sie standesgemäß in diesem alten Baum, wobei er innen viel größer war, als man es von außen gedacht hätte. Zwar zog es gewaltig durch die dünnen Fenster. Doch es gab genug Platz für alles, was Ophelia brauchte, und außerdem noch für Hedwig und

Konstantin, zwei Spinnen, die so etwas wie Haustiere für Ophelia geworden waren – nur in der Dunkelfeevariante). Kaum hatte Ophelia nun also die Tür geöffnet, hatte sich der Umschlag entfaltet und einen Brief präsentiert, ebenfalls schwarz und mit glühenden Buchstaben bedeckt, die Ophelia auch jetzt noch einen Schauer über den Rücken schickten. Und das hatte in dem Brief gestanden:

Aufgrund der Vorkommnisse in der Dunkelheit wird Ophelia Nachtgesang zur dreizehnten Stunde im Schwarzen Zirkel erwartet. Pünktlich!
Gezeichnet: Demetrius

Ophelia knirschte beim Gedanken an das unterstrichene *Pünktlich!* mit den Zähnen. Sie wusste genau, dass Dorothy dafür verantwortlich war, die unerträgliche Assistentin von Demetrius. Aber sein Name genügte, um Ophelias Zorn in Luft aufzulösen und ihr stattdessen ein Musterbeispiel von einem Kloß im Hals zu bescheren. Demetrius war nicht nur einer der mächtigsten Fae, die die Anderwelt je gesehen hatte. Er war außerdem der Leiter des Schwarzen Zirkels. Das war der Bund der ältesten und stärksten Dunkelfeen. Gemeinsam mit dem Rat des Lichts, dem Zusammenschluss der Hellen Feen, sorgte er dafür, dass sich jedes Anderwesen an die Spielregeln hielt.

Davon gab es jede Menge, und die meisten waren auch nötig, um das Zusammenleben mit den Menschen nicht zu gefährden. Denn die meisten Menschen hatten keine Ahnung davon, dass es Kreaturen wie Feen überhaupt gab. Die Anderwelt war durch einen magischen Schleier von der Menschenwelt getrennt. Und wenn man die Menschen kannte, brauchte man nicht lange zu überlegen, um zu begreifen, dass das auch besser so war. Immerhin neigten die Menschen dazu, ihre Nasen in Dinge zu stecken, die sie nichts angingen, und jede Menge Unheil anzurichten. Jedenfalls hatte Demetrius den Schwarzen Zirkel fest im Griff, genauso wie all die Delinquenten, die seine Regeln auf die eine oder andere Art missachtet hatten. Damit war Demetrius zweifelsohne derjenige, der Ophelia schon viel zu oft die Leviten gelesen hatte, wenn sie in der Dunkelheit versagt hatte. Was häufig vorkam. Zu häufig möglicherweise.

»Blödsinn«, murmelte Ophelia und schluckte den Kloß im Hals hinunter. Sie versuchte sich einzureden, dass sie schon oft in derselben Lage gewesen war. Aber sie wusste, dass das nicht stimmte. Das, was zuletzt in der Dunkelheit passiert war, würde Folgen haben. Ernste Folgen.

Sie schaute zu den Ascheflocken hinüber. Der Brief hatte sich selbst verbrannt, kaum dass sie ihn gelesen hatte. Ihr wurde abwechselnd heiß und kalt, doch es nützte alles nichts. Wenn Demetrius ihr dasselbe Schicksal wie dem Brief angedacht hatte, konnte sie es sowieso bisher. Im Gegenteil. Er prasselte nur so auf sie nieder, als sie über die Wiese hastete. Dabei machte sie von ihrer Fähigkeit zu schweben Gebrauch, musste sich aber immer wieder abstoßen, um schneller voranzukommen. Und jedes verfluchte Mal tauchte sie versehentlich mit dem Fuß in eine Pfütze, die tief genug war, um ordentlich Wasser in ihre Stiefel schwappen zu lassen.

Die Akademie thronte in spöttischer Erhabenheit hoch über ihr auf dem Vulkanfelsen. Für die Menschen stand dort oben das Schloss von Edinburgh, doch Ophelia sah die Akademie in all ihrer Pracht: die Türmchen, Erker und Zinnen, in denen sie in den letzten Monaten ausgebildet worden war. Ein Ort des Wissens. Und der bitteren Niederlagen.

»Du bist spät dran«, krächzte es neben ihr.

Vor Schreck landete Ophelia mit beiden Füßen in einer Pfütze. Das Wasser spritzte an ihr hoch und durchnässte den Saum ihres Kleides. Ärgerlich schaute Ophelia zu dem Raben hinüber, der auf dem untersten Ast einer Birke saß. Er hatte den Kopf schiefgelegt und sah außerordentlich vergnügt aus.

»Tiberius«, sagte Ophelia. »Ich habe jetzt keine Zeit.« Damit setzte sie ihren Weg fort.

Der Rabe flog ihr nach und landete mit leisem Krächzen auf ihrer Schulter. »Mein Reden. Du kommst zu spät, wenn du dich nicht beeilst. Aber das tust du ja, wie ich sehe. Du bist ganz schön flott unterwegs.«

»Ich wäre noch viel schneller, wenn nicht ein dicker Rabe auf meiner Schulter sitzen würde.«

Tiberius zog beleidigt den Kopf ein. »Ich bin nicht dick. Mein Gefieder ist nur außergewöhnlich voluminös. Außerdem dachte ich, du könntest seelischen Beistand gebrauchen.«

»Lass mich bloß mit Seelenkram in Ruhe«, murrte Ophelia. »Davon kann ich mir gleich noch genug anhören.«

»Oh ja«, meinte Tiberius. »Seelen sind das Lieblingsthema des Schwarzen Zirkels. Was kein Wunder ist. Immerhin beschäftigt ihr Dunkelfeen euch mit kaum etwas anderem.«

»Das ist nicht wahr«, widersprach Ophelia. »Aber es ist nun mal unsere Aufgabe, die Seelen Verstorbener in die Totenwelt zu führen.«

»Eine sehr ehrenwerte Aufgabe im Übrigen. Ich bin ein Rabe, ich bin in vielen Welten zu Hause. Ich weiß, wovon ich rede.«

Ophelia seufzte. »Noch viel ehrenwerter wird die Aufgabe, wenn man sie auch erfüllt. Bisher habe ich das nicht besonders gut hinbekommen, wie du weißt.«

Das wusste Tiberius in der Tat. Er war ihr Freund und bestens über all ihre Fehltritte informiert. Aber sie störten ihn überhaupt nicht. Kurz nach ihrer Ankunft in der Stadt hatte sie ihm im Kampf gegen ein paar Krähen beigestanden, und seitdem war er der festen Überzeugung, dass sie eine Heldin war. Es war sinnlos, ihn von dieser Ansicht abbringen zu wollen, denn es gab niemanden mit einem größeren Dickschädel. Hatte Tiberius einmal eine Meinung zu etwas, war sie in Stein gemeißelt. Er war eben ein Rabe.

»Es ist noch kein Seelenführer vom Himmel gefallen«, krächzte er jetzt. »Das kannst du dem edlen Schwarzzirkel gern von mir ausrichten.«

Ophelia lächelte, und das lag nicht nur an Tiberius' kämpferischem Ton. Denn jetzt hatten sie die Wiese hinter sich gelassen und vor ihnen lag die Stadt mit ihren verwinkelten Gassen und all ihren Geheimnissen. Ophelia spürte dasselbe Kribbeln, das sie vom ersten Moment an bei diesem Anblick überkommen hatte: dieses Gefühl, stets nur einen winzigen Schritt von einem fantastischen Abenteuer entfernt zu sein.

Sie wechselte mit Tiberius einen Blick, denn sie wusste, dass er genauso empfand. Und sie spürte noch einmal den Entschluss, den sie bei ihrer Ankunft in dieser Stadt gefasst hatte: Sie würde sich nicht unterkriegen lassen – von nichts und niemandem.

Tiberius rieb sanft seinen Kopf an ihrer Wange zum Zeichen, dass er ihre Gedanken erraten hatte. Und mit einem einzigen Schritt tauchte Ophelia in das Gassengewirr der Stadt ein.

2

In der Unterwelt

Ophelia lief durch die schmalen Gassen und holte tief Luft. Sie liebte den Geruch dieser Stadt, der ihr sofort in Erinnerung rief, woher Dùn Èideann ihren Spitznamen hatte: *Auld Reekie*, die Alte Verräucherte, wie die Menschen sie nannten. Natürlich hatten diese nicht den blassesten Schimmer, dass dieser Kosename eigentlich von den Anderwesen stammte. Genau genommen von den Kobolden, die in ferner Vergangenheit verbotenerweise Schnapsbrennereien in vielen Häusern der Stadt betrieben hatten, was zu einem immerwährenden Rauch über den Dächern geführt hatte. Irgendwann hatten die herrschenden Feen dem ein Ende gesetzt. Aber Ophelia konnte den Duft noch immer riechen, und er hellte ihre Stimmung ebenso auf wie die Atmosphäre, die in diesen Gassen herrschte.

Schon für Menschen mussten die uralten Häuser, die kopfsteingepflasterten Straßen und die verwinkelten Hinterhöfe verzaubert wirken. Doch Ophelia nahm nicht nur die Gebäude der Menschen wahr, die größtenteils so eng beisammenstanden, dass kaum ein Sonnenstrahl den Boden der schmalen Straßen erreichte. Sondern sie sah auch all die verborgenen Gässchen, Portale und Häuser, die die Stadt in ein magisches Refugium verwandelten. Und das galt nicht nur für ihre oberirdischen Gefilde. Denn das wahre Gesicht der Anderwelt offenbarte sich erst unter den Straßen der Stadt.

Zügig schwebte Ophelia mit Tiberius durch ein schmiedeeisernes Tor, hinter dem scheinbar ein verlassener Hinterhof lag. Aber kaum dass sie das Tor passiert hatten, führten breite Stufen in die Tiefe, unter dem Fundament der Häuser hindurch. Ophelia eilte sie hinab, erleichtert, dem Regen zu entkommen. Sie streifte ihre Kapuze zurück. Und da breitete sich die Vergessene Gasse vor ihr aus – die unterirdische Hauptstraße der anderweltlichen Innenstadt, die besonders nachts zu buntem Leben erwachte.

Die Gasse wurde zu beiden Seiten von den vielgestaltigsten Häusern gesäumt. Bunte Holzhäuschen reihten sich an rußgeschwärzte Gebäude, diese wiederum an Türme mit Gittern vor den Fenstern. Früher hatten Menschen in diesen Wohnungen gelebt. Doch dann war die Stadt größer geworden und viele Gassen waren mitsamt ihrer Häuser als Fundamente für darüberliegende Gebäude verwendet worden. Seitdem lagen diese Häuser unter Tage. Und als die Menschen sich aus ihnen zurückgezogen hatten, übernahmen die Anderwesen sie und schufen ein gewaltiges Labyrinth von Straßen im Untergrund, dessen Mittelpunkt seit jeher die Vergessene Gasse war.

Hier lebten Alchemisten und Magier, es gab anderweltliche Pubs und Geschäfte, und hin und wieder steckte ein altes Gnomenweibchen neugierig den Kopf aus dem Fenster. Selbst Wäsche hing zum Trocknen zwischen den Gebäuden, fast genauso wie in den Straßen der Menschen. Nur dass es hier unten keinen Himmel gab, jedenfalls keinen, über den Sonne und Mond zogen. Stattdessen flirrten Schwärme von Irrlichtern darüber hinweg. Es war eben der Himmel der Unterwelt.

Ophelia liebte diesen Trubel und hätte am liebsten stundenlang in den zahlreichen Trödelgeschäften gestöbert. Aber sie tat es nur selten und auch dann nur heimlich, denn eine anständige Dunkle Fee hatte für Müßiggang und Klimbim nichts übrig. Deshalb – und weil sie außerdem viel zu oft viel zu spät dran war – bewegte sie sich meistens im Eiltempo durch die Vergessene Gasse.

So auch jetzt. Mit Tiberius auf der Schulter wich sie rasch den Anderwesen aus, die ihr in bunter Vielfalt entgegenkamen. Kobolde. Hexen. Geister. Und natürlich Feen. Helle, Dunkle und alle dazwischen. Sie hatte gerade den größten Trubel hinter sich gelassen, als eine Gestalt am Ende der Gasse ihre Aufmerksamkeit bannte.

Es war ein Dunkler Fae, hochgewachsen, das ebenholzfarbene Haar zurückgebunden. Er trug einen schwarzen

Gehrock. Sein Gesicht war ebenmäßig und blass und seine Augen waren rot wie angefachte Kohlen. Obwohl er sich mitten in der Menge befand, sah Ophelia nichts anderes mehr als ihn – auch nicht den koboldschen Tuchhändler, der vor seinem Laden stand und ihr nicht mehr rechtzeitig ausweichen konnte. Sie lief mitten in ihn hinein.

»Sapperlot, diese Jugend!« Der Händler warf seine Ärmchen in die Luft. Naturgemäß war er als Kobold ziemlich klein. Er reichte Ophelia gerade einmal bis zur Brust. Doch das bedeutete nicht, dass man ihn einfach übersehen durfte, wie er nun lautstark verkündete.

»Es tut mir leid«, flüsterte Ophelia. »Wirklich!«

Sie wollte noch mehr sagen, wurde aber von einer Horde herandrängender Hexen weitergeschoben. In einem der Zauberläden gab es Besen zum Sonderpreis und die Hexen waren zu allem bereit.

Ophelia rettete sich an den Rand der Gasse und stellte erleichtert fest, dass der Dunkle Fae nichts von ihrem Zusammenstoß mitbekommen hatte.

»Du benimmst dich unmöglich«, stellte Tiberius fest. »Bist du ein verliebtes Menschenmädchen?«

Ophelia schnaubte. »Blödsinn. Aber Arion ist der mächtigste Lehrmeister der Stadt. Er hat Mino die unglaublichsten Dinge beigebracht. Er wird garantiert auch gleich im Schwarzen Zirkel sitzen und zusehen, wie ich für mein Versagen getadelt werde. Aber wenn er mich ausbilden würde wie Mino …«

»… dann könnte ich kein Wort mehr mit dir reden, weil ich mich nicht mehr in seine Nähe begebe«, unterbrach Tiberius sie. »Arion mag mächtig sein, aber er ist auch ein Mistkerl. Ich kenne niemanden, der arroganter ist als er.«

»Das sagst du nur wegen der Sache mit dem Tintenfass. Warum versuchst du auch, heimlich durch sein Fenster zu gucken? Du weißt doch, dass kein Magier Fremde in sein Haus lässt.«

»Aber ich wollte ja nur schnell mal einen Blick hineinwerfen«, erwiderte Tiberius mit einem Anflug von Verlegenheit. »Wie sollte ich ahnen, dass das solche Konsequenzen haben würde?«

»Vielleicht weil du uns Feen schon eine ganze Weile kennst?«, fragte Ophelia zurück. »Das Haus eines Magiers ist wie ein offenes Buch für alle, die seine Geheimnisse herausfinden wollen. Und Geheimnisse sind das Kostbarste, das ein Zauberer hat. Sie sind die Basis aller Magie.«

»Du klingst wie eins deiner staubigen Bücher aus der Akademie.« Tiberius nieste wie zur Veranschaulichung. »Ich werde nie verstehen, was du an den alten Schinken so faszinierend findest.«

»Bücher sind Magie, so einfach ist das«, stellte Ophelia fest. »Genauso wie das Haus eines Zauberers. Ich habe dir doch erzählt, dass mein Großvater nur seine engsten Vertrauten ins Haus lässt. Und selbst die dürfen nur bis ins Vorzimmer. So machen es alle Magier, und Arion ist da keine Ausnahme. Es war also ziemlich klar, dass du bei deinem Spähversuch auf der Nase landest.«

»Auf dem Schnabel meinst du wohl. Und von Landung kann keine Rede sein. Ich bin kopfüber ins Tintenfass gefallen, hast du das vergessen?«

Ophelia musste lachen. »Du bist in Arions Falle getappt, würde ich sagen. Und er ist nicht gleich arrogant, nur weil er dir nicht das Gefieder trockengeföhnt hat. Sei lieber froh, dass er dir für deine Neugier keinen härteren Denkzettel verpasst hat. Ich kenne einige Magier, die dich dafür lebendig geröstet hätten. Meinen Großvater eingeschlossen.«

Tiberius schluckte. »Dabei hatte ich ja gar nichts Böses vor. Ich wollte mir Arions Palast einfach mal von innen ansehen.«

»Verständlich«, gab Ophelia zu. »Er sieht schon von außen beeindruckend aus. Und die Lage auf dem Hügel der Meister ist fantastisch.«

Der Hügel der Meister erhob sich mitten in der Stadt. Die Menschen nannten ihn Calton Hill. Allerdings standen dort oben nicht nur jede Menge historische Monumente, sondern auch die Paläste der mächtigsten Feen der Stadt.

»Ich mag deine Eiche ja sehr«, meinte Tiberius, »aber ich hätte auch nichts dagegen, wenn du eines Tages dorthin umziehen würdest.«

»Das dauert noch eine Weile«, sagte Ophelia. »Erst muss ich mich bewähren, bevor ich bei einem Meister in die Lehre gehen darf. Und das heißt, dass ich in der Heulenden Eiche wohnen und in der Akademie jede Menge Lektionen über die Geschichte der Feen über mich ergehen lassen muss. Und noch viel mehr.«

Tiberius duckte sich, als ein Schwarm Irrlichter aus einem Hexenladen stob und dicht über ihn hinwegjagte. »Regelmäßige Ausflüge in die Dunkelheit«, begann er. »Seelentransporte durch selbige. Gesangsstunden. Auswendiglernen allerlei merkwürdiger Lieder. Kampfkunst für den Fall, dass eine Seele frech wird. Und anstandsloses Betragen. Habe ich was vergessen?«

»Ja«, murmelte Ophelia. »Überleben.«

Als Dunkle Fee hatte sie ein ausgezeichnetes Gehör. Sie hatte den Schall der oberirdischen Kirchturmglocken gefühlt, noch bevor er nun durch die Unterwelt hallte und die dreizehnte Stunde anzeigte, wie die Feen sie nannten: die Stunde nach Mitternacht, in der das Leben der Anderwelt besonders ausgelassen tobte.

Ophelia beschleunigte ihre Schritte. Sie schwebte an zwei Geistern vorbei – Geister hassten es, wenn man mitten durch sie hindurchglitt, und rächten sich gern mit schrecklichem Geheul – und bog in einsame Seitenstraßen ab. Der letzte Glockenschlag war noch nicht verklungen, als sie vor einem finsteren Gebäude stehen blieb.

Es sah aus wie ein kleines Schloss. Ein ziemlich düsteres allerdings, denn es war pechschwarz. Erker und Balkone zierten die Fassade, spitze Türmchen bohrten sich in den steinernen Himmel und rot erleuchtete Fenster starrten zu Ophelia herab. Sie zog die Schultern an. Eigentlich war das Gebäude ganz nach ihrem Geschmack. Als Dunkle Fee hatte sie einen Hang zu allem, was düster, zwielichtig und unheimlich war. Sie mochte auch nächtliche Friedhöfe, verlassene Ruinen und Nebel, der geisterhaft über die Hügel vor der Stadt strich. Ja, sie hatte sogar eine Schwäche für kopflose Reiter. Doch dieses Haus war etwas anderes. Es war der Sitz des Schwarzen Zirkels, und für Ophelia in etwa so einladend wie die Burg von Graf Dracula für einen Menschen.

Tiberius zog den Kopf zwischen die Flügel. »Lass dich nicht einschüchtern. Es mag in der Dunkelheit zuletzt nicht so gut für dich gelaufen sein. Aber du hast es ja nicht absichtlich so weit kommen lassen.«

»Das ist dem Schwarzen Zirkel ziemlich egal«, sagte Ophelia missmutig. »Was in der Dunkelheit vorgefallen ist, darf einfach nicht passieren. Und wenn doch, folgen Konsequenzen. Welche genau werde ich gleich erfahren. Wenn ich es schaffe, durch das Portal zu gehen.«

Schweigend starrten sie auf das Eingangsportal. Es sah aus wie ein gefräßiges Maul, das bevorzugt unfähige Dunkelfeen verspeiste.

»Sehr einladend«, murmelte Tiberius. »Mir fallen

spontan so ungefähr fünftausendzweihundertundneunzehn Dinge ein, die ich lieber täte, als da durchzugehen.«

»Mir auch«, erwiderte Ophelia.

Tiberius blickte sie von der Seite an. »Und wenn du verduftest und ein geruhsames Dunkelfeenleben führst?«

Ophelia musste grinsen. »Wie soll das denn aussehen?«

»Keine Ahnung«, gab Tiberius zu. »Stressfrei vor allem und ohne irgendwelche unheimlichen Zirkel und nervigen Ausbildungen.«

»Du hast ja auch nicht aufgehört, das Fliegen zu üben, nur weil du ungefähr dreitausend Mal auf dem Schnabel gelandet bist.«

»Viertausend«, murmelte Tiberius. »Mindestens.«

»Und jetzt stell dir vor, du hättest einfach aufgegeben. Stell dir vor, du wärst ein Rabe, der nicht fliegen kann. Würde dir das etwa gefallen?«

»Nicht sonderlich«, gab Tiberius zu. »Dann würden mir die Krähen nur noch auf dem Schnabel herumtanzen. Sie behaupten ja jetzt schon, dass ich ein lausiger Rabenvogel wäre, weil ich angeblich nichts vom Stehlen verstehe und auch nicht gerade zu den Superkriegern meines Volkes gehöre. Dabei sage ich: Die Motivation muss stimmen, das ist alles. Aber ein Rabe, der nicht fliegen kann, ist kein richtiger Rabe.«

»Genau so geht es mir auch«, meinte Ophelia. »Ich bin eine Dunkle Fee, ich will tun, was Dunkle Feen tun. Ich will die Seelen durch die Dunkelheit führen, ich will die schönsten Lieder singen, die die Welt je gehört hat, ich will mächtige Magie wirken, so wie alle Fae meiner Familie. Und ich will in den Schwarzen Zirkel aufgenommen werden und Zugang zu den geheimsten Bereichen der Anderwelt bekommen.«

»Du meinst die Bibliothek der Finsternis?«, fragte der Rabe gelangweilt. »Noch mehr staubige Bücher, wie toll.«

»In ihnen stehen die mächtigsten Zauberformeln aller Zeiten«, sagte Ophelia begeistert. »Mino hat mir davon erzählt, die Bibliothek soll ein magischer Ort sein voller Geheimnisse. Stell dir nur mal vor, dass der ganze Berg unter der Akademie gefüllt ist mit Büchern!«

»Ich stelle es mir vor«, erwiderte Tiberius. »Nur verstehe ich nicht, was an einem Haufen Papier so großartig sein soll. Auch wenn es ein sehr großer Haufen ist.«

Ophelia verdrehte die Augen. »Dort kann man lernen, dunkle Zauber zu wirken, die stärksten Zauber überhaupt. Und man kann noch viel mehr über die Anderwelt erfahren. Mino hat immer gesagt: *Es gibt so viele Grenzen und so viel Wissen und Abenteuer dahinter!* Ich will das alles kennenlernen, so wie alle Nachtgesangs. Offenbar brauche ich ein bisschen länger als der Rest meiner Familie. Aber mein Großvater hat mir beigebracht, dass ich meinen eigenen Weg gehen muss. Und das hier ist mein Weg. Auch wenn er nicht einfach ist.«

Mit neu entfachter Entschlossenheit fixierte sie das Portal des Schwarzen Zirkels und konnte spüren, wie die dreizehnte Stunde immer weiter fortschritt. Sie musste sich jetzt in Bewegung setzen, wenn sie Dorothy nicht die Genugtuung ihres Lebens verschaffen wollte.

»Und ich sag dir was«, meinte Tiberius mit demselben kämpferischen Unterton, mit dem er gegen jeden in die Schlacht gezogen wäre, der Ophelia herausforderte: »Wenn du das wirklich willst, dann wirst du es auch schaffen. Vertrau mir. Immerhin bin ich ein Rabe.«

Ophelia lächelte. »Und es gibt niemanden ...«, fing sie an.

»... der klüger ist als ein Rabe«, vollendete Tiberius ihren Satz. »Jedenfalls nicht, wenn *ich* dieser Rabe bin.« Er hüpfte auf einen Mauervorsprung. »Soll ich hier auf dich warten?«

Ophelia winkte ab. »Ich habe keine Ahnung, wie lange es dauern wird. Und ich will nicht riskieren, dass du dich wieder mit den Steintrollen in die Haare kriegst, weil du auf ihren Felsen herumspazierst und sie zerkratzt.«

Tiberius beäugte den Stein unter sich. »Na gut«, krächzte er. »Aber sollte Demetrius dich zu Asche verbrennen, wird er mich kennenlernen. Ich picke ihm ins Auge und blende ihn. Und ich mache ihm einen riesigen Rabenhaufen mitten auf den Kopf. Dagegen kann selbst er nichts tun. Auch wenn du zugegebenermaßen nicht mehr viel davon hättest, so zu Ascheflocken zerbröselt.«

»Hoffen wir, dass es nicht dazu kommt.« Ophelia nickte ihm zu und setzte sich in Bewegung.

Als sie das Portal erreicht hatte, drehte sie sich noch einmal um. »Tiberius«, rief sie und lächelte. »Danke.«

Tiberius neigte den Kopf. Ein warmer Glanz schimmerte in seinen Augen. »Jederzeit, Heldin Ophelia!« Er warf dem Sitz des Schwarzen Zirkels noch einen Blick zu, der fast genauso düster war wie das Gebäude selbst. Dann breitete er die Flügel aus und flog davon.

Ophelia musste die Klinke nicht berühren, um die Tür zu öffnen. Stattdessen hielt sie einfach die Hand in gebührendem Abstand darüber. Trotzdem spürte sie die Kälte des Silbers. Die Tür schob sich einen Spaltbreit auf, und Ophelia ging in das rote Licht hinein – Schritt für Schritt ihrem Schicksal entgegen.

3

Ein Nordlicht aus den Hügeln

»Ophelia Nachtgesang!«

Ihr eigener Name brauste Ophelia in einer Lautstärke entgegen, dass sie instinktiv die Schultern hochzog. Sie hatte noch nicht einmal die Vorhalle mit der riesigen Marmortreppe durchquert, als auf dem obersten Absatz eine Gestalt auftauchte: spindeldürr, die aschegrauen Haare in seltsamen Spiralen hochgedreht und in ein Kostüm gekleidet, das mehr an eine Zwangsjacke erinnerte als an ein auch nur einigermaßen bequemes Outfit. Aber *bequem* war ein Begriff, den die Trägerin dieses Kleidungsstücks ohnehin nicht kannte, oder jedenfalls billigte sie ihn nicht. Das konnte man sehen, sobald man Dorothy ins Gesicht schaute: dieses kantige, unzufriedene Gesicht mit den stechenden hellroten Augen.

»Ophelia Nachtgesang«, polterte ihre Stimme über jede einzelne Stufe nach unten und schlug Ophelia wie ein lebendiger Vorwurf ins Gesicht. »Du. Bist. Zu. Spät!«

Ophelia beeilte sich, die Treppe hinaufzukommen. Sie

wusste, dass es nichts brachte, mit Dorothy zu diskutieren. Aber sie konnte es einfach nicht lassen. »Gar nicht wahr«, gab sie zurück. »Im Brief stand dreizehnte Stunde, und die haben wir doch noch. Oder etwa nicht?« Sie schaute direkt in Dorothys kaltglühende Augen.

»Es ist eine Sache des Respekts, pünktlich zu erscheinen«, sagte die in abfälligem Ton. »Umso mehr nach deinem Vergehen. Aber Anstand und Wohlerzogenheit habe ich bei dir von Anfang an vergebens gesucht – wie man an deiner Kleidung sieht. Es ist wirklich ein Jammer!«

Ophelia hätte mindestens ein Dutzend Dinge aufzählen können, die ein Jammer waren. Dorothys Frisur zum Beispiel. Ihre Stimme. Oder ihr Geschrei, wenn Ophelia sie just in diesem Moment und natürlich ganz aus Versehen die Treppe hinuntergeschubst hätte. Für eine Dunkle Fee war das zwar nicht besonders gefährlich – aber schon der Gedanke an Dorothys fassungsloses Gesicht hellte Ophelias Stimmung auf. Allerdings verkniff sie sich jeden weiteren Kommentar. »Wir sollten gehen«, sagte sie nur. »Oder soll ich Demetrius erzählen, dass ich zu spät komme, weil du unbedingt mit mir plaudern wolltest?«

Dorothy kniff die Lippen noch eine Spur fester zusammen. Dann rauschte sie in zackigen Bewegungen davon.

Ophelia musste zusehen, dass sie hinterherkam. Schließlich blieb Dorothy vor einer großen schwarzen Tür stehen. Sie war mit der Gestalt einer Dunklen Fee verziert, die langen Haare im Wind wehend, den Blick fest auf den Betrachter gerichtet.

Wie immer hielt Ophelia bei ihrem Anblick den Atem an. Es war Morgana, die mächtigste Fee aller Zeiten. Sie hatte vor langer Zeit gelebt, zur Ära der Ersten Feen, und noch immer war sie das Vorbild für jede Dunkle Fee. Selbst für Dorothy offenbar, die jetzt bewundernd zu ihr aufsah. Dann schien sie sich daran zu erinnern, dass sie nicht allein war, und beugte sich zu Ophelia herab.

»Morgana würde sich für dich schämen«, raunte sie ihr zu. »Mir war gleich klar, dass du es zu nichts bringen wirst. Deine berühmte Familie ist Vergangenheit. Du bist nichts als ein Nordlicht aus den Hügeln, und was will man da schon erwarten? Ich wusste, dass du nie eine richtige Dunkle Fee sein würdest. Du hast dich von Anfang an viel zu leicht ablenken lassen. Du missachtest immer wieder die Regeln. Und du hast keine Ahnung, was der Tod bedeutet, was in unserem Geschäft nun wirklich eine Schande ist. Ich ging fest davon aus, dass du früher oder später wie Philippa enden würdest, diese verrückte alte Todeskrähe.«

Ophelia wäre Dorothy für ihr dämliches Grinsen am liebsten ins Gesicht gesprungen. Die verrückte Philippa war das beste Beispiel dafür, wie Ophelia nicht enden wollte. Niemand wollte so enden wie sie. Philippa hauste am Fluss in einem verfaulten Baum, sie war nicht ganz richtig im Kopf und hatte gerade einmal genug Kraft, um

Vögel und andere kleine Tiere ins Totenreich zu bringen. Wenn Ophelia ihr zufällig in der Stadt begegnete, strengte sie sich hinterher in der Akademie immer besonders an. Unter den Schülern gab es keine größere Beleidigung, als mit Philippa verglichen zu werden.

»Ja«, sagte Dorothy lang gezogen. »Ich dachte wirklich, du würdest mal werden wie sie. Aber da habe ich das Ausmaß deines Versagens auch noch nicht vorausgeahnt. Jetzt würde ich eine ganz andere Zukunftsprognose für dich erstellen. Um genau zu sein bin ich sehr zuversichtlich, dass wir uns gerade zum allerletzten Mal unterhalten haben.«

Ophelia wurde eiskalt bei diesen Worten, doch sie ließ sich nichts anmerken. »Das wäre schön«, meinte sie. »Aber wie ich mich kenne, habe ich nicht so viel Glück.«

Dorothy schnaubte. Sie hätte Ophelia gern noch weiter eingeschüchtert, das sah man ihr an, und auch, wie wütend sie war, dass dieses Nordlicht von einer Dunkelfee stattdessen frech zu ihr heraufgrinste. Mit eisiger Miene klopfte sie drei Mal an die Tür und beobachtete, wie Ophelia eintrat. Lautlos schlug die Tür zwischen ihnen zu.

Ophelia war erleichtert, Dorothy entkommen zu sein. Doch dieses Gefühl hielt nicht lange an. Genau genommen exakt bis zum Anblick von Demetrius.

4

Demetrius

Der Herrscher des Schwarzen Zirkels schwebte in der Mitte des Raumes mehrere Handbreit über dem Boden. Er hielt die Augen geschlossen. Sein nachtdunkles Gewand flatterte wie in einem Sturm, obwohl sich kein Lüftchen regte, und schien mit den Schatten zu verschwimmen. Er hatte die Arme ausgebreitet, sein Gesicht zeigte einen Ausdruck stiller Anspannung. Lichtfäden züngelten aus seinen Fingern und verschwanden in den schwarzen Spiegeln, die an den Wänden standen.

Ophelia wagte nicht, sich zu rühren. Diese Spiegel waren Portale. Portale zu anderen Fae und Orten … und in andere Welten.

Ophelia wusste, dass Demetrius ihre Anwesenheit längst bemerkt hatte. Sie konnte es spüren. Seine Aufmerksamkeit fühlte sich an wie ein Regenschauer, nur dass sie nicht heiß war, sondern eiskalt. Aber jetzt konzentrierte er sich auf die Spiegel.

Kurz meinte Ophelia, in einem davon einen dornenumrankten Torbogen erkennen zu können, in blaues Licht getaucht. Demetrius streckte die Hand nach dem Spiegel aus. Prompt wurde das Bild darin vergrößert und zeigte einige Dornen an der rechten Seite des Torbogens. Gleich darauf wurde der Spiegel schwarz. Ophelia fragte sich wie schon so oft, was Demetrius wohl in diesen Spiegeln sehen konnte. Die Vergangenheit, die Gegenwart? Vielleicht sogar die Zukunft? Wie eine Antwort auf ihre Fragen glitt etwas wie Sorge über sein Gesicht. Was konnte einem mächtigen Fae wie Demetrius Sorgen bereiten?

Er ließ die Arme sinken und schwebte zu Boden. Sein Zauber erlosch in prasselnden Funken, kurz wirkte er wie eine Statue aus Nacht und Sternenlicht. Wie jedes Mal, wenn sie ihm begegnete, fiel Ophelia auch jetzt auf, wie alterslos er aussah. Sein halblanges Haar war silbern, sein Körper der eines Kriegers. Dass er tatsächlich einer war, zeigten die feinen Narben in seinem Gesicht, an seinem Hals und an den Händen. Er hatte schon viele Zauber gefangen, und das beeindruckte Ophelia tief. Mitten in ihre Bewunderung hinein öffnete Demetrius die Augen.

Sie waren nicht rot wie bei den meisten anderen Dunkelfeen, sondern von einem hellen, klaren Blau. In ihnen wohnte die Kälte, die Ophelia in jeder Faser ihres Körpers spüren konnte, und ihr Mund wurde vor Ehrfurcht staubtrocken. Manchmal hatte sie einen tanzenden Funken in diesen Augen bemerkt, der verriet, dass Demetrius nicht nur aus Eis und Magie bestand. Doch jetzt war davon nichts zu sehen. Ophelia musste all ihre Kraft aufwenden, um nicht zu zittern.

»Ophelia Nachtgesang«, sagte Demetrius streng. Seine Stimme klang wie ein grollendes Ungeheuer, das nur mühsam im Zaum gehalten wurde. »Komm näher.«

Ophelia hatte eigentlich vorgehabt, so ehrenvoll wie möglich auf ihn zuzuschweben. Aber jetzt war sie viel zu sehr damit beschäftigt, ihr Zittern unter Kontrolle zu halten. Plump wie ein Mensch tapste sie über die Runen, die den Boden bedeckten und uralte Zauber bargen. Mit gesenktem Kopf blieb sie vor Demetrius stehen.

»Es ist noch nicht lange her, seit du zuletzt hier warst«, meinte er. »Ich hatte die Hoffnung, dich nicht so bald wiederzusehen.«

Es war merkwürdig, einen mächtigen Fae wie Demetrius von etwas wie *Hoffnung* reden zu hören. Normalerweise gaben die Dunklen Feen sich mit allzu menschlichen Regungen nicht ab, und dass Demetrius es ausnahmsweise doch tat, drückte noch schwerer auf Ophelias Stimmung. Sie hatte ihn enttäuscht. Konnte es etwas Schlimmeres geben? Wie eine Antwort tauchten die Ascheflocken vor ihrem geistigen Auge auf.

»Ich auch«, sagte sie schnell, um dieses Bild loszuwerden. »Ich meine, ich hatte auch gehofft, dass ich nicht so schnell wieder …« Sie verstummte, denn sie kam sich vor wie ein dummes kleines Mädchen.

Demetrius schwieg und brachte sie so dazu, ihn anzusehen. »Ich weiß«, erwiderte er dann, und ein Lächeln glitt über sein Gesicht. »Du erinnerst mich an deinen Vater. Dieselben wachsamen Augen. Und das Lächeln hast du von deiner Mutter. Ich kämpfte Seite an Seite mit ihnen im Krieg der Feen. Ihr Verlust sitzt noch immer tief. Und nicht nur ihrer.« Er schwieg und Ophelia wusste, dass er an Mino dachte, ihren Bruder. Auch er hatte einst auf diesen Runen gestanden. Und vielleicht hatte Demetrius genau dieselben Worte zu ihm gesagt.

»Ich weiß, dass die Vorkommnisse in der Dunkelheit nicht deine Absicht waren«, fuhr Demetrius fort. »Leider ändert das nicht das Geringste. Die Folgen dieser Ereignisse waren schwerwiegend. In wenigen Augenblicken werden alle Vorstände des Zirkels anwesend sein. Dann werden sie entscheiden, was mit dir geschieht. Doch nicht sie allein.«

Ophelia hob die Brauen. Wovon sprach Demetrius? Würde der Schwarze Zirkel einen Troll hervorzaubern, der sich aussuchen konnte, welches Bein von ihr er zuerst verspeisen wollte?

»Ein Troll ist schwer zu bändigen«, meinte Demetrius und machte so deutlich, dass er wieder einmal Ophelias Gedanken gelesen hatte. »Es wäre also unklug, ein solches Exemplar hierher zu holen. Nein. Diejenige, die mitentscheiden wird, was mit dir passiert … bist du selbst.«

»Ich?«, fragte Ophelia kaum hörbar.

Demetrius nickte. »Und dazu lass mich dir einen Rat geben. Auch ich war einmal jung, so jung wie du jetzt. Und auch ich stand immer wieder vor Entscheidungen, die all mein weiteres Handeln bestimmt haben. Heute kann ich sagen: Die besten Entscheidungen waren die, die ich trotz meiner Angst getroffen habe. Damit meine ich nicht die Angst, die vor offensichtlicher Gefahr warnt, sondern die Angst, die tief im Inneren lauert und jeden Gedanken lähmt und jedes Gefühl, und die beides verwandelt, bis man sich selbst fremd geworden ist. Es erfordert Mut, diese Angst nicht zu beachten und auf das zu hören, was wirklich wichtig ist. Dein Großvater hatte diesen Mut ebenso wie deine Eltern und Mino. Wenn du heute deine Entscheidung triffst, denke an meine Worte.« Und leise fügte er hinzu: »Es mag mehr davon abhängen, als selbst ich begreifen kann.«

Ophelia verstand nicht, was er mit diesem letzten Satz ausdrücken wollte, und als sie ihn ansah, war sie nicht einmal mehr sicher, ob er ihn wirklich ausgesprochen hatte. Dafür hatte sie aber alles, was er davor gesagt hatte, klar und deutlich gehört. Sie nickte. »Ich werde daran denken«, versprach sie. »Nur nicht, wenn ich zu Asche verbrannt werde. Denn Asche kann nicht denken, soviel ich weiß.«

Für einen Wimpernschlag glomm er auf, der tanzende Funke in Demetrius' Augen. Dann nickte er. »Die anderen sind eingetroffen«, raunte er. »Der Schwarze Zirkel kann beginnen.«

all die Dunklen Feen, die die Gabe des Seelenführens zur Meisterschaft gebracht haben. Von ihnen willst du ein Teil sein. Du willst die Weihe erhalten, wie es seit jeher Brauch ist, und die Mauern fallen sehen zwischen dir und den geheimen Bereichen unserer Welt. Du willst die Bibliothek der Finsternis besuchen, dunkle Zauber erlernen und einen Lehrmeister wählen, der dich auf deinem weiteren Weg begleiten wird. Aber du weißt, dass dafür zum Schutz der Welten bestimmte Voraussetzungen erfüllt sein müssen. Nicht wahr?« Ophelia nickte.

»Du bist seit einigen Monaten in der Stadt«, fuhr Demetrius fort. »Du hast die Akademie besucht, die Grundlagen des Seelenführens sowie zahlreiche Gesänge erlernt und dich immer wieder darin versucht, eigenständig eine Seele durch die Dunkelheit ins Totenreich zu bringen. Du verfügst über große magische Stärke. Doch aus unerfindlichen Gründen scheinst du sie trotz aller Bemühungen nicht zur Gänze nutzen zu können. Deinen Zaubern fehlt es an Kraft, und anders als den meisten Anwärtern auf den Zirkel ist es dir noch kein einziges Mal gelungen, eine Seele sicher ins Totenreich zu geleiten. Im Gegenteil. Mal hast du die Seelen unterwegs verloren, mal mit deinem Gesang die falsche Seele an den Rand des Todes gelockt.« Er schwieg kurz. »Und zuletzt ist nun etwas geschehen, das noch weit schlimmer ist als das. Erzähle uns in deinen eigenen Worten, aus welchem Grund du heute Nacht hier bist.«

Mit dieser Aufforderung hatte Ophelia gerechnet. Immerhin hatte sie sich nun schon ein paarmal vor dem Zirkel erklären müssen. Sie hatte sich alles genau zurechtgelegt, aber auf einmal war jede schöne Formulierung aus ihrem Kopf verschwunden. »Ich habe euren Brief erhalten«, begann sie, obwohl ihr klar war, dass das alle wussten. »Ich bin so schnell gekommen, wie ich konnte, nur …«

»Nur wiegt Tiberius nicht gerade wenig«, beendete Arion ihren Satz. »Und Dorothy hat das Ihre getan, um dich aufzuhalten. Wolltest du das sagen?«

Zögernd hob Ophelia die Schultern. »Eigentlich nicht«, meinte sie. »Auch wenn es stimmt.«

Arion lächelte leise und Ophelia verdrängte die Vorstellung, dass er ihren Zusammenprall mit dem Kobold in der Stadt womöglich doch mitbekommen hatte.

»Dorothy hasst alles, was aus den Highlands kommt«, warf Cosmo ein. »Und zwar seit ihr ein Fae von dort oben das Herz gebrochen hat. Das hat nichts mit dir zu tun.«

Elaine musterte Ophelia von Kopf bis Fuß. »Da wäre ich mir nicht so sicher. Bist du nicht auf die Idee gekommen, dich angemessen zu kleiden?«

»Ich fand es angemessen, nicht mit verbrannter Haut hier aufzutauchen«, erwiderte Ophelia. »Der Regen hat es in sich und ich habe noch nicht gelernt, mich vor seiner Kraft zu schützen.«

Arion warf Elaine einen kühlen Blick zu. »Muss ich

Ophelia konnte sich nur im letzten Moment davon abhalten, die Augen zu verdrehen. Sie wusste, dass die Lehrer nicht viel von ihr hielten. Zu schwach waren ihr Gesang und ihre Zauber, und auch sonst entsprach sie einfach viel zu wenig dem gewünschten Bild einer anständigen Dunklen Fee. Die Lehrer ließen keine Gelegenheit aus, Ophelia das fühlen zu lassen, und sie biss die Zähne aufeinander, als deren Spottgelächter in ihrem Kopf widerhallte.

»Deine Lehrer sagen, dass du dich um Verbesserung in allen wesentlichen Fächern bemühst«, fuhr Demetrius fort. »Und das ist in meinen Augen die Hauptsache, auch wenn mancher von ihnen das anders sehen mag. Aber sie haben noch etwas angemerkt, das schwerer wiegt als dünner Gesang oder falsche Zauber. Deine Lehrer sind der Meinung, dass du Angst vor der Dunkelheit hast. Ist das wahr?«

Ophelia fixierte die Rune zu ihren Füßen so fest, dass sie sich nicht gewundert hätte, wenn sie in Flammen aufgegangen wäre. »Ich habe Angst zu fallen«, entgegnete sie. Kurz hörte sie Minos Stimme, doch sie war nun zu einem entsetzlichen Schrei verzerrt und trug Ophelia in Gedanken zurück in die Dunkelheit. Sie stand wieder Maureen Jonson gegenüber und fühlte dieselbe Furcht in der Finsternis wie sie.

Amira beugte sich vor. »Aber spürst du denn das Reich des Todes nicht, wenn du in der Dunkelheit bist?«

»Doch«, erwiderte Ophelia. »Es fühlt sich an wie ein kalter Wind, der aus einer ganz bestimmten Richtung weht. Aber manchmal verlaufe ich mich trotzdem. Dann fängt die Dunkelheit an zu flüstern und ich gerate auf die falschen Wege.«

Silenos zuckte mit den Schultern. »Alles eine Sache der Übung. Und obendrein nicht zu ändern. Wir Dunklen Feen müssen nun einmal in die Dunkelheit gehen, jedenfalls, wenn wir unsere Kräfte behalten wollen. So ist es seit jeher: Die Dunklen Feen durchschreiten die Dunkelheit, die Hellen Feen das Reich der Träume, und meistens haben wir einen Menschen dabei, auf den wir in dieser Umgebung achtgeben. Und es ist ja nicht so, dass es sich für uns nicht lohnen würde. Die Hellen Feen schöpfen viel Kraft aus den Träumen der Menschen, und uns Dunklen Feen geht es nicht anders: Die Menschen verlieren ihre Erinnerungen, sobald du sie zum Totenreich führst, und in ihnen steckt ungeheuer mächtige Magie. Ich habe mir neulich aus meinen gesammelten Erinnerungen ein Schwimmbad in meinem Palast gebaut. Ein Traum in Rosé. Das könntest du auch.«

Amira warf ihm einen Blick zu, als wäre kein Wort ausreichend für die Verachtung, die sie gerade für ihn empfand. Dann wandte sie sich an Ophelia. »Du weißt doch, dass der Tod sich die Seelen selbst holt, wenn wir sie ihm nicht bringen. Und dass das für alle Beteiligten außerordentlich schmerzhaft ist?«

»Ja«, flüsterte Ophelia. »Und ich versuche ja auch, die Seelen durch die Dunkelheit zu führen. Nur ... habe ich es eben noch nie geschafft.«

Ein beklemmendes Schweigen legte sich auf die Szene. »Beantworte mir eine Frage«, forderte Demetrius. »Warum hast du Maureen Jonson einen Blick aus der Dunkelheit gewährt?«

Ophelia dachte nach. Sie hätte gern etwas umwerfend Kluges geantwortet. Etwas, das ihr Versagen weniger schlimm gemacht hätte. Aber jedes Mal, wenn sie an Maureen Jonson in der Dunkelheit dachte, an ihr verzweifeltes Gesicht, an ihre Angst, spürte sie wieder den einzigen Grund, aus dem sie ihr einen letzten Blick erlaubt hatte. Und sie wusste, dass sie Demetrius nicht anlügen konnte. »Aus Mitgefühl«, gab Ophelia kaum hörbar zu. »Ich habe es aus Mitgefühl getan.«

Das Schweigen der Feen umspülte Ophelia wie eisiges Wasser. *Mitgefühl.* Keine Dunkle Fee würde sich jemals herablassen, etwas Derartiges zu fühlen.

»Wir haben deine Ausführungen gehört«, sagte Demetrius leise. »Nun werden wir uns beraten. Warte vor der Tür, bis wir dich rufen.«

Ophelia nickte. Sie schaute noch ein letztes Mal in die Runde, doch die Gesichter der Feen zeigten keine Regung. Mit geneigtem Kopf verließ sie den Raum.

6

Wolf oder Fuchs

Die Tür wurde immer schwärzer, je länger Ophelia davorstand. Sie starrte in Morganas Augen, bis sie das Gefühl hatte, direkt in die Dunkelheit zu schauen. Dorothy ließ sich nicht blicken, aber vermutlich hatte sie recht gehabt. Morgana würde sich wirklich schämen, wenn sie Ophelia sehen würde. Keine anständige Dunkelfee fürchtete sich vor der Dunkelheit, das war mal sicher. Und keine anständige Dunkelfee vermasselte ihre Aufgabe als Seelenführerin aus *Mitgefühl*.

Ophelia fuhr sich über die Augen. Sie war eben keine anständige Dunkelfee. Sie träumte, als wäre sie ein Mensch. Sie weinte, und das nicht nur manchmal, was einer Dunklen Fee unwürdig war. Und noch dazu waren ihre Tränen bunt, obwohl jede Dunkle Fee Farben verabscheute. Ophelia seufzte leise. Sie war ein Musterbeispiel dafür, wie eine Dunkle Fee *nicht* sein sollte.

Was würde nun aus ihr werden? Die Vorkommnisse in der Dunkelheit waren nicht zu ihren Gunsten auszulegen, das war ihr klar. Würde sie zur Strafe tatsächlich zu Asche verbrannt? Würde der Zirkel sie in die Verbannung schicken, irgendwohin, wo es keine Menschen gab und keine Anderwesen, sondern nur wilde, gnadenlose Magie? Oder würde sie vielleicht doch noch eine letzte, eine allerletzte Chance bekommen?

Endlich öffnete sich die Tür. Ophelia trat sofort ein. Sie fürchtete sich vor dem, was der Schwarze Zirkel ihr mitzuteilen hatte. Aber schlimmer als die Angst war die Hilflosigkeit, die sie in den endlosen Minuten vor der Tür überkommen hatte. Wie schrecklich ihr Schicksal auch sein mochte – sie wollte es erfahren. Jetzt gleich.

Dieses Mal schaffte sie es, einigermaßen würdevoll auf die Feen zuzuschweben. Sie blieb in der Mitte des Raums stehen und schaute zu Demetrius auf.

»Wir haben uns beraten«, sagte er. »Und wir sind zu einem einstimmigen Ergebnis gekommen.«

Ophelia wagte nicht, sich zu rühren. Würde Demetrius jetzt die Hand heben und sie zu Asche verwandeln? Er maß sie mit seinem Blick, ließ sich aber nicht anmerken, ob er auch dieses Mal ihre Gedanken gelesen hatte.

»Wir geben dir eine letzte Chance, in den Zirkel der Dunklen Feen aufgenommen zu werden«, fuhr Demetrius fort. »Doch sei dir bewusst: Solltest du scheitern, wird dir dieser Weg auf ewig versperrt sein und die Dunkelheit wird für alle Zeit vor dir verschlossen.«

Ophelia wäre vor Erleichterung in die Luft gesprungen,

hätten sich Demetrius' Worte nicht mit Eiseskälte um ihren Leib gelegt. Sie sah ihn mit festem Blick an. »Was muss ich tun?«

Demetrius trat zur Seite. Hinter ihm stand ein Spiegel, der bisher in den Schatten verborgen gewesen war. Jetzt füllte er sich mit Farbe, während Demetrius fortfuhr: »Du wirst Augustus Pinlin nach seinem Ableben hinüber ins Totenreich bringen. Er ist dreiundneunzig Jahre alt, doch ich warne dich: Es handelt sich bei ihm um einen Menschen, der sich zeit seines Lebens intensiv mit Magie und dunklen Zaubern beschäftigt hat. Nutze die Zeit, die euch beiden jenseits der Dunkelheit noch bleibt, um in der Akademie so viel zu lernen wie nur möglich und dich auf diese Aufgabe vorzubereiten.«

Da erschien ein bewegtes Bild von Augustus Pinlin in dem Spiegel. Er war tatsächlich ein sehr alter Mann. Er saß in einem Lehnstuhl am Kamin, den dürren Körper in eine Decke gehüllt, die ihn offensichtlich ebenso wenig wärmte wie das Feuer. Seine verbliebenen Haare standen in alle Richtungen von seinem Kopf ab, was ihm etwas Lausbubenhaftes verlieh. Aber sein Gesicht war müde. Jetzt hustete er, und obwohl Ophelia ihn nicht hören konnte, begriff sie, dass er Schmerzen hatte und sehr krank war. Als er sich beruhigt hatte, schaute er wieder ins Feuer. Dabei hatte er diesen sehnsuchtsvollen Blick, den Ophelia schon oft bei sehr alten oder kranken Menschen bemerkt hatte: diesen Blick in eine Ferne, die sich viel zu langsam näherte. Augustus Pinlin hing nicht an seinem Leben, das konnte man sehen.

Ophelia wollte schon über diese leichte Aufgabe lächeln, als Augustus die Augen hob. Er sah aus seinem Fenster in die Nacht, doch Ophelia kam es so vor, als schaute er sie direkt an. Und von einer Sekunde zur anderen war er nicht mehr der alte Mann, der gerade noch vom Husten geschüttelt worden war. Jetzt wirkte er wie ein Wolf oder ein Fuchs: gerissen und hellwach.

Von ihm also würde es abhängen, ob sie eine richtige Dunkle Fee wurde oder ob sie alles verlieren würde, dachte Ophelia. Und auf einmal wurde ihr kalt, so kalt wie noch nie zuvor. Sie fühlte sich wie in der Dunkelheit – wie kurz vor dem Sturz in eine Tiefe, die sie nicht ermessen konnte. War das die Angst, von der Demetrius gesprochen hatte? Sie horchte in sich hinein, durch all den Frost hindurch, und da war sie wieder: Minos Stimme, warm und kraftvoll. Ihr Bruder war ihr Held gewesen, er war es noch immer. Er hätte nicht gezögert.

Sie straffte die Schultern. Ja, Augustus sah aus wie ein Wolf oder ein Fuchs. Aber Ophelia mochte Wölfe und Füchse. Und nicht er würde darüber bestimmen, was aus ihr werden würde. Sondern sie selbst.

»Abgemacht«, sagte sie, als der Spiegel wieder schwarz geworden war. »Ich werde Augustus Pinlin nach seinem Tod durch die Dunkelheit führen und mich als Dunkle Fee würdig erweisen.«

Die Mitglieder des Schwarzen Zirkels wechselten untereinander einen Blick, und Demetrius nickte. »Ein letzter Rat noch, ehe wir dich für heute Nacht entlassen: Verhalte dich unauffällig, bis du diese Aufgabe erledigt hast. Es gibt nur einen Augustus Pinlin und damit nur noch eine Chance auf Bewährung für dich.«

Der Funke glomm in seinen Augen auf, und Ophelia nickte mit einem Lächeln. Höflich verbeugte sie sich vor den Feen und eilte, so schnell sie nur konnte, aus dem Raum. Ihr kam es vor, als würde sie fliegen, so rasch schwebte sie die Treppe hinunter und zur Tür hinaus.

Ophelia stob ausgelassen die Straße hinab. Nie im Leben hätte sie damit gerechnet, nach ihrem Besuch im Schwarzen Zirkel so guter Dinge zu sein. Sie musste unbedingt zu Tiberius und ihm alles erzählen. Immerhin hätte es kaum besser laufen können. Augustus Pinlin war alt, er war krank und schien seinen Frieden gemacht zu haben. Was sollte da schon schiefgehen?

7

Augustus Pinlin

»Versteh einer die Menschen«, krächzte Tiberius. »Wenn ich kurz davor wäre, mich aus dieser Welt zu verabschieden, würde ich mich noch mal bis zum Rand mit Beeren vollstopfen, den Elstern ihre silbernen Löffel abluchsen oder irgendwas anderes tun, das mir Freude macht. Ganz sicher aber würde ich nicht mitten in der Nacht im Morgenrock durch mein Arbeitszimmer rennen und irgendwelche Zettelchen bekritzeln. Dieser Augustus Pinlin ist ein merkwürdiger Kauz. Na ja. Immerhin hat er es warm. Im Gegensatz zu uns.«

Da hatte Tiberius allerdings recht. Ophelia hockte neben ihm auf dem dicken Ast der Buche, die vor Augustus' Fenster stand, und schaute dem Alten dabei zu, wie er geschäftig vor seinem Schreibtisch hin und her lief. Schnee bedeckte Ophelias Haar und hatte Tiberius einen kleinen weißen Hut beschert. Sein schwarzes Gefieder war unter der eisigen Pracht kaum noch zu sehen.

Normalerweise konnten Schnee und Raureif Ophelia

nicht viel anhaben und es kam selten vor, dass sie fror. Doch jetzt zitterte sie mit Tiberius um die Wette, denn es war kein gewöhnlicher Schnee. Es war der Frost, der Augustus Pinlin nun schon seit einer ganzen Weile verfolgte. In den vergangenen Tagen hatte er zugenommen, und jetzt war er so stark, dass Ophelia ihren Platz vor dem Fenster nicht mehr verließ. Der entscheidende Moment stand kurz bevor. Die Nacht schwieg in Augustus' Nähe, wie sie es immer tat, bevor der größte Zauberer aller Welten die Bühne betrat. Aber noch ließ der Tod auf sich warten. Noch ließ er Augustus Zeit, Zettel um Zettel zu beschreiben.

»Viele Menschen tun so was, kurz bevor sie sterben«, sagte Ophelia. »Sie haben das Gefühl, noch was erledigen zu müssen. Vielleicht schreibt Augustus ein paar Gedanken auf.«

Tiberius nieste. »Menschen! Glauben immer, sie müssten der Nachwelt was hinterlassen. Wer sollte sich denn schon für die Gedanken eines alten Zausels interessieren?«

»Du zum Beispiel«, gab Ophelia zurück. »Jedenfalls hast du den *Faust* sehr interessiert gelesen, obwohl das Buch wohl auch in die Kategorie *staubiger Schinken* fällt. Und Goethe war ebenfalls schon ziemlich alt, als er ihn vollendet hat.«

Tiberius murmelte etwas, das verdächtig nach *Das-ist-ja-was-ganz-anderes* klang, und plusterte sich auf, dass der

Schnee nur so spritzte. »Hauptsache, es lohnt sich, wenn ich mir hier den Schnabel abfriere. Gut vorbereitet bist du ja wohl, also konzentriere dich bloß, wenn es zur Sache geht.«

»Es ist nicht dein Ding, Leute zu motivieren, was?«, fragte Ophelia und verdrehte die Augen, als Tiberius verächtlich die Luft ausstieß.

»*Motivieren*«, wiederholte der Rabe. »Neumodischer Schnickschnack. Entweder kriegst du es hin oder eben nicht. Das ist der ganze Witz.«

»Ach was«, meinte Ophelia. »Hast du nicht neulich erst verkündet, dass dir nur die richtige Motivation fehlen würde, um ein Meisterdieb zu werden?« Sie wartete, bis Tiberius grummelnd den Kopf zwischen die Flügel zog, und wandte sich wieder dem Fenster zu. »Es müsste mit dem Teufel zugehen, wenn ich es nicht hinkriegen würde«, stellte sie fest.

»Ach, der«, brummte Tiberius, aber er konnte Ophelia nicht widersprechen.

In den letzten Wochen hatte sie jede freie Sekunde in der Akademie verbracht und den Fleiß ihres Lebens an den Tag gelegt. Sie hatte die Lehrer mit Fragen gelöchert, sich durch die dicksten Bücher gelesen, ihre Stimme und ihren Körper trainiert und ansonsten ihr Studienobjekt beobachtet, das da hieß: Augustus Pinlin. Sie hatte das so intensiv getan, dass es sie nicht gewundert hätte, wenn die Buche inzwischen einen Abdruck ihres federleichten

Hinterteils davongetragen hätte, denn der Ast war der beste Ort, um zu Augustus hineinzuspähen.

»Ich habe das Gefühl, dass selbst ich den alten Zausel ins Totenreich bringen könnte«, murmelte Tiberius. »So viele Lockrufe, Zaubersprüche und Glitzerstaubexperimente habe ich in den vergangenen Wochen erlebt. Vermutlich kennst du den Kerl inzwischen besser als er sich selbst.«

»Jedenfalls habe ich so genau hingeguckt, wie ich nur konnte«, meinte Ophelia.

Tatsächlich hatte sie Augustus Pinlin mit Leidenschaft studiert. Inzwischen kannte sie seinen Tagesablauf (er stand in aller Herrgottsfrühe auf, sah sich den Sonnenaufgang an, stopfte Toast mit Honig in sich hinein und las bis zum Abend in seinen Büchern), seine Gewohnheiten (er kippte seine Medizin in die Blumen, kaum dass seine Pflegerin das Zimmer verließ), seine Leidenschaften (Bücher, Whisky und klassische Musik) und seine Macken (er redete im Traum und kannte jede Menge Schimpfwörter, wobei Ophelia das eigentlich nicht als Macke wertete, sondern als Talent – jedenfalls heimlich). Sie wusste auch, dass er weder Kinder noch andere Verwandte hatte, und sie war sehr erleichtert darüber, dass seine Nachbarn ihm vollkommen gleichgültig waren. Ein Desaster wie bei Maureen Jonson stand also nicht zu befürchten.

Ophelia ging gerade noch einmal die Töne durch, die sie für ihren Gesang geplant hatte, als ein Rauschen erklang wie von einem mächtigen Schwingenschlag. Es wurde eisig kalt. Ophelia sah eine Gestalt durch die Finsternis streifen, in einen schwarzen Umhang gehüllt – einen Fremden, dem sie schon oft begegnet war. Wie immer bei seinem Anblick ergriff sie ein Gefühl tiefster Ehrfurcht, das sie den Kopf neigen ließ. Auch Tiberius rührte sich nicht mehr. Es gab nicht vieles, wovor der Rabe Respekt hatte. Aber dieser Fremde gehörte eindeutig dazu.

Jetzt glitt er durchs Fenster. Eine samtene Schwärze legte sich über alles und schien die Zeit anzuhalten. Leise begann Ophelia ein Lied der Feen zu singen, und sie fühlte den Herzschlag von Augustus Pinlin. Er zitterte wie ein frierender kleiner Vogel. Dann war es still. Es war eine sanfte, erhabene Stille, die Ophelia innehalten ließ. Die Schwärze verschwand mit einem Flügelrauschen, und da kehrte der Wind zurück, die Stimmen der Tiere, das Flüstern der Gräser. Ophelia hob den Kopf. Augustus Pinlin hatte seinen kranken Körper abgelegt.

Ophelia wechselte mit Tiberius einen Blick. Dann schwebte sie auf das Fenster zu und sang weiter, lauter dieses Mal und nicht mehr das Lied der Feen, sondern eines der Menschen. Sie hatte sich für ein altes klassisches Stück entschieden: eine Arie aus der Oper *La Traviata,* die Augustus in letzter Zeit oft auf seinem knarzenden Plattenspieler gehört hatte. Anfangs ratterten noch die Zeilen aus den Lehrbüchern durch Ophelias Schädel, all die

Lektionen, die sie in den vergangenen Wochen gelernt hatte. Doch mit jedem Ton wurde sie sicherer. Sie glitt hinüber in die Dunkelheit, das finstere Niemandsland zwischen der Welt der Lebenden und dem Reich der Toten. Mit einer Handbewegung wirkte sie einen Zauber, den sie in der Akademie gelernt hatte. Es war einer der wenigen, den sie wirklich beherrschte, und er erhellte die Finsternis um sie herum zumindest ein wenig. Aber jenseits davon lauerte die Schwärze. Ophelia bemühte sich, nicht daran zu denken. Sie spürte den kühlen Hauch des Totenreichs, der ihr zeigte, in welche Richtung sie gehen musste, und konzentrierte sich auf das Zimmer von Augustus Pinlin, das sie nur noch schemenhaft erkennen konnte. Sie musterte seinen Körper, der zusammengesunken in seinem Sessel saß – und fühlte seine Seele gleich darauf ganz in ihrer Nähe.

Sie stand neben dem Bücherregal, und während Ophelia die Bücher nur noch undeutlich erkannte, sah sie Augustus klar vor sich. Manche Seelen wirkten wie ein Nebelstreif, andere glühten wie Feuer oder schimmerten in allen vorstellbaren Farben. Augustus Pinlin hingegen hatte sein Aussehen beinahe nicht verändert, er sah fast aus wie vorher, nur etwas durchscheinender – ein Zeichen dafür, dass er sich nicht so leicht von seiner ehemaligen Welt lösen wollte. Doch Ophelia hatte aus der Sache mit Maureen Jonson gelernt. Dieses Mal war sie vorbereitet.

Behutsam ließ sie ihre Stimme den Raum erfüllen. Augustus lächelte, genau so, wie er es getan hatte, wenn er dieses Lied zuvor gehört hatte. Er wandte sich vom Bücherregal ab, er schien die Quelle dieses Gesangs zu suchen. Langsam ging er in Ophelias Richtung, und mit jedem Schritt veränderte sie das Lied der Menschen. Sie webte Klänge der Feenlieder ein, die kein lebendiges Menschenohr jemals hätte hören können. Es waren Töne zwischen Licht und Schatten, und sie verwandelten das Lied in einen unwiderstehlichen Gesang.

Augustus schloss die Augen. Sein Lächeln wirkte friedlich, aber Ophelia blieb wachsam. Jederzeit konnte er die Augen öffnen und auf die Idee kommen, doch noch einmal lustig durchs Zimmer oder aus dem Fenster zu springen. Jetzt streckte er die Arme aus wie ein Schlafwandler. Er zögerte, als die ersten Schatten der Dunkelheit ihn berührten. Aber Ophelias Gesang schwoll an, Augustus tat noch einen Schritt. Und schon hüllte die Dunkelheit ihn ein.

Ophelia hatte damit gerechnet, dass er spätestens jetzt die Augen öffnen und sich umsehen würde. Das taten die Seelen meistens, denn die Dunkelheit war von so tiefer Schwärze, dass man sie sogar mit geschlossenen Augen wahrnehmen konnte. Und sie war erschreckend. Ophelia konnte nicht mehr zählen, wie oft sie sich darin verlaufen oder geglaubt hatte, plötzlich kopfüber in einen Abgrund zu stürzen, und auch jetzt musste sie all ihre Kraft aufbringen, um nicht den Blick auf die Finsternis zu richten.

Doch Augustus war offenbar furchtloser, als sie geglaubt hatte. Er folgte weiter ihrem Gesang, immer tiefer in die Dunkelheit hinein. Bald war er ihr so nah, dass sie die Lachfältchen um seine Mundwinkel erkennen konnte. Für einen Moment fragte sie sich, welche Erinnerungen in ihm wohl für diese Fältchen gesorgt hatten. Aber sie rief sich sofort zur Ordnung. Ihr Mitgefühl hatte sie schon einmal in Teufels Küche gebracht, heute Nacht würde das nicht passieren.

Ophelia wandte sich ab und intensivierte ihren Gesang, genau so, wie sie es in der Akademie gelernt hatte. Langsam setzte sie ihren Weg fort, darum bemüht, nicht auf die flüsternden Schatten jenseits ihres Lichtzaubers zu achten. Sie durfte sich nicht ablenken lassen. Entschlossen konzentrierte sie sich auf den kühlen Hauch des Totenreichs, der ihre Stirn streifte … und spürte auf einmal, wie die Töne sich auf ihrer Zunge veränderten.

Ophelia erschrak. Es war, als würde jemand anders ihnen Befehle geben. Und es gab nur einen, der hier mit ihr in der Dunkelheit war. Sie fuhr zu Augustus herum – und sah seine Bewegung zu spät.

Niemals hätte sie dem alten Mann eine so rasante Regung zugetraut. Seine linke Hand packte Ophelias Arm und schickte einen glühend heißen Strom durch ihren Leib. Fassungslos starrte sie auf das grelle Licht zwischen seinen Fingern und fühlte, wie sich etwas um ihre Kehle legte. Ohne dass sie etwas dagegen tun konnte, wandelten sich die Laute, die aus ihrem Mund kamen. Sie wurden zu etwas anderem, etwas, das sie nicht kontrollieren konnte. Dann wurde ihre Magie aus ihrem Körper gezogen. Sie schaute Augustus Pinlin ins Gesicht. Er hatte die Augen geöffnet, er lächelte noch immer. Aber von dem alten harmlosen Mann war nichts mehr übrig. Vor ihr stand ein Wolf mit dem Lächeln eines Fuchses.

Ophelia wurde schwarz vor Augen. Sie stürzte, schlug sich den Kopf an etwas Hartem an und landete am Boden. Benommen stellte sie fest, dass die Dunkelheit verschwunden war. Sie lag vor dem Bücherregal, ihr Schädel schmerzte wie noch nie. Sie berührte ihren Hinterkopf und erstarrte.

Das ist unmöglich, schoss es ihr durch den Kopf. *Ich bin eine Dunkle Fee, verflucht noch eins! Ich bekomme keine Beulen!* Doch offenbar war das ein Irrtum. Denn das, was sie da unter ihren Fingern fühlte, war eindeutig eine Beule. Eine ziemlich große sogar.

Die Schritte, die nun auf sie zukamen, hallten unnatürlich laut in ihrem Kopf wider. Augustus Pinlin blieb vor ihr stehen und schaute auf sie herab. Er steckte wieder in seinem Körper und wischte sich die Reste eines verbrannten Zaubers von seiner Hand.

Er hat mich ausgetrickst, dachte der Teil von Ophelia, der noch einigermaßen bei Verstand war. *Er hat mich verhext und mir meine Magie geklaut.* Nur schwach spürte sie einen winzigen Rest ihrer einstigen Kraft in sich. In Augustus'

Augen jedoch glomm dunkles rotes Feuer – das Feuer, das er ihr gestohlen hatte.

»Entschuldige die Unannehmlichkeiten«, sagte er und strich sich den roten Morgenrock glatt. »Ich weiß, dass du gekommen bist, um mich ins Totenreich zu führen. Unter anderen Umständen wäre mir die Reise ein Vergnügen gewesen. Aber nun habe ich andere Pläne. Und du wirst mir dabei helfen.«

8

Eine alte Rechnung

Ophelia rappelte sich hoch. »Was zur Hölle …«

Weiter kam sie nicht, denn plötzlich wurde ihr schwindlig. Im letzten Moment hielt sie sich am Bücherregal fest, um nicht umzukippen. Ihr Körper fühlte sich ungeheuer schwer an.

»Sei vorsichtig.« Augustus legte ihr die Hand in den Nacken. Eine angenehme Kühle ging von ihm aus, die Ophelia den Schwindel nahm. »Du hast den Großteil deiner magischen Kräfte verloren. Wenn du nicht aufpasst, wirst du dich böse verletzen. Und das wäre ein Jammer, denn ich brauche dich noch.«

Da begriff Ophelia, warum ihr seine Kühle so guttat: weil es ihre Magie war, mit der er ihren Schwindel vertrieb! Wütend schlug sie seine Hand weg. »Ich habe meine Kräfte nicht *verloren*«, fuhr sie ihn an. »Du hast sie mir *gestohlen!*«

Augustus legte leicht den Kopf schief. Kurz sah er aus wie ein kleiner Junge, der über eine sehr wichtige Frage nachdachte. Dann erwiderte er Ophelias Blick. »Stimmt«, sagte er kein Stück schuldbewusst. »Wobei: Eigentlich habe ich sie mir nur geliehen. Du wirst sicher begreifen, dass ich als durchsichtiges Seelending nicht gerade wehrhaft bin. Wenn man davon absieht, dass ich dich gerade ganz gut in die Tasche gesteckt habe.« Er wippte zufrieden auf seinen Zehenspitzen auf und ab und pfiff ein lustiges Liedchen vor sich hin.

»Du hast mich übertölpelt«, rief Ophelia mit ungewohnt schriller Stimme. »Und du hast mir meine verfluchte Magie geraubt! Wie hast du das gemacht?«

Augustus hob die Hand und zeigte die verwischten Umrisse einer Rune. »Alter Magiertrick.« Dann deutete er auf all die Zettel, die er vor Kurzem noch so eifrig beschrieben hatte. Nun waren sie verkohlt. Der Aschegestank brannte in Ophelias Nase, aber Augustus schnupperte vergnügt. »Ich war mir bis zuletzt nicht sicher, ob ihr mir nicht doch auf die Schliche gekommen seid, du und dein gefiederter Freund. Ach! Den hätte ich fast vergessen!« Mit der Kraft eines jungen Rehs sprang er zum Fenster, riss es auf – und herein purzelte Tiberius. Wie ein Schneeball mit Augen kugelte er quer durchs Zimmer, bis er vor dem Kamin liegen blieb.

Flügelschlagend kam er auf die Beine und wollte ganz offensichtlich eine Verwünschung auf Augustus loslassen. Aber stattdessen musste er heftig husten. Hilfsbereit klopfte Augustus ihm auf den Rücken, was Tiberius nur noch mehr aufregte. Flatternd und japsend rettete er sich zu Ophelia. »Dieb!«, kreischte Tiberius endlich und starrte Augustus mit wildem Blick an. »Ganove, Schurke, Lügenbold! Verfluchter infernalischer Satansbraten!«

Augustus nickte anerkennend. »Gar nicht schlecht. Statt *Satansbraten* hättest du mich übrigens auch *Mistkerl* nennen können. Normalerweise würde ich mich zwar nicht so bezeichnen, aber dass ihr das momentan anders seht, kann ich verstehen.«

Tiberius klappte hörbar den Schnabel zu. Offenbar wusste er nicht, was er diesem Verrückten im Morgenrock antworten sollte.

Augustus hingegen betrachtete ihn mit fröhlichem Lächeln. »Ich freue mich, endlich deine wahre Stimme hören zu können«, sagte er jetzt. »Dein heiseres Krächzen war ja kaum zu ertragen. Andererseits: Respekt, dass ihr so lange da draußen durchgehalten habt. Es ist ziemlich kalt geworden, könnte ich mir denken.«

Ophelia zog die Brauen zusammen. »Du wusstest, dass wir da sind?«

»Natürlich«, gab Augustus zu. »Ich habe mich zeit meines Lebens mit der Anderwelt beschäftigt. Und auch wenn ich ihre Kreaturen meistens nicht zu Gesicht bekommen habe, bin ich ganz gut darin geworden, ihre Anwesenheit zu spüren. Trolle verraten sich oft durch einen erdigen Geruch, wobei man ehrlich sein muss: Einige Exemplare pupsen einfach die ganze Zeit.«

Ophelia starrte ihn an. Nie hätte sie damit gerechnet, einmal solche Worte aus seinem Mund zu hören. Und sie konnte ihm nicht einmal widersprechen. Viele Trolle hatten tatsächlich eine ausgesprochen gashaltige Verdauung.

»Ihr Dunkelfeen hingegen verbreitet eine sanfte, angenehme Kühle«, fuhr Augustus fort. »Außerdem habe ich natürlich deinen Gesang gehört. Es war gar nicht so leicht, nicht aus dem Fenster zu schauen und nach euch zu suchen. Aber ich wusste ja, dass wir uns früher oder später kennenlernen werden. Wobei es mich freuen würde, eure Namen zu erfahren. Meinen kennt ihr ja schon.«

Ophelia dachte gar nicht daran, auf seinen Wunsch einzugehen. »Du hast das hier also geplant«, schlussfolgerte sie stattdessen. »Du hast von Anfang an vorgehabt, mich zu überrumpeln und mir meine Magie zu klauen.«

»Selbstverständlich«, meinte Augustus. »Niemand stiehlt einfach mal eben so die magischen Kräfte einer Fee. Ich habe mich lange darauf vorbereitet. Und ich bin heilfroh, dass es geklappt hat. Damit bin ich meinem Ziel einen riesigen Schritt näher gekommen. Und die Nebenwirkungen sind auch nicht zu verachten.« Er lief mit wedelnden Armen und eingeknickten Beinen durch den Raum, sprang aus dem Stand auf seinen Schreibtisch und wieder zurück und sauste ohne Vorwarnung kopfüber einmal quer über die Decke. Dabei stieß er gegen den Kronleuchter, der scheppernd zu Boden fiel.

»Na ja«, sagte Augustus, als er neben dem Leuchter landete und sich den Staub vom Morgenrock klopfte. »Übung macht den Meister.«

Ophelia presste die Zähne aufeinander. Es war ihre Magie, die ihm diese Fähigkeiten verlieh, das war ihr klar. Und es wurmte sie ganz gewaltig.

Augustus hingegen schien die beste Zeit seines untoten Lebens zu haben. Mühelos hechtete er über seinen Sessel, schlug einen Salto und landete wie ein Kunstturner auf einem Stapel Bücher.

»Ex. Zel. Lent«, verkündete er und schlug die Hände zusammen. »Ihr wisst ja gar nicht, wie schön es ist, keine Schmerzen mehr zu haben.« Dann legte er sich nachdenklich die Hand auf die Brust. »Aber irgendwie fühle ich mich seltsam. Als ob mir etwas fehlt.«

»Das Leben vielleicht?«, fragte Ophelia düster.

Da hellte sich Augustus' Miene auf. »Ha!«, rief er aus. »Ich habe keinen Herzschlag mehr, weil ich nicht mehr lebe! So ist das!« Er lachte, als hätte er eine umwerfende Entdeckung gemacht. Dann ballte er die Hand zur Faust. »Diesen Zauber wollte ich immer schon mal ausprobieren!« Er murmelte etwas – und ein greller Blitz schlug direkt neben Tiberius ins Bücherregal ein.

Empört flatterte der Rabe mit den Flügeln, einzelne Federn segelten durch die Luft. »Jetzt ist es aber genug«, rief er außer sich. »Willst du mich rösten?«

»Dann wärst *du* der Satansbraten, was?« Augustus grinste. »Doch um deine Frage zu beantworten: Nein, das will ich nicht. Wenn es nach mir geht, kommen wir alle mit heiler Haut aus dieser Angelegenheit heraus.«

»Meine Haut ist mir ziemlich egal«, stellte Ophelia fest. »Ganz im Gegensatz zu meiner Magie.«

»Du wirst sie zurückbekommen«, versicherte Augustus. »Jedenfalls, wenn alles glattgeht.« Er musterte sie von Kopf bis Fuß. »Wie alt bist du?«

»Warum?«, fragte Ophelia zurück. »Willst du mir einen Whisky anbieten, um auf deinen Diebstahl anzustoßen?«

»Du siehst aus wie ein Kind«, erwiderte Augustus. »Wärst du ein Mensch, würde ich dich auf höchstens dreizehn Jahre schätzen.«

»Ich sehe vielleicht so aus«, sagte Ophelia. »Aber du hast wohl vergessen, dass wir Feen viel langsamer altern als ihr Menschen. Mein Großvater ist mehrere Hundert Jahre alt und sieht jünger aus als du. Geistig entwickeln wir uns allerdings viel schneller als ihr. Gut möglich, dass ich um einiges klüger bin als du.«

Augustus' Augen blitzten auf. »Da ist sie ja, die sagenhafte Überheblichkeit der Feen. Tatsächlich hast du deine Sache gerade ganz gut gemacht. Du hast wunderschön gesungen, wenn auch ein bisschen, nun, wie soll ich sagen … abgekupfert?«

Ophelia riss die Augen auf. »Was soll das denn heißen?«

»Dass ich die Sterbearie der Violetta aus *La Traviata* sehr gut kenne«, gab er zurück. »Ich dachte, ihr Dunklen Feen wärt kreativer, wenn es darum geht, eine Seele ins Totenreich zu führen. Immerhin bildet ihr euch für gewöhnlich ganz schön viel auf eure Fähigkeiten ein. Wie dem auch sei: Ich wäre wirklich gern an deiner Seite dorthin marschiert. Leider kann ich diese Welt noch nicht verlassen.«

»Und wieso nicht?«, fragte Ophelia. »Willst du mit meiner Magie vorher noch einen Marathon laufen und als schnellster Mann im Morgenrock in die Geschichte eingehen?«

Augustus schüttelte den Kopf. Sein Lächeln verlor sich. Seine Miene wurde finster, und da war er wieder: dieser dunkle, hungrige Wolfsblick, der ihm etwas Gefährliches gab. »Ich habe noch eine alte Rechnung offen, die ich begleichen will.«

Ophelia wusste nicht, ob es an seinem Blick lag oder an dem tiefen Grollen seiner Stimme. Aber sie spürte die Kälte, die auf einmal um sie herum aufzog. »Mit wem?«, fragte sie, und gegen ihren Willen klangen ihre Worte wie ein Flüstern.

»Manche nennen ihn einfach den Schatten«, begann Augustus zu erzählen. »Andere sprechen von ihm als dem mächtigsten Magier der Anderwelt – dem *Herrn der* Dunkelheit. Ich bin sicher, ihr habt schon von ihm gehört. Er nennt sich Adámas.«

Der Name stob wie ein Windstoß durch den Raum. Er hallte in Ophelia wider und mit ihm all die Lieder, die es in der Anderwelt über ihn gab. Adámas, der Unbezwingbare. Adámas, um den sich zahlreiche unheimliche Geschichten rankten. Adámas, der tatsächlich wie ein Schatten war. Niemand wusste, wo er wohnte, kaum jemand hatte ihn je zu Gesicht bekommen und wenn, hüllte er sich in flüsternde Schwärze. Seine Stimme war wie Donner und Rauch, eine Stimme, die aus nichts anderem bestand als Finsternis und jeden, der sie hörte, um den Verstand bringen konnte. Ein Wink von ihm genügte, um eine Armee in Asche zu verwandeln, ein Wort, um jedem Wesen im Umkreis von tausend Meilen Albträume zu bescheren, so sangen es die Barden der Anderwelt. Adámas war einer der Strippenzieher im Krieg der Feen gewesen, er hatte etliche Fae gegen Demetrius aufgewiegelt, und selbst nach seiner Niederlage hatte er nie aufgehört, nach dem Schleier zwischen den Welten zu greifen. Er war eine düstere Legende und es gab kein Feenkind, das bei seinem Namen nicht anfing zu zittern. Und nicht nur Feenkinder fürchteten ihn.

Ophelia presste die Hände gegen die Schläfen. Adámas war seit jeher ihr Schrecken gewesen. Er hatte im Krieg der Feen gegen ihre Eltern gekämpft und er hatte ihren Bruder getötet, der mit all seiner Kraft den Weltenschleier verteidigt hatte. Und jetzt sollte sie ihn jagen, ausgerechnet sie?

Sie dachte an Demetrius und an seine rätselhaften Worte. *Es mag mehr davon abhängen, als selbst ich begreifen kann.* Hatte er gewusst, wem Augustus auf der Spur war? Hatte er sie absichtlich auf ihn angesetzt? Am liebsten hätte sie ihn zur Rede gestellt, doch sie wusste, dass es zwecklos war. Demetrius hatte ihr alles gesagt, was er sagen wollte. Sie würde nichts mehr von ihm erfahren, und wenn sie ihn noch so sehr darum bat. Sie hob den Kopf und schaute in Augustus' Gesicht. Sein Lächeln war einer leisen Betroffenheit gewichen und Ophelia seufzte, als sie begriff, dass er soeben ihre Gedanken gelesen hatte. Mit dem armseligen Rest ihrer Magie legte sie einen Schutzzauber auf ihre Stirn.

»Adámas«, sagte sie dann, um dem Namen den Schrecken zu nehmen, was schändlich misslang. »Hättest du dir keinen anderen Feind aussuchen können?«

»Er hat mich ausgesucht«, erwiderte Augustus finster. »Und er hat mich bestohlen. Er raubte mir etwas, das großen Wert für mich hat. Ein altes Schmuckstück. Ich will es zurückhaben, ehe ich diese Welt verlasse.«

»Bestohlen hat er dich«, meinte Ophelia kalt. »So was aber auch. Wieso kommt mir das nur gerade so bekannt vor?«

»Ich sagte schon, dass ich mir deine Magie nur geliehen habe«, meinte Augustus. »Adámas hingegen wird mir das, was ich zurückbekommen will, niemals aus freien Stücken geben.«

»Und deswegen willst du ihn herausfordern?«, krächzte Tiberius. »Du bist nur ein Mensch – trotz allem. Glaubst du ernsthaft, du hättest eine Chance gegen ihn?«

Da fixierte Augustus ihn mit einem so eisigen Blick, dass Tiberius erstarrte. »Nein«, grollte Augustus gefährlich leise. »Ich *weiß*, dass es so ist. Allerdings brauche ich eure Hilfe. Genauer gesagt: deine.«

Er sah Ophelia an, die sich mit aller Kraft gegen den dunklen Zorn in seinen Augen zur Wehr setzte. »Was soll ich tun?«, fragte sie spöttisch. »Adámas mit einem Handkantenschlag umhauen? Na klar, mach ich total gern für einen alten Freund wie dich.« Sie schnaubte. »Was willst du nun wirklich von mir?«

»Zeit meines Lebens habe ich mich mit Magie beschäftigt«, fuhr Augustus fort. »Ich kenne mehr Zauberformeln als so manche Fee und ich habe die Anderwelt studiert, so intensiv es mir möglich war. Aber dennoch bleibt sie mir versperrt. Denn trotz meines Wissens, trotz deiner Magie, die jetzt durch meine Adern rauscht, bin ich noch immer ein Mensch und kein Anderwesen. Ich kann den Schleier nicht lüften, der unsere Welten voneinander trennt. Und ich bin überzeugt, dass Theorie und Praxis auch in der Anderwelt weit auseinanderklaffen.«

Ophelia hob die linke Augenbraue. »Das klingt wie aus einem Buch der Akademie. Was soll das bedeuten?«

Augustus seufzte. »Ich weiß, dass Adámas mein Schmuckstück am sichersten Ort seiner Welt aufbewahrt:

in seinem Palast. Der Weg dorthin ist für mich allein nicht zu bewältigen, aus zahlreichen und eben genannten Gründen. Kurzum: Ich brauche dich, um mir den Weg zu weisen und mich auf diesem Abenteuer zu begleiten.«

»Was habe ich davon?«, fragte Ophelia düster.

»Wenn ich mein Ziel erreicht habe, werde ich dir deine Kräfte zurückgeben und mich von dir ins Totenreich führen lassen.«

Ophelia suchte nach Anzeichen dafür, dass Augustus sie anlog, wurde jedoch nicht fündig. »Du weißt aber, dass du nichts dorthin, wohin du dann gehen wirst, mitnehmen kannst?«

Augustus zuckte mit den Schultern. »Das muss ich auch nicht.«

»Was willst du dann mit einem alten Schmuckstück anfangen?«

»Das lass nur meine Sorge sein.«

Ophelia schwieg kurz. »Und wenn ich mich weigere?«

»Dann wird deine Magie früher oder später mit mir vernichtet werden«, sagte Augustus gleichgültig. »Und du wirst bis ans Ende deiner Tage wie ein schwacher Mensch durch die Anderwelt wandern.«

Tiberius flatterte auf Ophelias Schulter. »Das Fenster steht noch offen«, raunte er ihr zu. »Ich könnte Demetrius holen. Er würde den alten Knaben schon zur Raison bringen, und dann …«

»Dann wird deine Freundin ihre Kräfte nie wiedersehen«, fuhr Augustus fort, der offenbar nicht nur die Sprungkraft, sondern auch das Gehör eines Rehs bekommen hatte. »Ich weiß, wie ich sie vernichten kann. Und glaubt mir, ich werde es tun.«

Ophelia zweifelte keine Sekunde daran, dass er in diesem Punkt die Wahrheit sagte. Außerdem war es keine gute Idee, Demetrius auf den Plan zu rufen. Erstens wäre er garantiert nicht begeistert, wenn er wüsste, dass Ophelia wieder einmal beim Seelentransport gescheitert war. Zweitens wurde sie das Gefühl nicht los, dass er genau gewusst hatte, was er tat, als er sie auf Augustus Pinlin ansetzte. Und drittens gab es ja vielleicht doch noch eine Chance, ihr Ziel zu erreichen und den alten Wolfsfuchs ins Totenreich zu bringen. Sie fixierte Augustus und kniff die Augen zusammen.

»Du willst mir meine Magie also zurückgeben, wenn du dein Schmuckstück wiederhast. Woher weiß ich, dass du mich nicht belügst?«

Augustus trat auf sie zu. Nicht weit von ihr entfernt blieben sie stehen: der Fuchs und der Wolf und ihr leises Lächeln. »Das weißt du nicht«, sagte er. »Aber ich gebe dir mein Wort. Und auch, wenn du es jetzt nicht glauben magst: Dieses Wort ist mehr wert als mancher Schatz der Anderwelt.«

Ophelia erwiderte seinen Blick regungslos. Sie hatte geglaubt, ihn genau zu kennen, und doch nichts von ihm gewusst. Jetzt versuchte sie, Gier in seinen Augen aufzuspüren, Machthunger oder Rachsucht, irgendetwas typisch Menschliches, das ihr erklären würde, warum er so versessen darauf war, seine Pläne umzusetzen – etwas, das ihr zeigen würde, ob sie ihm glauben konnte oder nicht. Aber seltsamerweise fand sie keine der Regungen, die sie erwartet hatte. Stattdessen war etwas anderes in Augustus' Blick: eine Wärme, die sie nicht deuten konnte und die doch irgendetwas tief in ihrem Inneren dazu brachte, ihm zu glauben.

»Gut.« Sie trat ihrerseits einen Schritt auf ihn zu. »Aber vergiss eines nicht: Ich bin noch immer eine Dunkle Fee. Solltest du mich reinlegen, solltest du mich zum Narren halten oder meinem Raben ein Leid antun, verspreche ich dir die größten Schmerzen, die du je ertragen musstest. Ich schwöre dir, dass sie niemals enden werden. Und darauf gebe ich dir *mein* Wort.«

Augustus schwieg für einen Moment. Zum ersten Mal seit dem Verlust ihrer Magie hatte Ophelia das Gefühl, mit ihm auf Augenhöhe zu sein. Dann kehrte das Lächeln auf seine Züge zurück.

»Abgemacht«, meinte er. »Verratet ihr mir nun eure Namen?«

»Ich bin Ophelia Nachtgesang«, stellte sich Ophelia vor. »Und das hier ist Tiberius.«

Augustus deutete eine Verbeugung an. »Es ist mir eine Ehre. Eines sage ich euch, meine Freunde: Das wird eine Reise, die keiner von uns jemals vergessen wird.«

Damit drehte er sich um und vollführte lachend einen Handstand auf der Schreibtischkante.

Tiberius neigte sich zu Ophelia hinüber. »Das klang wie eine Drohung«, flüsterte der Rabe. »Ich glaube, wir haben keine Ahnung, worauf wir uns gerade eingelassen haben.«

Ophelia nickte düster. Sie ging jede Wette ein, dass er recht hatte.

9

Hinter dem Schleier

»Verdammter Wind, verschwinde!«

Ophelia schlug so energisch nach dem Wind, dass sie dabei fast aufs Gesicht fiel. Sie warf Tiberius einen bösen Blick zu. Der Rabe hatte gekichert, sie hatte es genau gehört.

»Was guckst du so?«, fuhr sie ihn an. »Noch nie eine Fee gesehen, die für einen Menschen den Schleier zur Anderwelt lüften will?«

Tiberius putzte sich beiläufig den Schnabel. »Nö«, erwiderte er knapp. »Erstens ist das verboten. Die Menschen sollen schließlich nichts von euch wissen. Und zweitens schnippst ihr Feen normalerweise einmal lässig mit den Fingern und zack, habt ihr irgendwelche Magie gewirkt.«

»Das ist nicht irgendwelche Magie«, murmelte Ophelia. »Sondern ein dunkler Zauber. Mino hat ihn mir beigebracht, kurz nachdem er die Bibliothek der Finsternis betreten durfte. Er hat den Schleier zwischen den Welten mit seinem Leben verteidigt, aber er redete oft davon, dass manche Menschen es wert wären, die Anderwelt kennenzulernen … Menschen voller Sehnsucht. Kinder, die instinktiv fühlen, dass es uns gibt. Und Sterbende. *Wenn die Menschen schon zu Lebzeiten nichts von uns wissen, sollen sie wenigstens im Tod von uns erfahren.* Das hat Mino oft gesagt. Ich habe den Zauber wieder und wieder geübt. Nie hätte ich gedacht, ihn mal unter solchen Umständen zu benutzen.«

»Ich auch nicht«, meinte Tiberius. »Allerdings kann man bisher schwerlich von einem Zauber sprechen. Wieso zur Hölle fällt es dir so schwer, einen winzigen Magiefunken zustande zu bringen?«

Ophelia presste die Zähne zusammen. »Meine Fähigkeit, Funken zu erschaffen, springt gerade da drüben auf dem Hügel herum.«

Tiberius folgte ihrem Blick. Augustus Pinlin lief im Handstand über den Arthur's Seat, den Hausberg der Stadt, und hatte offenbar einen Mordsspaß. Gerade lachte er wie ein Kind und landete in einer Rolle rückwärts.

»Ob mit oder ohne Herzschlag – er genießt das Leben«, stellte Tiberius fest. »Was wir im Übrigen auch tun sollten, statt hier auf diesem blöden Berg rumzusitzen. Hättest du dich nicht überrumpeln lassen …«

»Ach, hör doch auf«, unterbrach ihn Ophelia. »Du hast ja auch nicht geschnallt, was er mit den Zetteln vorhatte. Oh, verflixt! Dieser dämliche Wind!«

Schon wieder erlosch der Funke, den sie gerade mühsam zwischen den Fingern erschaffen hatte. Just in diesem Moment kam Augustus zu ihnen herüber.

»Der Wind ist ein Magier«, sagte er und streckte die Arme aus, als wollte er jeden Lufthauch umarmen. »Was glaubst du, wie viele Geschichten er kennt! Mir schwirren schon die Ohren, so wunderbar sind sie!«

Ophelia schnaubte. »Du kannst sie nur hören, weil du meine Magie im Leib trägst. Eigentlich gehören all diese Geschichten mir.«

»Sie gehören niemandem«, widersprach Augustus und wippte schon wieder auf den Zehenspitzen. »Auch wenn wir Menschen verlernt haben, sie zu hören. Aber ich erinnere mich noch daran, wie der Wind mir die schönsten Dinge zugeflüstert hat, als ich noch ein Kind war … hoch oben in den Bergen. Und ich bezweifle, dass du ihm jemals zugehört hast. So was schickt sich für eine Dunkle Fee doch gar nicht.«

Ophelia war der spöttische Ton in seiner Stimme nicht entgangen. Er störte sie gewaltig, umso mehr, weil Augustus auch noch recht hatte. *Der Wind ist ein Streuner*, wie oft hatte sie das von den Lehrern in der Akademie gehört. *Konzentriert euch auf das Wesentliche, nicht auf seine Geschichten.* Und Ophelia hatte sich wirklich bemüht. Dass es ihr nicht besonders gut gelungen war und sie in ihrer Eiche nichts lieber getan hatte, als heimlich dem Wind zu lauschen – das wusste außer ihr nur Tiberius. Und dem würde sie jede Feder einzeln ausreißen, sollte er es Augustus verraten.

»Du hast keine Ahnung, was sich schickt, das steht mal fest«, sagte sie zu Augustus. »Sonst wäre ich jetzt nicht in dieser Lage.« Wie zur Demonstration zitterte sie, aber sie tat es ohne Absicht. Zum ersten Mal überhaupt war ihr in ganz gewöhnlichem Wind einfach verdammt kalt.

»Du frierst«, stellte Augustus fest. »Nimm es als Zeichen, dass du lebendig bist – vermutlich lebendiger als in all den Jahren zuvor. Das ist ein Geschenk. Im Grunde solltest du mir dankbar sein. Außerdem war es nicht meine Idee, den Schleier zur Anderwelt mitten auf dem Arthur's Seat zu lüften.«

»Dieser Berg war mal der Sitz der Schattenfestung«, entgegnete Ophelia. »Vor langer Zeit haben Feen und Menschen hier zusammengelebt, bevor ihr nach der Macht gegriffen und viele von uns umgebracht habt. Mein Großvater hat hier seine Frau verloren, meine Großmutter, lange vor meiner Geburt. Heute existiert von der Festung nur noch eine Ruine. Dahinten stehen die Trümmer, selbst ihr Menschen könnt ein paar davon sehen, auch wenn ihr glaubt, dass es die Reste einer Kapelle seien. Also ist dieser Ort ein Sinnbild für die frühere Verbindung zwischen unseren Völkern. Ich dachte, er wäre passend für das, was wir vorhaben.« Sie hielt inne, als Augustus sie schweigend betrachtete. »Hast du das bei all deinen Forschungen über die Anderwelt etwa nicht gewusst?«

»Doch«, erwiderte Augustus. »Nur hätte ich nicht gedacht, dass du Wert auf Sinnbilder legst. Geschweige denn, dass du eine Verbindung zwischen uns siehst.«

Ophelia schnaubte. »Wie nennst du es denn, wenn du meine Magie in dir trägst? Unabhängig davon hätten wir uns natürlich auch auf den Marktplatz stellen können. Oder am besten gleich vor den Sitz des Schwarzen Zirkels, damit Demetrius auch ganz sicher erfährt, dass ich nicht nur verbotenerweise einen Menschen mit einem dunklen Zauber durch den Schleier führe, sondern auch noch mit einer störrischen Seele spazieren gehe, die ich eigentlich schon längst ins Totenreich hätte bringen sollen. Das wäre … autsch, verdammt!«

Ein Funke hatte ihr beim Erlöschen in den Finger gebissen.

Tiberius tat so, als würde er husten, und Augustus legte den Kopf schief. »Wir landen noch in den Höllenkreisen, wenn du so fluchst«, seufzte er.

»Ich tue, was ich kann«, fauchte Ophelia zurück.

»Dann ist es kein Wunder, dass es nicht funktioniert«, sagte Augustus achselzuckend. »Tue, was nötig ist. Komm, ich helfe dir.«

Am liebsten hätte Ophelia ihm seine Hilfe als stinkende Matschbombe an den Kopf geworfen. Aber erstens fehlte ihr dazu die Magie und zweitens hatte er sich schon neben sie gekniet und legte schützend die Hände um ihre Finger. Unangreifbar vom Wind loderte der nächste

Funke auf und wurde zu einer Flamme. Ophelia flüsterte den Zauber.

Ein Knistern ging über den Berg, vereinzelt prasselten Feuerschnüre durch die Luft.

Augustus sog die Luft ein, als die Funken sich auf seine Lider legten. Und dann, mit einem Rauschen wie von tausend Flügelschlägen, löste der Schleier sich für ihn auf. Augustus kam auf die Beine. »Wie wunderschön«, flüsterte er.

Ophelia hätte ihm gern widersprochen, schon aus Prinzip. Aber er hatte recht: Der Anblick der Anderwelt war tatsächlich wunderschön. Ophelia rieb sich die Augen und schaute über die Stadt hinweg.

Lag es an der dämlichen Beule, oder waren die Farben wirklich leuchtender geworden? Ihr kam es so vor, als würde auch sie die Anderwelt zum ersten Mal seit langer Zeit in all ihrer Pracht wahrnehmen: die glühenden Zinnen der Lichtpaläste, die über den Dächern aufragten, die Stimmen, die der Wind in unzähligen Sprachen zu ihnen wehte, die Gerüche, die von Abenteuern und Geheimnissen kündeten.

»Ihr macht Gesichter, als würdet ihr gleich vor Rührung heulen«, stellte Tiberius fest. »Nur um das klarzustellen: Wenn ihr euch jetzt bei den Händen fasst und anfangt zu singen, bin ich weg.«

Ophelia warf ihm einen düsteren Blick zu, doch Augustus schlug unternehmungslustig die Hände zusammen.

»Lasst uns gehen«, rief er voller Vorfreude. »Ich kann es kaum erwarten, mich ins Getümmel zu stürzen.«

Ohne eine Antwort abzuwarten, machte er sich an den Abstieg. Ophelia musste sich anstrengen, um hinterherzukommen. Die Schwere ihres Körpers machte ihr zu schaffen und sie vergaß immer wieder, dass sie nicht mehr schweben konnte. Taumelnd und stolpernd hastete sie Augustus nach, begleitet von Tiberius' mitleidigen Blicken, was ihre Stimmung nicht gerade verbesserte.

»Vielleicht verrätst du uns, wohin wir überhaupt gehen«, schnaufte sie, als sie Augustus eingeholt hatte. »Meinst du nicht, das sollten wir wissen?«

Augustus setzte mit einem grazilen Schwebemanöver über einen Felsen hinweg und schüttelte den Kopf. »Ihr erfahrt so viel wie nötig und so wenig wie möglich. Alles andere wäre töricht.«

»Willst du mir wirklich eine Lektion darüber erteilen, was töricht ist?« Ophelia stieß die Luft aus. »Ich sag dir was: Es ist auch nicht gerade schlau, Adámas herauszufordern. Du solltest wissen, dass es nur zwei Möglichkeiten gibt, ihm nahe zu kommen: Entweder findet er dich oder du kommst ihm auf die Schliche. Der erste Weg wäre sicher nicht in deinem Sinne. Und der zweite ist bloße Theorie. Jeder in der Anderwelt weiß, dass Adámas unauffindbar ist. Wie also willst du ihn aufspüren?«

Augustus seufzte. »Vermutlich schadet es nicht, euch unser Ziel zu nennen. Wir gehen zu Melody, der Schönen.«

Ophelia und Tiberius warfen sich einen verständnislosen Blick zu. »Zu *wem?*«

»Sie ist eine Zauberin«, antwortete Augustus. »Sie soll in einem Haus leben, das wie ein schiefer Turm aussieht, und …«

Ophelia musste lachen. »Du meinst nicht zufällig Isidora, oder doch? Die Alchemistin für Geheimes und Verbotenes? Die, die einmal die ganze Stadt in Gold verwandelt hat, nur um zu zeigen, dass sie es kann?«

Augustus schaute sie mit großen Augen an. »Doch, genau die meine ich. Sie ist die mächtigste Alchemistin der Stadt, soweit ich es herausfinden konnte. Sie schert sich nicht großartig um irgendwelche Regeln, und sie wird mir helfen, eine Spur zu Adámas' Palast zu finden. In meinen Büchern heißt sie Melody, die Schöne.«

»Dafür ist sie garantiert selbst verantwortlich.« Ophelia grinste. »Ich gehe jede Wette ein, dass sie mit irgendeinem Buchstabenzauber dafür gesorgt hat, dass sie in allen Magiebüchern als wunderschön und klug beschrieben wird.«

Tiberius krächzte amüsiert. »Klug ist sie ja. Schönheit liegt allerdings im Auge des Betrachters. Auf jeden Fall ist Isidora ziemlich schrullig.«

»Oh ja«, stimmte Ophelia ihm zu. »Und da ist sie nicht die Einzige im schiefen Turm, nicht wahr?« Sie lächelte vielsagend, worauf Tiberius mürrisch den Kopf einzog. »Tiberius hat einen Fan«, erklärte Ophelia, als Augustus sie fragend ansah. »Sehr zu seinem Leidwesen. Aber das wirst du selbst merken, wenn wir da sind. Du weißt doch hoffentlich, dass du Isidora bezahlen musst, wenn du ihre Dienste in Anspruch nimmst? Und sie ist nicht gerade billig.«

»Keine Sorge«, sagte Augustus. »Sie wird zufrieden sein mit dem, was ich ihr anbiete.«

Ophelia kam nicht dazu, seine Antwort zu hinterfragen. Denn jetzt tauchten sie in die Gassen der Stadt ein. Sie zog sich die Kapuze, so tief sie konnte, ins Gesicht und hoffte, dass sie weder Demetrius noch einem anderen Mitglied des Schwarzen Zirkels über den Weg laufen würden. Aber kaum dass sie in die Unterwelt abgetaucht waren, blieb ihr nicht viel Zeit, um sich ängstlichen Gedanken hinzugeben. Dafür musste sie zu sehr aufpassen, nicht von irgendwelchen Anderwesen angerempelt zu werden.

Als Dunkle Fee war es ein Kinderspiel, kurzerhand zur Seite zu schweben, wenn ein dicker Kobold aus einem Pub torkelte. Augustus zeigte ihr meisterhaft, was man mit ihrer Magie anfangen konnte, so graziös bewegte er sich durch die Gassen. Sie selbst hingegen nahm jeden stinkenden Kobold, jeden plötzlich vor ihr auftauchenden Geist und jede unachtsame Hexe mit und erntete nicht nur wütende Blicke, sondern auch jede Menge Beschimpfungen. Was kein Wunder war. Sie war eine Fee, verdammt noch mal, kein torkelnder Knochensack!

Erschwerend kam hinzu, dass Augustus sich wie ein Kind benahm, kaum dass sie die Vergessene Gasse erreichten. Er schaute sich nicht nur alles ganz genau an, sondern hatte auch keine Scheu, die Kobolde in ihrer Sprache anzureden oder in die Läden hineinzuschlüpfen. Ophelia bemühte sich nach Kräften, ihn unauffällig weiterzulotsen, doch das war alles andere als leicht.

Einmal erwischte sie ihn dabei, wie er sich eine Handvoll Staubnüsse in den Mund stopfte – eine anderweltliche Delikatesse, die es nur in der Vergessenen Gasse gab. Sie sahen lecker aus, waren aber höllisch scharf. Augustus musste so husten, dass sie meinte, er würde jede Minute auch ohne ihre Hilfe ins Totenreich eingehen. Ein anderes Mal probierte er einen Zaubererhut auf, der ihm erstaunlich gut stand. Wäre er ein Fae gewesen, hätte ihm nur noch passende Kleidung gefehlt. Wobei der koboldsche Verkäufer den Morgenrock über den grünen Klee lobte und so begeistert davon war, dass Augustus seine Sprache verstand, dass er ihm den Hut schließlich kostenlos überließ und Tiberius einen kandierten Regenwurm schenkte.

»Ich dachte, wir hätten ein Ziel«, stellte Ophelia fest, als Augustus den Hut an einen vorbeilaufenden Koboldjungen weiterverschenkte, der sich vor Freude kaum wiedereinkriegen konnte. »Hältst du es nicht für angebracht, dich ein bisschen zu beeilen?«

»Man muss immer noch ein wenig Zeit haben, um an

den Blumen zu riechen«, erwiderte Augustus und schnupperte wie zum Beweis an einer quietschgrünen Papierblume in der Auslage eines Zauberladens. »Sonst verpasst man nämlich zu viel von dem, was wirklich wichtig ist.«

Tiberius sah ihn an, als hätte er seit Langem nicht mehr etwas so Kluges gehört. Von da an war alle Vorsicht vergessen. Der Rabe ließ sich von Augustus' Entdeckerlaune anstecken. Sie rauschten gemeinsam durch die Gasse, als wären sie in einem wunderbaren Schlaraffenland gelandet, und Ophelia kam sich vor, als müsste sie zwei Flöhe bewachen. Als sie vor einem heruntergekommenen Pub namens *Lumpennest* anhielt, hatte sie zum ersten Mal in ihrem Leben eine Vorstellung davon, was es bedeutete, als Mensch einen Marathon zu laufen.

»Oh, wir gehen was trinken?« Augustus blieb erfreut neben ihr stehen. »Das kann nicht schaden.«

Tiberius kicherte. »Haben dir die Staubnüsse nicht gereicht? Willst du deinem Gaumen etwa auch noch die Brühe antun, die in dieser Spelunke ausgeschenkt wird? Ich kann dir sagen, davon kriegt man einen Brummschädel, das ist nicht mehr feierlich …«

Ophelia warf ihm einen finsteren Blick zu, worauf der Rabe verschämt den Kopf neigte. »Nein«, meinte sie an Augustus gewandt. »Wir suchen Isidora. Und für gewöhnlich findet man sie hier.«

Mit aller Kraft stemmte sich Ophelia gegen die Tür, die sie entgegen ihrer Gewohnheit nur einen Spaltbreit aufbekam. Sie öffnete sich erst, als ein dicker Troll ins Freie trat. Schnell huschte Ophelia an ihm vorbei ins Innere, dicht gefolgt von Tiberius und Augustus. Und für einen Moment war selbst der sonst so wortgewandte Augustus Pinlin sprachlos.

10

Im Lumpennest

Das *Lumpennest* war viel mehr als ein Pub. Es war der Ort, an dem all die Kuriositäten angespült wurden, die nirgends sonst eine Heimat hatten.

Dazu zählten seltsame Dinge wie uralte Kinematografen, die hin und wieder sogar für eine Vorstellung benutzt wurden, sprechende Schaukelstühle und ausgestopfte Tiere, die im fahlen Licht vom *Lumpennest* wieder zum Leben erwachten.

Aber auch die Gäste, die sich auf den Bänken drängten, waren ein bunt zusammengewürfelter Haufen fragwürdiger Existenzen. Da saß der uralte Schwarzmagier neben dem jungen Nekromanten und stritt über die Vergänglichkeit des Seins. Ein Troll spielte mit zwei Irrlichtern Karten. Und eine Horde Hexen interpretierte in einer besonders dunklen Ecke ihre Teesätze. Barden suchten in diesem Zwielicht nach spannenden Geschichten für ihre Lieder. Brennende Pfeile flogen durch die Luft, weil wie immer Feuerdart gespielt wurde. Auf einer winzigen Bühne gab eine Koboldband ihr Bestes. Farbiger Rauch waberte durch den Raum von den Wasserpfeifen, die geraucht wurden. Und hinter dem Tresen stand ein Troll mit pink gefärbten Haaren (auch auf der Brust) und schaute die Neuankömmlinge unter buschigen Augenbrauen an.

Ophelia drängte sich zu ihm. »Hey, Walter«, sagte sie zur Begrüßung. »Pink steht dir.«

Walter entblößte zwei Reihen schiefer Zähne. »War Zeit für was Neues, Ophe.«

Ophelia hasste es, wenn man sie so nannte. Walter war der Einzige, der das ungestraft tun durfte. Er gehörte zu ihren wenigen Freunden in der Stadt, interessierte sich wie sie heimlich für die Geschichten des Windes und war darüber hinaus ein Meister verschiedener Kampfkunstarten. Ophelia hatte schon einige Techniken von ihm gelernt, die sie während des Unterrichts in der Akademie gut gebrauchen konnte, und auch sonst hatte er immer ein offenes Ohr für sie – und sie für ihn. Deshalb wusste sie, dass hinter seinem grummeligen Äußeren eine Seele von Troll steckte, der sich um seine Gäste ebenso sorgte wie um die Fliegen an den Fenstern. Nicht selten turnte er nach Feierabend mit einem winzigen Glas über die Bänke, um die kleinen Nervenbolde unbeschadet ins Freie zu bringen. Wenn man ihn jetzt gerade sah, wie er mit düsterer Miene dastand, ahnte man davon allerdings nichts.

»Der Rabe hat übrigens Hausverbot«, brummte er.

»Hat meinen ganzen Haselnusslikör ausgesoffen und dann betrunken auf dem Deckenbalken geschlafen. Der hat geschnarcht, dass ich eine Etage darüber kein Auge zugemacht habe.«

Tiberius schaute schuldbewusst auf seine Krallen. »Ich war nicht betrunken«, murmelte er. »Das war eine … allergische Reaktion.«

Walter sah ihn an, als wollte er ihm am liebsten eine ganz andere Art von allergischer Reaktion bescheren. Dann schaute er zu Augustus hinüber und sog die Luft ein. »Untot«, murmelte er. Seine linke Augenbraue wanderte nach oben, er musterte Ophelia von Kopf bis Fuß. »Steckst du in der Klemme, Ophe?«

Sie zuckte mit den Schultern. »Das wird sich noch rausstellen. Ist Isidora da?«

»Klar.« Walter nickte in eine finstere Ecke. »Sie zockt mit zwei beduselten Freunden des Lichts. Ich sag dir, die gehen ohne einen einzigen guten Gedanken hier raus.«

Er zwinkerte und wandte sich wieder den Gläsern zu, die er mit eindrucksvollem Geschick abspülte. Ophelia stellte sich auf die Zehenspitzen. Ihre Feenaugen hätten den verfluchten Rauch normalerweise problemlos durchdrungen. Aber jetzt war es Augustus, der Isidora erspähte und ihnen vorausging. Mühelos schob er sich an zwei Gnomen vorbei und blieb vor einem Tisch in der Ecke stehen.

Daran hockten zwei junge Lichtfeen mit geröteten Wangen und blinzelten müde über ihre Karten. Ihnen gegenüber saß eine Gestalt in einem grauen Umhang. Weiße Locken sprudelten unter der Kapuze hervor, die knochigen Hände waren mit silbernen Ringen besetzt, und als sie nun den Kopf hob, kam ein runzliges Gesicht mit tiefroten Augen und tückischem Lächeln zum Vorschein. Isidora hätte eine ausgezeichnete Hexe abgegeben, wäre sie nicht schon eine Dunkle Fee gewesen.

»Sieh an«, sagte Isidora, als sie Ophelia erkannte. »Was treibt dich denn an meinen Tisch? Möchtest du mir auch ein paar Gedanken anbieten? Du weißt, ich kann sie immer gut gebrauchen für meine Zauber.«

Das wusste Ophelia allerdings. Sie schüttelte den Kopf. Aber ehe sie etwas erwidern konnte, räusperte sich Augustus. »Ich bin es, der dich gesucht hat.« Er schaute Isidora fest an. »Ich brauche deine Hilfe.«

Offenbar lag etwas in seiner Stimme, das Isidora mehr versprach als die paar Lichtgedanken, die sie von den betrunkenen Feen erwarten konnte. Mit nachlässiger Geste malte sie ein Zeichen in die Luft, worauf die Fae sich von plötzlicher Übelkeit ergriffen an den Bauch fassten und das Weite suchten. Isidora lachte. »So schnell steigt einem der magische Holunderbeersaft zu Kopf. Nutzt die Chance und setzt euch, bevor die Plätze weg sind.«

Ophelia und Augustus folgten ihrem Rat. Tiberius hockte sich mitten auf den Tisch. Isidora schnipste mit den Fingern. Sofort wurden die Gespräche um sie herum dumpf. Ophelia wusste, dass sie nun niemand mehr belauschen konnte. Isidora hatte immer schon einen Sinn für Geheimnisse gehabt. Sie sah Augustus abwartend an. »Also?«, fragte sie nur.

»Ich suche einen Weg zu Adámas' Palast«, sagte Augustus ohne Umschweife. »Und ich weiß, dass du mir helfen kannst.«

Wenn Isidora von diesem Ziel überrascht war, ließ sie es sich nicht anmerken. »Natürlich kann ich das. Die Frage ist aber, ob ich es auch will. Denn ich habe mir schon vor langer Zeit abgewöhnt, etwas zu tun, das ich *nicht* will.«

»Klug«, erwiderte Augustus leise.

»Ja«, raunte Isidora nicht lauter. »So kennt man mich.«

»Ich habe etwas, das dir die Entscheidung erleichtern wird«, meinte Augustus. »Sieh genau hin.«

Sie schauten einander über den Tisch hinweg an, und etwas in ihren Blicken gab Ophelia das Gefühl, dass die Zeit stehen blieb. Gerade noch war Augustus der staunende kleine Junge gewesen. Aber jetzt, Auge in Auge mit dieser Dunklen Fee, war er wieder der Zauberer mit der Wolfsseele und dem Fuchslächeln. Unmerklich neigte er den Kopf und seine Augen wurden klar wie stille Seen. Ophelia konnte nichts darin erkennen, doch Isidora beugte sich vor, als wollte sie das, was sie in seinen Augen sah, noch genauer betrachten. Augustus senkte den Blick. Gleich darauf waren seine Augen wieder wie vorher.

Isidora nickte. »Gut«, sagte sie ein wenig heiser. »Wie

ich sehe, kannst du mich bezahlen. Aber du wirst es jetzt gleich tun. Danach werde ich dir helfen.«

Augustus zögerte. Doch schließlich nickte er.

»Schließe die Augen«, raunte Isidora. »Und … lass los.«

Ihre Stimme war wie das Zischeln einer Schlange. Ophelia schauderte, als Isidora ihre langen Krallenhände nach Augustus ausstreckte, der mit geschlossenen Augen dasaß. Er lächelte nicht mehr. Stattdessen war ein Schmerz in seinem Gesicht, der Ophelia gegen ihren Willen berührte. Jetzt bewegte Isidora ihre Finger. Da glitt ein Licht aus Augustus' Brust, klar wie ein Frühlingsmorgen, und Ophelia vernahm ein Geräusch. Es war das Lachen einer Frau, und es war so makellos, so schön und unbefangen, wie sie es noch nie gehört hatte. Augustus lächelte, als er dieses Lachen zum letzten Mal hörte.

Dann schloss Isidora ihre Krallen um die Erinnerung, und das Lachen verstummte. Blitzschnell ließ die Fee einen ihrer Giftringe über dem Licht zuschnappen. Auf einmal schien es dunkler geworden zu sein im *Lumpennest*, noch dunkler als zuvor. Aber den Glanz in Augustus' Augen bemerkte Ophelia trotzdem. Zum ersten Mal, seit er sie bestohlen hatte, empfand sie Mitgefühl für ihn.

»Du hast, was du wolltest.« Augustus' Stimme war rau. »Wie geht es nun weiter?«

»Nun sollst du kriegen, was du willst«, entgegnete Isidora. »Denn ich halte immer mein Wort.« Sie lauschte, und als hätte sie der Kirchturmuhr befohlen zu schlagen, klangen auf einmal Glockentöne zu ihnen. »Kommt zum schiefen Turm. Geht langsam und schaut euch die Sterne an. Ich werde euch erwarten mit dem, was du brauchst.«

Augustus nickte unmerklich. Ohne ein weiteres Wort stand er auf und verließ das *Lumpennest.* Ophelia und Tiberius nickten Isidora zum Abschied zu, doch an der Tür schaute Ophelia noch einmal zurück. Ihr Blick verlor sich im Rauch der Wasserpfeifen, noch einmal hörte sie das Lachen der Frau in sich widerhallen. Sie hatte selten ein glücklicheres Lachen vernommen als dieses, und sie fragte sich unwillkürlich, wer die Frau gewesen war. Hatte Augustus sie gekannt? Hatte er sie vielleicht sogar … geliebt?

11

Wie die Sterne über uns

Tiberius flog eine Runde über die Stadt. Offenbar wollte er sich den Geruch vom *Lumpennest* aus dem Gefieder wehen lassen. Ophelia und Augustus gingen schweigend durch schlafende Gassen.

Anfangs hatte Ophelia ihre Neugier kaum zurückhalten können. Aber etwas in Augustus' Schweigen hielt sie davon ab, ihn nach der Frau zu fragen. Im Geist hörte sie ihre Lehrer in der Akademie, konnte sich ihr spöttisches Gelächter vorstellen, wenn sie Ophelia jetzt sehen würden: eine Fee, die Mitleid mit dem Kerl hatte, der sie bestohlen hatte. Und normalerweise hätte Ophelia ihnen recht gegeben. Doch jetzt, da sie mit Augustus durch die Stadt lief, fühlte sich ihr Schweigen richtig an. Er war nicht der durchtriebene Magier, für den sie ihn zuerst gehalten hatte, jedenfalls nicht nur, und er hatte gerade das glücklichste Lachen seines Lebens verloren. Sie würde nicht in dieser Wunde herumbohren. Und wenn sie dadurch eine miserable Dunkle Fee war, dann war das ein geringeres Übel, als noch einmal den traurigen Glanz in Augustus' Augen zu sehen.

In einer besonders finsteren Gasse blieb Augustus stehen. Er legte den Kopf in den Nacken und schaute zum Himmel hinauf. »Die alte Hexe hat recht gehabt«, murmelte er. »Sieh nur, kleine Fee. Sieh dir diese Sterne an.«

Tatsächlich breitete sich über ihnen ein nachtschwarzer Himmel mit unzähligen Glitzerlichtern aus. Ophelia konnte sich nicht erinnern, wann sie zuletzt ein solches Firmament gesehen hatte, und wieder fragte sie sich, warum die Dinge ihr auf einmal so anders erschienen.

»Es tut mir leid, dass Isidora das getan hat«, flüsterte sie. »Dass sie dieses Lachen gefangen hat.«

Augustus sah sie von der Seite an. »Dieses Lachen lässt sich nicht fangen. Es wird immer frei sein, selbst in Isidoras Händen.«

»Aber sie hat dir deine Erinnerung genommen.«

Augustus nickte. »Das muss dir nicht leidtun. Ich habe so viele Erinnerungen in mir. Und so schön sie auch sind: Es sind nur Erinnerungen.«

Ophelia stieß die Luft aus. »Das kann nur ein Mensch sagen. Ihr habt keine Ahnung, welche Kraft in euren Erinnerungen steckt.«

»Vielleicht, weil wir keine Paläste damit bauen können«, gab Augustus zurück.

»Vielleicht könntet ihr es, wenn ihr es für möglich haltet würdet«, meinte Ophelia. »Eure Erinnerungen haben

Kriege entschieden und Welten errichtet, und sie haben so manche Fee vor dem Wahnsinn bewahrt. Sie sind mächtiger, als du glaubst.«

»Diese Erfahrung habe ich noch nicht machen dürfen«, erwiderte Augustus. »Und wenn alles glattgeht, werde ich sie ja doch loslassen. Ist es nicht so? Die Dunkelheit wird mir meine Erinnerungen nehmen, ob ich will oder nicht. Dann gebe ich sie doch lieber freiwillig her.«

»Ich kenne mich mit der Dunkelheit viel weniger aus, als ich müsste«, gab Ophelia zu. »Aber es soll Dinge geben, die stärker sind als sie. Das habe ich immer wieder gehört. Allerdings habe ich noch nicht herausgefunden, welche Dinge das sind.«

»Nun«, sagte Augustus. »Vielleicht finden wir es gemeinsam heraus.«

Ophelia sah ihn an. Zum ersten Mal, seit sie einander begegnet waren, lächelte er ohne jede Tücke, und eine Wärme lag in seiner Stimme, die sich sanft auf ihre Schultern legte.

»Ja.« Sie erwiderte sein Lächeln. »Vielleicht.«

Er holte tief Atem. »Ich bin so alt geworden«, raunte er dann. »So alt. Und ich kann an einer Hand abzählen, wie oft ich bewusst den Nachthimmel betrachtet habe. So lange habe ich mich gefragt, was Glück bedeutet, was ich tun muss, um ein glückliches Leben zu haben, und jetzt … jetzt scheint es mir, als müsste man gar nichts anderes tun, als solche Momente zu sammeln. All die kleinen Dinge, die am Ende in der Finsternis leuchten wie die Sterne über uns.«

»Ich hätte nicht gedacht, dass ein Zauberer mal so was Schlaues von sich geben würde«, meinte Ophelia und grinste. »Schon gar nicht, wenn du dieser Zauberer bist.«

Augustus lachte leise. »Und ich hätte nicht gedacht, dass wir mal nebeneinander in der Nacht stehen und den Sternenhimmel betrachten werden, ohne uns an die Gurgel zu gehen. Das …« Er brach ab und drehte sich um. Auf einmal war sein Gesicht angespannt.

Ophelia zog die Brauen zusammen. »Was ist los?«

Augustus antwortete nicht. Er schaute die Straße hinab, als würde er in ihren Schatten mehr erkennen als Ophelia – was durchaus möglich war, seit er ihre Magie in sich trug. »Ich weiß es nicht«, raunte Augustus. »Ich dachte, ich hätte etwas gehört, ein Flüstern wie von brennendem Papier. Aber ich kann nichts erkennen.«

Ophelia schauderte bei seinen Worten, doch sie kam nicht dazu, weiter nachzuhaken. Denn da flatterte ein Rabe direkt hinter ihnen mit den Flügeln. Sie erschraken so sehr, dass sie ein Stück in die Luft sprangen.

Tiberius lachte laut. »Ach, du meine Güte«, rief er. »Wo sind wir hier, beim Hüpfwettbewerb der Kobolde? Ihr müsst euch etwas mehr anstrengen, wenn ihr da mithalten wollt!«

Ophelia stieß die Luft aus. »Wir dachten, wir hätten etwas gehört. Ist dir was Ungewöhnliches aufgefallen?«

»Ungewöhnlicher, als eine Fee und einen Zauberer beim Hüpf-Contest zu beobachten?«, fragte Tiberius zurück. »Nein. Bedaure.«

Ophelia zuckte die Achseln. »Wir sollten hier nicht Wurzeln schlagen. Ich bin ziemlich sicher, dass Isidora uns schon erwartet.«

Augustus schaute noch immer die Straße hinab, wachsam wie ein Wolf, der Gefahr witterte.

Dann setzten sie sich in Bewegung. Sie gingen schnell, und immer wieder meinte Ophelia, das Geräusch von brennendem Papier hinter sich zu hören. Aber jedes Mal, wenn sie zurückschaute, waren da nichts als Schatten und Dunkelheit.

12

Der Kristall der Finsternis

Der schiefe Turm erhob sich wie ein Dorn inmitten kleinerer Häuser und starrte aus blinden Fenstern zu den Besuchern herab. Für menschliche Augen lag an seiner Stelle das gotische Denkmal für den Schriftsteller Sir Walter Scott. Doch Isidora hatte das Bauwerk in ihrem Sinne umgestaltet, ebenso wie den Park ringsherum, den sie mit wunderlichen Skulpturen bevölkert hatte. Allesamt sahen sie nicht gerade freundlich aus. Tiberius schluckte hörbar.

»Freust du dich schon?«, fragte Ophelia grinsend. »Ihr habt euch sooo lange nicht gesehen!«

Tiberius krächzte missmutig. »Nicht lange genug.«

»Ob Isidora wirklich schon da ist?« Augustus schaute zu den dunklen Fenstern hoch. »Sie hätte sehr zügig gehen müssen, um vor uns anzukommen.«

Ophelia warf ihm einen Blick zu. »Manchmal spricht der Mensch aus dir und nicht der Zauberer. Isidora kann schneller sein als ein Gedanke, wenn sie nur will. Ich gehe jede Wette ein, dass sie schon auf uns wartet.«

Tatsächlich öffnete sich die Tür des Turms wie von Geisterhand, als sie darauf zugingen.

Sie traten ein – und verloren den Boden unter den Füßen. Ophelia wurde von unsichtbaren Klauen in die Höhe gerissen und fand sich in einem Netz aus Silberfäden wieder. Prompt verbrannte sie sich an den Streben die Finger und zog ihre Hände fluchend in die Ärmel ihres Mantels zurück. Augustus erging es nicht besser. Er steckte neben ihr in einem silbernen Käfig, und offenbar sorgte Ophelias Magie dafür, dass auch er auf magisches Silber reagierte. Er zuckte zusammen, als er versehentlich eine der Stangen berührte. Tiberius war ebenfalls festgesetzt worden. Er baumelte kopfüber in einer Schlinge. Und auch wenn Silber ihm nichts anhaben konnte, schimpfte er am lautesten.

»Das ist ja die Höhe«, empörte er sich und flatterte mit den Flügeln. »Ich bin doch keine Fledermaus! Runterlassen, heda! Run! Ter! Las! Sen!«

Ophelia bemühte sich nach Kräften, das pendelnde Netz zur Ruhe zu bringen, blieb aber erfolglos. Die Magie, die in diesem Silber steckte, war einfach zu stark. Sie schnaubte. Isidora war die einzige ihr bekannte Fee, die Fremde in ihren Turm ließ – und das nicht ohne Eigennutz. Ophelia mochte lieber nicht daran denken, wie viele davon schon in diesen Käfigen gelandet waren und möglicherweise als Versuchskaninchen für dunkle Zauber hatten herhalten müssen. Sie wandte den Blick und sah gerade noch rechtzeitig, dass Augustus einen Zauber zwischen seinen Händen entspann. »Das solltest du besser bleiben lassen«, riet sie ihm. »In diesem Silber steckt spiegelnde Magie. Dein Zauber würde sich gegen dich selbst richten und dich verbrennen.«

Augustus ließ die Hände sinken. »Aber wir müssen uns befreien. Wer weiß, welchem Ungeheuer wir sonst zum Fraß vorgeworfen werden. Ich war unsicher, ob ich Isidora vertrauen kann, aber dass sie uns so übers Ohr haut …«

Ophelia winkte ab. »Das hat sie nicht getan. Das hier ist nur ihre Alarmanlage. Sie vergisst ständig, sie auszustellen, wenn sie zu Hause ist. Ob absichtlich oder nicht.« Sie richtete sich so weit auf, wie es in dem wackligen Netz möglich war, und schrie: »He, Isidora! Willst du uns hier hängen lassen, bis wir stinken, und uns dann in deine Speisekammer schleppen?« Sie lauschte, aber nichts rührte sich.

»In deinem Alter solltest du nächtliche Snacks lieber vermeiden«, rief da Augustus. »Ich spreche aus Erfahrung, das kann üble Folgen für die Verdauung haben! Soll ich dir erzählen, was passiert ist, als ich zuletzt um Mitternacht fettige Pommes Frites gegessen habe?«

Tiberius starrte Augustus entsetzt an. »Nein«, krächzte er verzweifelt. »Marla! Rette mich! Du willst mich doch nicht hier oben hängen lassen, während ich mir grauslige Verdauungsgeschichten eines Menschen anhören muss, oder doch? Du kannst …«

Ophelia hörte ein Knirschen. Dann löste sich ihr Netz aus seiner Verankerung und sie sauste auf den Boden zu. Normalerweise hätte sie sich schwungvoll in die Luft erhoben. Aber nun landete sie stattdessen unsanft neben Tiberius, den die Schlinge zu spät losgelassen hatte, um noch die Flügel entfalten zu können. Nur Augustus schwebte engelsgleich zu Boden.

»Tiberius«, säuselte da eine Stimme. Herangeflogen kam eine zerrupfte Krähe, die Tiberius schwärmerisch zuzwinkerte. »Du hast mich gerufen und ich habe dich gerettet, wie du es dir gewünscht hast! Wie schön, dass du mich besuchen kommst!«

»Marla«, seufzte Tiberius, und tatsächlich klang ein Hauch von Erleichterung in seiner Stimme mit. »Vielen Dank, dass du uns aus dieser dämlichen Alarmanlage befreit hast. Das war sehr …« Er zögerte, denn Marla war bei seinen Worten so nah gekommen, dass ihre Schnäbel sich fast berührten. »*Nett* von dir«, schloss Tiberius und flatterte auf Ophelias Schulter. »Übrigens bin ich ganz zufällig hier, das hat nicht das Geringste mit dir zu tun.«

Marla kicherte. »Ach, du musst nicht schüchtern sein. Ich weiß doch, dass du mich magst. Eines Tages wirst du es zugeben, da bin ich mir ganz sicher, und dann …«

»Wo ist denn Isidora?«, unterbrach Ophelia schnell. Normalerweise fand sie die Begegnungen der beiden Vögel ausgesprochen amüsant. Marla hatte sich vor einer Ewigkeit in Tiberius verguckt, und dieser versuchte ebenso lange, der Krähe ihre Gefühle auszureden, was allerdings nur dazu führte, dass Marla ihn noch viel stärker anschmachtete. Aber jetzt schmerzte Ophelias Rücken vom Sturz und sie war es leid, als taumelnder Knochensack durch die Gegend zu wanken. Sie wollte ihre Magie zurück, so schnell es nur ging. Da hatte sie keinen Sinn für verliebte Krähen.

»Sie ist im Arbeitszimmer«, sagte Marla, ohne Tiberius aus den Augen zu lassen. »Folgt mir.«

So elegant wie möglich flog Marla vor ihnen her. Sie kamen durch einen langen, von Büchern gesäumten Gang und erreichten einen Raum, der ebenfalls bis zur gläsernen Decke mit Büchern vollgestopft war. Sie waren überall: in Regalen vor den Wänden, in bedrohlich schwankenden Stapeln vor dem knisternden Kaminfeuer und sogar in der Luft, schwebend und mit flüsternden Seiten. Als Ophelia eintrat, flatterte eines der Bücher herbei und schnüffelte an ihr, um dann empört zu husten.

Ophelia sog die Luft ein. So ähnlich hatte sie sich immer die Bibliothek der Finsternis vorgestellt – düster, geheimnisvoll und lebendig. Auch Augustus ließ seinen Blick staunend über all die Bücher schweifen, und Ophelia musste lächeln. Sie ging jede Wette ein, dass er immer schon von einer solchen Bibliothek geträumt hatte.

»Da seid ihr ja endlich«, erklang eine Stimme hinter einem Bücherturm. Gleich darauf kam Isidoras Nasenspitze zum Vorschein. »Ihr solltet euch die Sterne angucken, aber doch kein Picknick veranstalten. Was habt ihr nur so lange getrieben?«

»Wir sind nur zu einem Drittel Fee«, gab Ophelia zurück. »Ist doch klar, dass ich mit einem Menschen und einem Raben nicht so schnell bin wie sonst.«

Isidora eilte zum Kamin. Sie trug noch immer den grauen Umhang, hatte aber die Kapuze abgenommen. Ihr Haar umwirbelte ihr Gesicht wie eine aufmüpfige weiße Wolke. »Wie auch immer«, murmelte sie und schüttelte ein rotes Pulver in einen Topf, der über dem Feuer schwebte. Knisternde grüne Funken sprühten auf. »Mein Zauber ist fast fertig. Gebt ihm noch eine kurze Weile, um sich zu vollenden.«

Sie setzten sich auf die abgewetzten Ledersessel vor dem Kamin. Tiberius hockte sich in weiser Voraussicht auf die unbequeme Lehne hinter Ophelia, doch Marla scheute keine Mühen, um in seiner Nähe zu sein. Mit sanftem Flügelschlag landete sie so dicht neben ihm, dass er beinahe abgestürzt wäre, und blinzelte ihm vielsagend zu. Isidora ließ sich auf den Hocker fallen, der auf winzigen Beinchen hinter einem Bücherberg hervorgetrippelt kam.

»So einen verrückten Auftrag hatte ich schon lange nicht mehr«, stellte sie fest. »Der Troll, der sich Flügel gewünscht hat, um damit durch die Luft zu fliegen und seinem Rivalen auf den Kopf zu spucken, kommt zwar dicht ran. Aber sich mit Adámas anzulegen, ist eine andere Hausnummer.« Sie schaute Augustus mit ihren listigen

und Feen. Doch die Gier der Menschen ist legendär. Ihr wolltet mehr. Und am Ende wolltet ihr zu viel. Ihr habt nach der Macht über die Stadt gegriffen, und dafür war euch jedes Mittel recht. In der Letzten Nacht, die in unsere Geschichtsbücher einging, habt ihr uns angegriffen, ausgerechnet in der Festung der Schatten. Und ihr habt viele von uns getötet.«

Ophelia senkte den Blick. Sie dachte an ihre Großmutter, die sie nie kennengelernt hatte, weil sie in der Festung getötet worden war. Die einzige Erinnerung, die sie an sie hatte, waren die seltenen Erzählungen ihres Großvaters … und der Schimmer in seinen Augen, jedes Mal, wenn er von ihr sprach.

»Ihr habt euch gerächt«, sagte Augustus, heiser wie nach einem langen Lauf ohne Wasser.

»Ja«, meinte Isidora. »Noch in derselben Nacht. Wir trieben etliche von euch in der Ruine der Schatten zusammen. Und wir verbrannten euch. Heute ist nichts mehr von der Festung übrig als verkohlte Mauern. Damals schuf der Schwarze Zirkel gemeinsam mit dem Rat des Lichts den Weltenschleier. Seither hat es keinen Krieg mehr zwischen unseren Völkern gegeben, denn die meisten von euch haben uns vergessen. Du bist eine Ausnahme, Augustus Pinlin. Ist dir das bewusst?«

Er erwiderte ihren Blick reglos. »Du wärst überrascht, wenn du wüsstest, wie viele Menschen so sind wie ich und nur nicht die Möglichkeit bekommen, ihre Gaben auszubilden. Viele von uns spüren, dass mehr in der Welt ist, als sie wissen. Und sie sehnen sich danach. Wäre es anders, hätte ich keine Hoffnung mehr für mein Volk.«

Isidora betrachtete ihn schweigend und für einen Moment wurde ihr Lächeln beinahe sanft. Dann schaute sie gedankenverloren aufs Feuer. »Die Menschen stürzten ins Vergessen«, fuhr sie fort. »Adámas jedoch hat nichts vergessen. Manche Legenden besagen, dass auch er Verluste erlitten hat, damals, als die Festung der Schatten von euch überrannt wurde. Sicher ist, dass er im Krieg der Feen dafür kämpfte, den Schleier niederzureißen, um euch Menschen zu unterjochen und zu vernichten. Seite an Seite mit all den Fae, die es nicht einsahen, versteckt vor den Menschen zu leben, die sie für die Gräuel der Vergangenheit verantwortlich machten. Wie wir wissen, schlug Demetrius sie mithilfe seiner Getreuen zurück. Doch es gab viele Opfer zu beklagen. Und selbst sie konnten Adámas nicht dauerhaft aufhalten. Nach dem Krieg der Feen wurde sein Name zur Legende.«

Ophelia zuckte zusammen, als die Flammen aufloderten. Gerade noch hatte sie ihren Vater darin gesehen, einen großen Mann mit freundlichen dunkelroten Augen, und ihre Mutter mit dem zarten Gesicht und dem herzlichen Lächeln. Beide hatten Rüstungen getragen. Beide waren von den Flammen verschlungen worden. Und als Mino im Feuer auftauchte, ihr Bruder mit dem wilden hellen Haar und den ausdrucksstarken Augen, die fast schwarz wirkten in der Glut, schnürte sich ihre Kehle zusammen.

»Adámas griff noch einmal nach dem Schleier«, sagte Isidora leise. »Im Verborgenen dieses Mal. Und er schaffte es beinahe, ihn zu zerreißen. Nur knapp konnten die Feen des Schwarzen Zirkels ihn damals aufhalten. Doch nicht allen gelang es, ihr Leben dabei zu bewahren. Und die Verluste wiegen bis heute schwer.«

Sie schwieg, und Ophelia schaute Mino ins Gesicht, ihrem großen Bruder, dessen Bild im Feuer tanzte und ihren Blick erwiderte, so ruhig wie früher, wenn sie mit ihren Sorgen zu ihm gekommen war. Sie konnte sich nicht erinnern, wann sie sich zum letzten Mal so sehr nach ihm gesehnt hatte, und sie wusste, dass sie sich abwenden musste, wenn sie ihre Tränen zurückhalten wollte. Aber sie konnte es nicht, und so trübte ein verräterischer Schleier ihre Sicht, bis Minos Bild aus den Flammen verschwunden war.

Erst als das Feuer wieder loderte wie zuvor, bemerkte Ophelia die Hand, die auf ihrem Arm lag und eine sanfte Wärme durch ihren Körper schickte. Es war die Hand von Augustus. Instinktiv wollte sie ihren Arm wegziehen. Aber Augustus sah sie an und in seinen Augen lag ein so tiefes Verständnis, dass sich der Schmerz in Ophelias Kehle auflöste, als hätte er einen Zauber gesprochen.

»Adámas wurde zurückgeschlagen«, fuhr Isidora fort. »Er wurde schwer verwundet, und bis zum heutigen Tag hat er keinen Versuch mehr unternommen, den Schleier zu zerreißen. Und doch …«

Sie hielt inne und schwieg, bis Tiberius es nicht mehr aushielt. »Und doch – was?«

»Und doch glaube ich nicht, dass er sein Ziel aufgegeben hat«, beendete Isidora ihren Satz. »Ich sage euch: Eines Tages wird er zurückkehren, mächtiger und grausamer als je zuvor. Adámas will die Welt brennen sehen. Und er wird erst ruhen, wenn er in ihren Flammen steht.«

Ihre Worte ließen Ophelia schaudern. »Was glaubt ihr, was mit den Fae passiert ist?«, fragte sie nachdenklich. »Denen, die ihm gefolgt sind, meine ich.«

»Sie sind zu etwas anderem geworden«, erwiderte Isidora. »Seht sie euch mal genau an – das heißt, seht sie euch besser nicht an, denn wenn ihr sie zu Gesicht bekommt, habt ihr euch Adámas zum Feind gemacht, und das ist alles andere als gesund. Aber sie werden nicht umsonst Schatten genannt, denn genau das sind sie: Kreaturen der Finsternis, die nur einem Willen unterstehen: dem Willen des Stärksten unter ihnen. Dem Willen von Adámas.«

Kaum hatte sie den Namen ausgesprochen, huschte ein Schemen hoch über ihnen über das Glasdach. Ophelia bemerkte noch ein Flattern in der Nacht wie von einem zerrissenen Umhang, und sie hörte es wieder: das unheimliche Geräusch von brennendem Papier. Gleich darauf war die Erscheinung verschwunden. Ophelia hätte daran gezweifelt, sie tatsächlich gesehen zu haben, wenn nicht Tiberius und Augustus ebenfalls angespannt zur Decke geschaut hätten.

»Schatten«, murmelte Isidora und schnipste mit den Fingern, worauf sich ihr Glasdach mit Eisblumen überzog. »Nehmt euch in Acht, wenn ihr weitergeht. Adámas weiß, dass ihr ihm auf der Spur seid.«

Tiberius stieß vor Schreck ein Krächzen aus. »Aber wie …«

»Wie er es erfahren hat?«, beendete Isidora seinen Satz. »Adámas hat seine Schatten überall, auch wenn ihr sie nicht bemerkt.«

»Das also war es, was wir in der Gasse gehört haben«, sagte Augustus düster. »Adámas beobachtet uns.«

»Mehr als das«, warf Isidora ein. »Er beobachtet euch nicht nur, er lässt es euch spüren. Vielleicht glaubt er, euch einschüchtern zu können. Es hat ihm schon immer Freude bereitet, Angst und Schrecken zu verbreiten.«

Tiberius schüttelte sein Entsetzen ab. »Da hat er sich aber geschnitten«, rief er aus, was ihm einen verzückten Seufzer von Marla einbrachte. »Ein Rabe ist noch vor niemandem weggelaufen. Jedenfalls nicht, wenn ich dieser Rabe war!«

Da prasselte das Feuer laut auf, worauf Tiberius auf Ophelias Schulter Zuflucht suchte.

»Richtig so!« Isidora lachte und stand auf. »Adámas mag mächtig sein und er tut alles dafür, um nicht gefunden zu werden. Doch es gibt Wesen, die auch ihn aufspüren können, und wenn er sich noch so sehr dagegen wehrt. Und dieser Schlüssel wird euch das Tor zu ihnen öffnen.«

Vorsichtig griff sie in ihren Kessel. Das Feuer loderte höher. Funken sprühten um ihre Hand, als sie sie wieder herauszog. Sie hielt einen schwarzen Kristall zwischen den Fingern. Als sie ihn im Feuerschein drehte, funkelte er in allen Farben des Regenbogens.

»So einen Schlüssel habe ich noch nie gesehen«, krächzte Tiberius ehrfürchtig. »Wenn ich eine Elster wäre, könnte ich glatt auf dumme Gedanken kommen.«

»Ein Kristall der Finsternis«, stellte Isidora fest. »Es gibt nur noch wenige seiner Art. Bewahrt ihn sicher. Mit ihm erlangt ihr Zutritt zum Haus der Wegweiser. Dort werdet ihr finden, was ihr sucht.«

Ophelia schluckte. Sie hatte von diesem Haus gehört, das sich irgendwo in der Stadt verbergen sollte, aber nie am gleichen Ort zu finden war – ein Haus voller Magie und lang verborgener Geheimnisse, das schon so manchen abenteuerlustigen Fae verschlungen hatte.

»Das Haus der Wegweiser«, flüsterte Tiberius. »Der gefährlichste Ort der Anderwelt.«

Isidora lächelte düster. »Es gibt viele Orte, die diesen Titel für sich beanspruchen, aber ich gebe dir recht: Das Haus der Wegweiser hätte gute Aussichten, diesen Wettbewerb für sich zu entscheiden.«

Augustus jedoch schien sich nicht zu fürchten, im Gegenteil. Er schaute auf den Schlüssel wie auf ein lang ersehntes Geschenk. »Ich habe viel über dieses Haus gelesen«, sagte er leise. »Und über seine Bewohner. Dort werde ich einen Wegweiser finden, der mich zu Adámas' Palast führen kann. Und dann werde ich mein Ziel erreichen.«

Isidora hielt ihm den Schlüssel hin, aber als er die Hand danach ausstreckte, zog sie ihn wieder zurück. »Adámas ist ein Spieler.« Zum ersten Mal sprach sie vollkommen ernst. »Sei dir dessen bewusst, wenn du ihn herausforderst.«

Augustus nahm den Kristall entgegen. Kurz flammten dessen Farben über sein Gesicht. Dann ließ er ihn in seinem Morgenrock verschwinden, so schnell, dass Ophelia seinen Bewegungen nicht folgen konnte. »Keine Sorge«, sagte er und lächelte füchsisch. »Das bin ich auch.«

13

Richtig oder falsch

Der Kristall der Finsternis funkelte in unzähligen Farben. Augustus drehte ihn im Schein einer Straßenlaterne um sich selbst und hielt ihn so nah vor sein Gesicht, als wollte er in ihn hineinkriechen. Tiberius hockte auf seiner Schulter, und Ophelia stellte fest, dass die beiden aussahen wie ein Hexer und sein Rabe. Sie selbst hatte die Arme um den Körper geschlungen und trat von einem Bein aufs andere. Ihr war nie aufgefallen, wie verflucht kalt es nachts eigentlich war.

»Und?«, fragte sie nun. »Wohin müssen wir gehen?«

Augustus zuckte mit den Schultern. »Keine Ahnung. Ich kann die Bilder im Kristall nicht deuten.«

Tiberius krächzte unzufrieden. »Stand denn in all deinen schlauen Büchern nicht, wo das Haus der Wegweiser zu finden ist?«

»Natürlich nicht«, gab Augustus zurück. »Das Haus der Wegweiser ist ein Rätsel und ein Geheimnis. Es befindet sich nie am selben Platz. Deswegen brauchen wir ja den

Schlüssel. In ihm muss ein Hinweis darauf sein, wo wir suchen müssen.«

Ophelia betrachtete den Kristall. Sie sah seltsame Lichtreflexe darin, verzerrte Gesichter, die sich gleich darauf auflösten, und flirrende bunte Farben. »Das ist kein Hinweis«, stellte sie fest. »Das ist ein gewaltiges Kuddelmuddel. Wahrscheinlich hat Isidora zu viel Holunderbeersaft getrunken, als sie den Kristall gezaubert hat.«

Tiberius kicherte. »Dann spiegeln sich hier wohl gerade ihre wirren Gedanken. So ungefähr habe ich es mir in ihrem Kopf auch vorgestellt.«

»Nein«, murmelte Augustus. »Ich kann die Magie fühlen, die in diesem Kristall steckt. Er ist der Schlüssel, ohne Frage. Aber was will er uns nur sagen?«

»Dass wir ein Nickerchen machen sollten«, meinte Tiberius. »Optische Täuschungen sind ein Zeichen von Übermüdung und …«

Ophelia horchte auf. »Was hast du gesagt?«

»Dass wir in dem Kristall wahrscheinlich nur nichts erkennen, weil wir müde sind«, entgegnete Tiberius. »Ich jedenfalls könnte eine Mütze voll Schlaf gut gebrauchen. Allerdings bin ich auch nicht so magisch aufgeladen wie ihr. Was übrigens wirklich ein Jammer ist. Wäre ich es, würde ich womöglich doch noch zu einem Meisterdieb und Superkrieger werden.«

Ophelia nahm Augustus den Kristall aus der Hand. Sie kniff die Augen zusammen, um sein Innenleben besser erkennen zu können. »Tiberius, du bist ein Genie!«, rief sie aus. »Jedenfalls manchmal.«

Der Rabe schaute sie verständnislos an. »Natürlich bin ich das. Aber wie kommst du gerade jetzt darauf?«

»Was wir im Kristall sehen, sind optische Täuschungen«, erklärte Ophelia. »Verzerrte Spiegelbilder, Hologramme und so weiter. Und wo findet man Illusionen dieser Art?«

Augustus schlug sich vor die Stirn. »In der Camera Obscura! Warum bin ich nicht gleich darauf gekommen?«

»Tja.« Tiberius putzte sich den Schnabel. »Manchmal braucht eben selbst ein Magier einen klugen Raben, der ihm auf die Sprünge hilft. Aber ist die Camera Obscura nicht eine Touristenattraktion?«

Ophelia gab Augustus den Kristall zurück. »Sie ist viel mehr als das. Die Illusionen, die dort gezeigt werden, sind nicht alle mit dem Verstand zu erklären. Auch wenn die Menschen das gern glauben möchten.«

»Nicht alle Menschen«, warf Augustus ein. »Und abgesehen davon werden auch Feen von der Camera Obscura angezogen. Verwunderlich, wo ihr doch normalerweise so darauf bedacht seid, eure Sinne zusammenzuhalten.«

»Es ist wichtig, die Sinne zu trainieren«, sagte Ophelia. »Die Camera Obscura ist ein magischer Ort, an dem nur eines gilt: Nichts ist, wie es scheint. Da wollte ich schon immer mal hin.«

Tiberius warf ihr einen finsteren Blick zu. »Wir besuchen aber nicht die Camera Obscura, jedenfalls nicht nur. Wir betreten das Haus der Wegweiser. Muss ich dich wirklich daran erinnern, dass das kein Ort für einen lustigen Ausflug ist? Das Haus verschluckt Abenteurer wie ich Blaubeeren. Es ist mordsgefährlich.«

Augustus ließ den Kristall wieder in seinem Ärmel verschwinden. »Zu gefährlich für ein Rabengenie, eine tollkühne Dunkelfee und einen Magier im Morgenrock?«

Er zwinkerte so schelmenhaft, dass Ophelia grinsen musste. »Niemals«, erwiderte sie. »Wenn man uns drei anschaut, könnte man denken, dass wir auch dem Reich der Illusionen entsprungen sind. Wer sollte es also mit dem Haus der Wegweiser aufnehmen können wenn nicht wir?«

Tiberius seufzte. »Ich sehe schon: Meine Vernunft nützt hier wieder einmal überhaupt nichts. Also, lasst uns gehen. Je schneller wir ins Warme kommen, desto besser.«

Tatsächlich war der Wind schneidend kalt geworden. Mit angezogenen Schultern machten sie sich auf den Weg. Jenseits der Pubs lag die Stadt in tiefem Schlummer. Nur vereinzelt begegneten ihnen ein paar Kobolde, die in der Oberwelt ihren Geschäften nachgingen. Doch offenbar war es auch ihnen in dieser Nacht zu ungemütlich auf den Straßen. Sie hasteten über den Mound, den künstlich angelegten Hügel in der Mitte der Stadt, der New Town und Old Town verband. Hier fand regelmäßig der große

Vollmondmarkt der Anderwelt statt, natürlich verborgen vor den Menschen. Jetzt aber war der Platz frei von Ständen und die Kobolde schauten weder nach rechts noch nach links. Ophelia musste aufpassen, nicht mit ihnen zusammenzustoßen.

»Bei diesem Wetter wagt sich kein vernünftiges Wesen auf die Straße«, stellte nun auch Tiberius fest. »Abgesehen von uns. Und … oh. Sie ist auch da.«

Ophelia folgte seinem Blick und entdeckte eine Dunkle Fee, die in Lumpen gehüllt auf einer Bank saß. Ein paar Tauben hockten vor ihr auf dem Boden. Ihr wirres schwarzes Haar fiel ihr ins Gesicht und sie murmelte vor sich hin. Hinter ihr erhob sich die Scotish National Gallery. Vor dem klassizistischen Gebäude wirkte die Fee seltsam deplatziert.

»Wer ist das?«, fragte Augustus.

»Philippa«, antwortete Ophelia. »Oder auch *die verrückte Feenkrähe,* wie sie von den Lehrern der Akademie genannt wird. Sie hockt gern auf irgendeiner Bank in der Unterwelt oder hier oben, besonders, wenn gerade Markt ist. Dann lachen alle über sie und die jungen Feen reißen lautstark ihre Witze, aber das scheint ihr ziemlich egal zu sein.«

Augustus sah zu, wie Philippa sich nach vorn beugte und flüsternd die Lippen bewegte. »Was tut sie da?«

Ophelia zuckte mit den Schultern. »Wahrscheinlich redet sie mit den Vögeln oder irgendwelchen anderen Tieren. Oder mit sich selbst. Das tut sie andauernd.«

»So wie du also?«, fragte Augustus belustigt. »Immerhin redest du permanent mit Tiberius. Oder ist er etwa kein Vogel?«

»Das ist was ganz anderes«, meinte Ophelia. »Tiberius antwortet mir. Jedenfalls meistens. Er ist ein Vogel mit Charakter, er ist klug und er kennt mehr Schimpfwörter, als jemals in ein winziges Taubenhirn passen würden.«

Tiberius flatterte geschmeichelt mit den Flügeln. »Herzlichen Dank.«

»Du unterschätzt die Tauben«, mahnte Augustus. »Sie sind Meister, wenn es darum geht, sich über lange Strecken zurechtzufinden, denn sie orientieren sich an den Magnetfeldern der Erde. Sie können 120 Stundenkilometer schnell fliegen. Und sie können ihre Jungen mit eigens produzierter Milch ernähren, wodurch sie unabhängig von anderen Nahrungstieren sind. Davon abgesehen, dass einige der wichtigsten Briefe in der Anderwelt von Tauben zugestellt wurden.«

Ophelia verdrehte die Augen. »Ist ja gut. Ich wusste nicht, dass Tauben deine Freunde sind.«

»Sind sie nicht«, gab Augustus zurück. »Auch wenn ich es schön fände. Vögel sind klüger als wir. Und damit meine ich nicht nur unseren Genie-Raben hier. Sie sind frei, ohne anderen die Freiheit zu nehmen. Die Welt wäre ein besserer Ort, wenn wir wären wie sie. Und eins ist sicher: Wenn ich könnte, würde ich auch mit ihnen sprechen. Abgesehen davon soll es ziemlich kompliziert sein, sich mit manchen Tieren zu verständigen. Ratten beispielsweise sollen ihre wahren Stimmen nur den wenigsten Leuten offenbaren. Was ein Zeichen für ihre Klugheit ist.«

Ophelia schaute zu Philippa hinüber, die noch immer vor sich hinmurmelte. »Sie redet aber nicht nur mit den Tieren«, sagte sie. »Philippa haust unten am Fluss in einem faulenden Baumstamm und hat nicht mehr alle Tassen im Schrank. Sie ist das beste Beispiel dafür, was aus mir werden kann, wenn ich es nicht schaffe, eine richtige Dunkle Fee zu werden.«

Augustus hob die Brauen. »Bist du jetzt etwa eine falsche Dunkle Fee?«

Normalerweise hätte Ophelia das Gespräch an dieser Stelle beendet. Immerhin gingen ihre geheimsten Sorgen niemanden etwas an, und Augustus Pinlin schon gar nicht. Aber seine Stimme war so behutsam, sein Lächeln so sanft, dass ihre Antwort wie von selbst über ihre Lippen kam. »Sagen wir es so: Ich bin eine Fee mit Verbesserungspotenzial.«

»Für mich schaust du ganz ordentlich aus«, stellte er achselzuckend fest. »Und deine Gummistiefel geben dir den letzten Pfiff.«

Ophelia musste lachen. »Da sieht man, dass du keine Ahnung davon hast, wie eine Dunkle Fee sein sollte. Die würde zum Beispiel nie im Leben Gummistiefel tragen. Schon gar keine bunten.«

»Ach ja«, meinte Augustus. »Die Dunklen Feen verachten alle Farben, das hatte ich fast vergessen. Seltsam nur, dass so viele von ihnen Schwarz tragen. Immerhin ist Schwarz die Königin der Farben. Sie vereint alle anderen Farben in sich.«

Ophelia musste lächeln. Wie gern hätte sie diesen Satz in der Akademie angebracht, wenn sie wieder einmal für ihre Kleidung getadelt wurde. »Nicht für eine richtige Dunkle Fee«, erklärte sie dennoch, denn sie wusste, was ihre Lehrer antworten würden.

»Eine richtige Dunkle Fee«, wiederholte Augustus. »Wer sagt dir denn, was richtig oder falsch ist? Und wem glaubst du am Ende?«

Eine Bewegung in ihrem Augenwinkel ließ Ophelia zu Philippa hinübersehen, oder besser: das Innehalten einer Bewegung.

Denn Philippa hatte aufgehört zu flüstern. Regungslos saß sie jetzt da und schaute Ophelia hinter ihrem Vorhang aus schwarzem Haar an, die Augen glühend wie Kohlen. Es war fast, als würde sie Ophelia dieselbe Frage stellen wie Augustus, ohne auch nur ein Wort zu sprechen. Aber gleich darauf murmelte Philippa schon wieder vor sich hin und – tatsächlich! – eine Ratte huschte unter der Bank hervor und schaute neugierig zu ihr auf.

Ophelia hob die Schultern.

»Die Lehrer in der Akademie wissen schon ziemlich genau, wie eine Dunkle Fee zu sein hat. Ich bin allerdings so weit von ihrer Vorstellung entfernt, dass ich nicht weiß, ob ich sie jemals erfüllen werde.«

Augustus lächelte. »Vielleicht solltest du dich fragen, ob du sie überhaupt erfüllen *willst.* Niemand ist im Besitz der absoluten Wahrheit, und wenn das doch jemand behauptet, kann ich dir nur eines raten: Lauf weg, so schnell du kannst. Es gibt viele Wirklichkeiten auf der Welt. Zu viele, um sie in eine Kiste zu packen mit der Aufschrift *richtig* oder *falsch.*«

Ophelia warf Augustus einen Blick zu. »Du hättest einen guten Lehrer an der Akademie abgegeben, wärest du ein Fae. Ich glaube, du hättest den Laden ganz schön in Schwung gebracht.«

»Wäre ich ein Fae«, sagte Augustus leise, »wäre ich jetzt nicht hier.« Ein Schatten huschte über seine Züge, aber ehe Ophelia fragen konnte, was er damit meinte, kehrte der Schalk in seine Augen zurück. »Jedenfalls wäre ich als Lehrer der Akademie schneller rausgeflogen, als ich hätte gucken können. Bis dahin allerdings hätte ich sicher viel Spaß gehabt. Und meine Schüler bestimmt auch.«

»Weniger Spaß als jetzt kann man kaum haben«, stellte Ophelia fest. »Es ist so …«

»Langweilig, langweilig, langweilig«, beendete Tiberius ihren Satz. »Dieses Wort benutzt du am meisten, wenn du von dem Unterricht dort sprichst.«

»Es stimmt auch«, meinte Ophelia. »Und meine Lehrer, ach du meine Güte. Sie sind so streng und wehe, du verstehst etwas nicht. Dann wirst du ausgelacht, vor allen anderen. Das stärkt den Ehrgeiz, behaupten sie.«

Augustus schüttelte den Kopf. »Einen größeren Blödsinn habe ich noch nie gehört. Und du wirst oft ausgelacht?«

»Andauernd.« Ophelia seufzte. »Jedes Mal, wenn ich eine Formel falsch zitiere. Oder einen Zauber vermassle. Oder meine Stimme versagt.«

»Deine Stimme ist frei«, erwiderte Augustus. »Solange du nicht zulässt, dass sie jemand in Ketten legt. Sie kann tun, was sie will. Versagen inklusive.«

Ophelia musste bei diesen Worten lächeln. Wie gut hätte es ihr getan, sie einmal von einem ihrer Lehrer zu hören! Sie teilte diesen Gedanken Augustus mit, worauf dieser ebenfalls einen Seufzer ausstieß.

»Die meisten Lehrer sind Flitzpiepen«, stellte er fest, wobei ihm das letzte Wort einen anerkennenden Blick von Tiberius einbrachte. »Aber trotz allem ist es gut, sie zu haben. Denn selbst von den schlechten kann man was lernen, wenn auch nicht unbedingt das, was sie dir beibringen möchten. Du darfst nur nie aufhören zu hinterfragen, was sie dir erzählen. Denn es gibt einen Lehrer, der klüger ist als sie alle zusammen. Und der bist du selbst. Vergiss das nicht.«

»Und dann gibt es noch mich«, warf Tiberius ein. »Genius Tiberius, zu deinen Diensten.«

Ophelia grinste über den Einwurf des Raben, doch sie

sah Augustus an. Auf einmal schien es ihr, als würde ein leibhaftiger Wolf neben ihr gehen, mit vom Alter ergrautem Fell und so viel Weisheit im Blick, wie sie sie in all den Büchern der Akademie noch nicht gefunden hatte. Seit er ihre Magie in sich trug, fiel ihr sein wahres Alter kaum noch auf. Nur manchmal, in Momenten wie diesem, schimmerte es durch, aber es ließ ihn nicht müde und gebrechlich wirken. Es leuchtete wie ein Stern, und Ophelia konnte spüren, wie einzelne Strahlen in ihr Inneres fielen … sacht wie Regen auf verdorrte Felder. Sie zog die Brauen zusammen. Seit wann dachte sie an den Regen wie an einen Freund?

Ein Geräusch unterbrach ihre Überlegungen. »Hört ihr das auch?«, fragte sie flüsternd.

Augustus nickte. »Ja«, raunte er düster. »Brennendes Papier.«

Er schaute auf das Dach des Gebäudes hinter ihnen. Es war die *School of Divinity* der Universität mit ihren neugotischen Türmen, Brüstungen und Erkern.

Und jetzt bemerkte Ophelia sie auch: drei Gestalten, in schwarze Umhänge gehüllt, die von den hohen Türmen aus zu ihnen herabstarrten. Die Finsternis unter den Kapuzen ließ Ophelia schwindeln, so undurchdringlich war sie, und da tauchten neun weitere Gestalten auf den Brüstungen auf. Ihre Umhänge wehten lautlos im Wind, und ihr Anblick war so unwirklich, als könnten sie jeden Moment wieder verschwinden. Aber das taten sie nicht.

Stattdessen entfachten sie schwarze Flammen auf ihren Händen.

»Flieht«, flüsterte Augustus. »Flieht, so schnell ihr könnt!«

Ophelia taumelte rückwärts, und da glitten die Schatten vor – geradewegs auf sie zu.

14

Schatten

Der Feuerball schlug direkt neben Ophelia ein. Er hätte Augustus voll erwischt, wenn der Magier nicht in letzter Sekunde zur Seite gesprungen wäre. Ophelia duckte sich hinter ihm vor fliegenden Steinsplittern und ignorierte Tiberius' panisches Krächzen, der ihre Schulter losließ und neben ihr herraste.

Zu deutlich spürte Ophelia die Kälte der Schatten, die ihnen nachjagten, und die Glut der Feuerzauber, die in immer rascherer Folge auf sie niedergingen. Sie hatte von Zaubern dieser Art gelesen, aber sie nie am eigenen Leib gefühlt. Die Zauber, die die Lehrer in der Akademie ihnen beibrachten, waren dagegen ein schlechter Scherz.

»Duckt euch!« Augustus fuhr herum und stieß die Fäuste vor. Tiberius ging in einen Sinkflug. Ophelia landete der Länge nach am Boden. Schon brandete ein Strom aus weißem Feuer aus Augustus' Fäusten über sie hinweg und hüllte drei Schatten ein, die ihnen gefährlich nah gekommen waren.

Fassungslos starrte Ophelia Augustus an. Ein Mensch konnte mit ihrer Magie solche Zauber wirken, war es zu fassen?

Krachend landete ein schwarzer Feuerball dicht hinter ihr und trieb sie wieder auf die Beine. Tiberius schlug hektisch mit den Flügeln, als zwei Schatten heranschossen. Schon streckten sie die Hände nach ihnen aus. Ophelia sah mit Schrecken, wie sich Tiberius' Gefieder mit Raureif überzog. Atemlos ballte sie die Fäuste und schuf einen winzigen Funken in ihrer Hand. Sie schleuderte ihn auf ihre Verfolger, und mit einem Knall explodierte er zu einem grellweißen Leuchten. *Blendzauber*, ging es Ophelia durch den Kopf. *Kleiner Einsatz, große Wirkung.*

»Schnell«, raunte Augustus neben ihr. »Hier rein!«

Er packte Ophelias Arm, und ehe sie wusste, wie ihr geschah, rannte sie die Stufen einer schmalen Gasse hinauf. Sie stolperte über Mülltonnen und Dreck, wurde von Augustus weitergezerrt, hetzte über die Royal Mile und landete vor dem Eingang der Saint Giles Cathedral. Tiberius landete auf ihrer Schulter und Augustus zögerte nicht. Er legte beide Hände gegen das Portal und murmelte einen Zauber. Die Tür öffnete sich. Eilig drückten sie sich ins Innere.

Ophelia bemerkte noch die Kobolde, die in dem dämmrigen Kirchenschiff lebten und aufgeschreckt hinter Säulen und in Mauernischen verschwanden. Dann war es still.

Ophelia hatte Kirchen immer gemocht. Sie liebte es

sich vorzustellen, wie viele Menschen und Anderwesen in diesen alten Gebäuden schon Halt und Trost gesucht hatten. Wenn sie lauschte, konnte sie normalerweise sogar die Gebete lang vergangener Tage hören, die sich in den Gemäuern verfangen hatten. Jetzt jedoch nahm sie nichts wahr als Tiberius' Herzschlag … und das Flüstern von brennendem Papier.

Seite an Seite mit Augustus wich Ophelia zurück. Tiberius zitterte auf ihrer Schulter so stark, dass er sich anhörte wie ein Klapperstorch. Das Wispern wurde lauter. Und da kamen die Schatten in die Kirche: durch die Fenster, die Ritzen im Mauerwerk, den Türspalt. Sie waren wie schwarzer Nebel und richteten sich am Ende des Mittelgangs zu voller Größe auf. Ophelia stellte fest, dass sie nur noch zu zehnt waren – zwei von ihnen hatten sie also erwischt. Aber die Befriedigung darüber hielt nicht lange an. Denn jetzt trat einer der Schatten vor. Mit einer fließenden Bewegung streifte er seine Kapuze ab, und seine Erscheinung löschte jedes Triumphgefühl in Ophelia aus.

Vor ihnen stand ein Fae des Lichts. Doch er sah nicht mehr so aus, wie Helle Feen normalerweise aussahen. Sein goldenes Haar fiel wie tödliches Feuer auf seine Schultern, seine einst traumblauen Augen waren gesprungen wie ein gefrorener See und seine Haut war mit feinen Rissen überzogen, als wäre er eine Statue aus Stein. So wie ihn hatte Ophelia sich früher die Engel vorgestellt, von denen so viele Geschichten der Menschen erzählten – grausam und wunderschön. Und genau so war auch das Lächeln, das sich jetzt auf den Lippen des Schattens bildete: makellos wie ein tödliches Versprechen.

Ophelia rechnete damit, durch einen einzigen Blick von ihm zu Eis verwandelt zu werden. Aber der Schatten beachtete sie gar nicht. Er konzentrierte sich auf Augustus.

»Alter Mann«, raunte der Schatten mit einer Stimme, die wie flüsternde Asche klang. »Es ist lange her, seit wir uns zuletzt begegnet sind. Und du bist noch derselbe Narr wie damals.«

»Nicht Narr genug«, erwiderte Augustus kalt. »Sonst würdest du mich nicht verfolgen, Cairon. Fürchtet Adámas sich etwa inzwischen vor einem Magier wie mir?«

Cairon hob das Kinn. »Adámas fürchtet nichts und niemanden. Aber er lässt sich nicht jagen, das solltest du wissen, schon gar nicht von einem schwachen Menschen wie dir. Und wenn du es dennoch versuchst, aus welchen einfältigen Gründen auch immer, jagen wir dich.«

»Meine Gründe gehen über deinen Schattenverstand hinaus«, gab Augustus zurück. »Adámas hat ein Unrecht begangen. Ich will es vergelten. Das ist alles.«

»Du willst Rache, alter Mann«, entgegnete Cairon mit leisem Lächeln. »Doch du wirst sie nicht bekommen. Du kannst nicht ändern, was geschehen ist. Du kannst sie nicht wieder lebendig machen. Und du wirst das Amulett der Nacht niemals wiedersehen.«

Ophelia fuhr zusammen, ebenso wie Tiberius auf ihrer

Schulter. Das Amulett der Nacht war ein Mythos. Es hieß, es wäre aus einem Stück des Himmels geschmiedet worden, und dass es die Kraft aller Albträume der Welt und aller im Schlaf vergossenen Tränen in sich vereinte. Nur wenige magische Artefakte waren so mächtig wie dieses Amulett – und nur wenige so gefährlich. War es tatsächlich das Amulett der Nacht, das Augustus haben wollte? Ophelia konnte es kaum glauben, aber als sie ihn betrachtete, wusste sie, dass Cairon die Wahrheit gesagt hatte. Augustus Pinlin hatte sich tatsächlich das Amulett der Nacht in den Kopf gesetzt, und jetzt lachte er auch noch, sanft und tückisch.

»Wer ist jetzt der Narr?«, fragte er dunkel. »Ich werde das Amulett nicht nur sehen. Ich werde es mir zurückholen.«

»Augustus.« Cairon schüttelte langsam den Kopf. »Du warst einmal ein großer Magier … für einen Menschen. Du hättest es weit bringen können. Doch nun wird sich niemand an dich erinnern, weder in dieser Welt noch in einer anderen. Du wirst sterben, alter Mann. Noch heute Nacht.«

Augustus lächelte, als er einen Schritt auf den Schatten zutrat. »Ich verrate dir ein Geheimnis«, flüsterte er, und Ophelia konnte den Wolf in ihm grinsen sehen, auch wenn sie hinter ihm stand. »Ich bin schon tot!«

Ophelia bemerkte noch das Flackern, das bei dem letzten Wort durch Cairons Augen ging. Dann riss Augustus den Arm in die Höhe und schlug eine brennende Peitsche quer über die Brust des Schattens. Cairon wich zurück. Weiße Flammen loderten aus seinem Umhang, er stieß einen Schrei aus, halb wütend, halb schmerzverzerrt. Vier seiner Begleiter sprangen vor, aber Augustus war schneller. Schon zog er ihnen seine Peitsche über Köpfe und Schultern, dass sie taumelten. Gleichzeitig ballte er die freie Hand zur Faust und schickte einen Regen aus brennenden Pfeilen auf die fünf anderen Schatten. Sie duckten sich, doch die Geschosse setzten Teile ihrer Umhänge in Brand. Weiße und schwarze Flammen züngelten durch die Luft, und zwischen ihnen stand Augustus Pinlin mit einem Lächeln im Gesicht.

Cairon erstickte das Feuer auf seinem Umhang mit einem Fluch und schuf ein brennendes Schwert in seiner Hand. Die Luft knisterte, als er sich vorstürzte. Aber ehe er Augustus erreichte, verwandelte dieser seine Peitsche ebenfalls in ein Schwert. Funken sprühend schlugen die Waffen aufeinander, und in atemberaubender Geschwindigkeit bewegten sich die Kämpfenden durch den Raum. Immer wieder griffen die übrigen Schatten Augustus an, doch er schlug sie mit einer Drehung seiner freien Hand zurück, als wären sie Lumpen.

Ophelia stand mit offenem Mund da und spürte, wie Tiberius auf ihrer Schulter die Luft anhielt. Sie konnte kaum glauben, dass ein solches Schauspiel mit ihrer Magie möglich war – schon gar nicht mit Augustus Pinlin, dem

Greis aus der Menschenwelt. Aber er war kein Greis mehr. Augustus sah aus wie ein Tänzer zwischen Licht und Finsternis. Jede Drehung, jeder Hieb war wie ein Kunstwerk. Er fing die Zauber seiner Gegner mit Leichtigkeit und ließ sie mühelos in seinen Händen erlöschen, und Ophelia konnte die Freude spüren, die bei jedem gelungenen Zauber in ihm aufglühte. In diesem Moment begriff sie: Augustus Pinlin war ein Magier mit Leib und Seele. Und er war einer der größten seiner Zunft.

Der Schatten tauchte so plötzlich neben ihr auf, dass Ophelia nicht mehr ausweichen konnte. Er packte sie an der Kehle. Tiberius stieß ein Krächzen aus, eisige Kälte flutete ihren Leib – und Augustus schaute mitten in seinem Tanz erschrocken zu ihr herüber. Cairon nutzte die Chance sofort. Er sprang vor und traf Augustus an der Schulter. Eis zog sich über die Wunde, taumelnd wich Augustus zurück. Ophelia bemerkte, wie sein Arm lahm wurde, und sie fühlte sie selbst: die betäubende Wirkung der Schattenkraft, die nun durch ihre Adern jagte.

Wütend ballte sie die Hände zu Fäusten. Zur Hölle noch eins, sie würde nicht zulassen, dass diese Handlanger von Adámas sie umbrachten! Sie waren eine Dunkelfee, ein Magier und ein Genie-Rabe, so leicht waren sie nicht zu besiegen!

Mit wilder Entschlossenheit drückte sie die Hände gegen die Brust des Schattens. Sie verbrannte sich die Finger, als ihre Magie aus ihnen herausbrach. Sie reichte gerade für ein hübsches Brandloch im Umhang des Schattens und ein bisschen verkohlte Haut, aber sie erfüllte ihren Zweck: Der Schatten ließ Ophelia los, und sie verlor keine Zeit.

»Das Taufbecken«, raunte sie Tiberius zu. Glücklicherweise verstand der Rabe sofort. Flügelschlagend stürzte er sich auf zwei Schatten, die jetzt heranpreschten, und hackte mit dem Schnabel nach ihnen. Ophelia rannte auf das Taufbecken zu. Aus dem Augenwinkel sah sie Augustus, der sich schwankend gegen Cairon verteidigte. Tiberius trieb die Schatten auf die Kämpfenden zu, und Ophelia stemmte sich gegen das Taufbecken. Verflucht, jetzt hätte sie ihre Feenkräfte gut gebrauchen können! Sie krallte die Finger in das Becken – und brachte es zum Kippen. Scheppernd landete es am Boden, das Weihwasser ergoss sich auf den Steinen. In einem Schwall verschaffte es den Schatten nasse Füße.

»Augustus«, schrie Ophelia und ließ sich auf die Knie fallen. »Spring!«

Er fing ihren Blick auf, sah die Funken, die über ihre Finger prasselten – und reagierte schnell. Sein Schwert erlosch, als er hinauf zum Kronleuchter hechtete, der direkt über ihm hing. Im selben Moment presste Ophelia ihre Hände auf den nassen Boden und rief ihren Zauber. Gleißende Funken strömten aus ihren Fingern ins Wasser und auf die Schatten zu. Cairon wich noch zurück, aber es war zu spät. Knisternd schossen die Funken an ihm und seinen Gefährten hoch, sodass sie wirkten wie Figuren aus schillerndem Wasser.

»Zum Friedhof«, raunte Ophelia den Funken zu. »Sollen sie sich mit toten Hunden herumschlagen.«

Sie konnte noch erkennen, wie Cairon sein Schwert hob. Doch da glühten die Funken auf, so grell, dass Ophelia sich geblendet abwandte. Ein Rauschen ging durch die Kirche wie von strömendem Regen – und gleich darauf waren die Schatten verschwunden. Nur vereinzelt tanzten noch ein paar Funken über den Boden, ehe sie erloschen.

»Halleluja«, krächzte Tiberius und flog eine Runde über den Altar. »Denen haben wir Paroli geboten, zum Teufel noch eins!«

Ophelia kam auf die Beine und strich sich das Haar aus der Stirn. »Du solltest hier nicht fluchen. Kann ja niemand wissen, wer noch so zuhört.«

Tiberius warf einen unsicheren Blick zum Kreuz hinüber, als er sich auf ihre Schulter hockte. »Aber es ist wahr«, meinte er etwas leiser. »Und eins steht fest: So einen grandiosen Zauber hast du noch nie hinbekommen.«

Ophelia lächelte verlegen. »Wie sagst du immer: Die Motivation muss stimmen, das ist alles.« Doch das war nur die halbe Wahrheit, das spürte sie. Irgendetwas war anders gewesen, als sie gerade den Zauber gesprochen hatte. Ihre Hände kribbelten noch immer von ihrer

Magie, und kurz ging ihr der Gedanke durch den Kopf, ob der Regen sich wohl so anfühlen würde, wenn er sie eines Tages nicht mehr verbrennen würde – so sanft und wild und wunderschön. Sie presste die Zähne aufeinander. Schon wieder der Regen!

Schwer atmend landete Augustus neben ihnen. »Weihwasser«, murmelte er und schaute kopfschüttelnd auf die letzten nassen Flecken am Boden. »Man liest ja allerhand über seine magische Kraft. Aber ich wusste nicht, dass es tatsächlich wirkt.«

»Das war kein Weihwasser«, sagte Tiberius. »Jedenfalls nicht nur. Ophelia, du hast dir übrigens gerade ins Gesicht gefasst.«

Ophelia verzog den Mund und wischte sich die Hände an ihrem Mantel ab. »Die Kobolde benutzen das Taufbecken als Toilette. Da reicht ein Funken Zauberkraft und … nun, das hat man ja gesehen.«

»Allerdings.« Augustus warf Ophelia einen anerkennenden Blick zu. »Du hast sie zum Greyfriars Kirkyard teleportiert? Dorthin, wo der Geisterhund Bobby die Gräber vor finsteren Gestalten bewacht?«

Ophelia nickte. »Das dürfte uns einen kleinen Vorsprung verschaffen. Jedenfalls genug, um uns in Sicherheit zu bringen.«

Augustus wollte gerade etwas erwidern, als ein Rascheln durch die Luft ging. Tiberius fiel vor Schreck fast von Ophelias Schulter, doch als sie sich umdrehte, entdeckte sie nur einen Kobold, der neugierig hinter einer Säule hervorschaute.

»Lasst uns von hier verschwinden«, raunte Augustus.

Er humpelte ein wenig, als sie zur Tür hasteten, und presste die Hand auf seine Schulter. Aber sein Gesicht war so entschlossen, als wollte er jeden Augenblick erneut ein Schwert aus Feuer erschaffen.

»Die Schatten von Adámas werden wiederkommen, nicht wahr?«, fragte Ophelia, als sie die Tür erreicht hatten. »Sie werden uns jagen.«

»Ja«, sagte Augustus dunkel. »So lange, bis sie ihr Ziel erreicht haben.«

Ophelia sah noch die Finsternis, die sich bei diesen Worten in seinen Augen sammelte.

Dann öffnete Augustus die Tür, und sie eilten hinaus in die Nacht.

15

Unter der Brücke

»Ekelhaft«, krächzte Tiberius und zog den Kopf ein.

Ophelia konnte ihm nicht widersprechen. Sie befanden sich in den Vaults der Stadt – den Kammern, die vor langer Zeit in den Gewölben der Südbrücke angelegt worden waren.

Die Brücke war in der Oberwelt nicht mehr zu erkennen, weil sie von allen Seiten bebaut worden war. Und so lagen auch die Vaults im Untergrund. Früher hatten sie den Ärmsten der Armen als Wohnungen gedient, später waren sie zum Tummelplatz für Mörder und Diebe geworden – anderweltlichen wie menschlichen. Irgendwann hatten die Feen dem Treiben ein Ende bereitet. Inzwischen verirrte sich kaum noch jemand in die Vaults, abgesehen von ein paar menschlichen Touristen und den Geistern, die hauptsächlich kamen, um eben diese Touristen zu erschrecken.

Ophelia sah sich um. Die Wände schimmelten, es tropfte von der Decke. In langen Fäden sammelte sich eine undefinierbare Flüssigkeit und schleimte mit übelkeitserregendem Geräusch zu Boden.

»Immerhin sind wir hier sicher.« Ophelia hockte sich auf ein paar Kartons, die zusammengestapelt und einigermaßen trocken in einer Ecke lagen. »Vor einer Weile haben die Trolle hier ihr Zaubermoos gelagert. Ihr wisst schon, das Zeug, das sie zur Wundheilung benutzen und ab und zu auch in ihre Wasserpfeifen stopfen. Das weiß ich von Walter. Das ist schon etwas her, aber man kann den Trollgestank immer noch riechen, und die Tarnmagie von damals ist auch noch aktiv. Wenn man nicht weiß, wo er ist, findet man diesen Unterschlupf niemals.«

Augustus ließ sich stöhnend neben sie fallen. Als er die Hand von seiner Schulter nahm, wurde seine Wunde sichtbar: Schwarze Linien liefen von ihr fort und verbreiteten eine gnadenlose Kälte. »Ein bisschen Trollmoos könnte ich jetzt gut gebrauchen. Cairon ist stärker geworden. Ich komme gegen seine Magie kaum an.«

Ophelia warf ihm einen abschätzigen Blick zu. »Du bist ein grandioser Zauberer. Aber du bist auch ein Mensch. Du hättest dich nicht treffen lassen dürfen.«

»Ich dachte, ihr würdet umgebracht«, erwiderte Augustus. »Und …«

»… und vielleicht würde es dir guttun, in manchen Situationen nicht so viel zu denken«, beendete Ophelia seinen Satz, auch wenn sie lächeln musste. Sie hätte nicht damit gerechnet, dass Augustus sich um sie sorgen würde.

Aber er hatte es getan, und aus irgendeinem Grund vertrieb dieser Gedanke die Kälte, die diese vermaledeiten Schatten ihr beschert hatten. »Rutsch zur Seite. Was ein Troll kann, das kann eine Fee schon lange. Das solltest du dir merken.« Damit schob sie seinen Ärmel beiseite. Kaum hatte sie seine Haut berührt, zog sich Raureif über ihre Finger. Aber sie achtete nicht darauf. Cairon mochte mächtig sein, doch sie war immer noch eine Dunkle Fee. Wenn sich jemand mit Finsternis und Kälte auskannte, dann war sie es. Ohne mit der Wimper zu zucken, biss sie sich in den Finger, bis Blut kam. Dann saugte sie die Wunde aus – und spuckte Blut und Speichel direkt auf Augustus' Verletzung.

»Lecker«, murmelte Tiberius angeekelt. »Erst dieser heimelige Keller und jetzt das. Ihr verlangt mir wirklich was ab.«

»Sagt der Rabe, der regelmäßig irgendwelche Dinge auswürgt, die aussehen wie verfaulte Mäuse«, meinte Ophelia. »Und verschone mich mit der Erklärung, dass das Gewölle wäre. Es ist eklig, ganz egal, was es ist. Außerdem erfüllt Feenspucke nun einmal ihren Zweck.« Damit hatte sie allerdings recht. Die Kälte in Augustus' Wunde verringerte sich bereits und die schwarzen Linien wurden blasser. »Das wird wieder«, stellte Ophelia fest. »Du musst dich ein paar Stunden ausruhen, dann bist du wieder ganz der Alte.«

»Faszinierend.« Augustus beobachtete interessiert, wie

seine Wunde langsam heilte. »Du bist doch wahrlich eine Zauberin.«

»Und du bist ein Mistkerl«, gab sie zurück. »Es hätte nicht viel gefehlt und wir wären jetzt alle nicht mehr hier.«

Augustus hob die Schultern und verzog prompt schmerzerfüllt das Gesicht. »Ich wusste nicht, dass die Schatten uns verfolgen würden.«

»Ach, hör doch auf«, fuhr Ophelia ihn an. »Du hast uns nicht die Wahrheit erzählt – nicht die ganze Wahrheit jedenfalls. Es ist nicht irgendein Schmuckstück, das du dir von Adámas zurückholen willst. Es ist das Amulett der Nacht, das ich ehrlich gesagt bis zu meinem Beinahe-Ende eben in der Kirche für eine Erfindung gehalten habe. Kein Wunder, dass Adámas es behalten will und uns seine Schatten auf den Hals hetzt!«

Augustus holte tief Atem. Ophelia rechnete damit, dass er etwas Schlaues erwidern würde, irgendetwas, das ihn verteidigen und alles in ein anderes Licht rücken würde. Aber er nickte nur, und zum ersten Mal seit dem Beginn ihrer Reise wirkte er wieder wie ein sehr alter Mann. »Du hast recht«, sagte er leise. »Ich hätte es euch erzählen müssen. Dann wärt ihr vorbereitet gewesen, oder vielleicht … vielleicht hättet ihr euch auch anders entschieden und wärt gar nicht erst auf dieses Abenteuer mitgekommen.«

Ophelia stieß die Luft aus. »Niemals hätte ich dir meine

Magie überlassen. Ich wäre auf jeden Fall mitgekommen. Und ich denke, für Tiberius gilt das Gleiche.«

Der Rabe stakste an einer Schleimpfütze vorbei und hockte sich auf eine Ecke des Kartons. »Sicher«, meinte er. »Außerdem hält so ein kleines Abenteuer auf Leben und Tod die Gelenke geschmeidig.«

»Dann gilt unsere Abmachung also weiterhin?«, fragte Augustus vorsichtig.

Ophelia schüttelte den Kopf. »So einfach ist das nicht. Wir sind gerade fast draufgegangen. Ich will jetzt die Wahrheit hören. Ich will wissen, warum wir einem der mächtigsten Artefakte der Anderwelt nachjagen, warum wir uns dafür mit Adámas und seinen Schatten anlegen und dafür viel mehr riskieren als den Verlust meiner Magie. Ich will wissen, wie du das Amulett bekommen hast, warum du es wiederhaben willst und wer diejenige ist, die du nicht wieder lebendig machen kannst.« Bei ihren letzten Worten fuhr Augustus zusammen, doch Ophelia achtete nicht darauf. »Und komm mir jetzt nicht mit irgendwelchen Spitzfindigkeiten nach dem Motto, dass ja jeder seine eigene Wirklichkeit hat. Ich will die Wahrheit wissen. Deine Wahrheit.«

Für einen Moment saß Augustus regungslos da. Dann kam er auf die Beine und ging zu dem kleinen Fenster hinüber, langsam und noch immer humpelnd. Dabei rieb er sich die Finger, als würde er wieder den Schmerz verschlissener Knochen spüren. Das Fenster war von der anderen Seite zugemauert worden, aber Augustus schaute dennoch hinaus. Als er zu sprechen begann, klang seine Stimme, als würde er jenseits des Fensters Bilder der Vergangenheit sehen. Und leise erzählte er seine Geschichte.

16

Zwischen allen Welten

»Ich war einmal jung«, begann Augustus leise zu erzählen. »Kaum zu glauben, aber es stimmt. Damals war ich bei einem berühmten Hexer in der Lehre. Ihr wisst vermutlich, dass es für uns Menschen nicht einfach ist, Gleichgesinnte zu finden. Menschen, die wissen, dass es die Anderwelt gibt, auch wenn sie sie nicht immer sehen und nur sehr selten einen Blick durch den Schleier erhaschen können.«

»Oh ja«, meinte Tiberius. »Was auch daran liegt, dass es inzwischen nur noch wenige von euch gibt. Die meisten Menschen sind blinde Dummköpfe, und was das Schlimmste ist: Sie sind auch noch stolz darauf.«

Augustus nickte. »Die Erfahrung habe ich auch gemacht. Wobei Dummheit keine Grenzen kennt. Auch unter Anderwesen grassiert sie wie ein Virus, von dem es keine Heilung gibt, und eines steht außer Zweifel: Ohne die Kälte der Feen meinem Volk gegenüber wäre mir viel Leid erspart geblieben. Ich erinnere mich daran, wie ich erstmals einer Fee begegnet bin, noch als Kind. Sie verbarg sich unter einem Zauber, doch ich fühlte, was sie war, und konnte in ihre nachtblauen Augen schauen. Es war, als würde ich träumen.«

»Das war eine Lichtfee«, meinte Ophelia. »Ihre Aufgabe ist es, euch in die Traumwelt zu folgen und euch auf sicheren Wegen zu halten. Mit der Kraft eurer Träume bauen die Hellen Feen Paläste. Daher liegt ihnen viel daran, euch träumen zu sehen. Kein Wunder also, dass du dieses Gefühl hattest.«

Augustus lächelte, aber es war ein trauriges Lächeln. »Die Fee hat mich betrachtet, ich war wie berauscht, doch dann …« Das Lächeln zerbrach auf seinen Lippen. »Ihr ahnt nicht, wie das ist, einem Anderwesen zu begegnen – und nichts als Verachtung in seinen Augen zu finden.«

Ophelia erwiderte nichts, aber sie sah Augustus als Kind vor sich und ein bitterer Geschmack legte sich auf ihre Zunge. Ihre Miene verfinsterte sich, als sie erkannte, dass es Schuldgefühl war. Sie wehrte sich dagegen mit dem Instinkt der kalten Dunklen Fee, die sie sein wollte. Doch die Frage blieb: Wie oft hatte sie ein Kind auf diese Weise angeschaut? Wie oft war die Sehnsucht eines Menschen an ihrem Blick zerbrochen?

»Und dennoch träumte ich viele Nächte davon, ihr wieder zu begegnen«, fuhr Augustus fort. »Und ich habe nie aufgehört, mich danach zu sehnen, einmal das Haar einer Fee zu berühren. Es soll weicher sein als frisch gefallener Schnee und manchmal, in ganz besonderen Stunden, sogar Wünsche erfüllen können.«

Ophelia musste lächeln. »Das mit dem Schnee stimmt. Aber die Sache mit den Wünschen ist nichts als Aberglaube. Und das sage ich nicht nur, weil ich nicht will, dass ständig irgendwelche Leute in meinen Haaren herumwühlen.«

Augustus lachte leise, ehe er wieder ernst wurde. »Trotz der Ablehnung der Anderwelt hatte ich großes Glück. Denn ich hatte immer schon ein Gespür für Magie. Ich wusste instinktiv, wo sie zu finden ist – auch und gerade in der Welt der Menschen. So kam ich zu meinem Meister. In seinem offiziellen Leben war er Buchhändler und so unscheinbar, dass kaum jemand ihn überhaupt bemerkte. Niemand hätte geahnt, wer er wirklich war – einer der größten Magier der Menschen. Aber ich sah die Glut in seinen Augen schon bei unserer ersten Begegnung und ich konnte die Asche verbrannter Zauber an seinen Fingern riechen. Es dauerte lange, bis ich sein Vertrauen erworben hatte und er mich als Lehrling akzeptierte.«

»Du bist also eigentlich Buchhändler gewesen?«, fragte Tiberius neugierig.

Augustus nickte. »Tagsüber absolvierte ich eine Ausbildung zum Buchhändler. Aber die Nacht gehörte der Magie. Mein Meister lehrte mich verschiedene Zauber mit magischen Pulvern und Artefakten, führte mich durch die Geheimnisse der Anderwelt und ließ mich Formel um

Formel auswendig lernen. Ich erinnere mich an meinen allerersten Zauber in seiner unterirdischen Stube. Sie war ein geheimer Ort, an dem es nach Kräutern und verbrannter Magie roch, und ich war sehr aufgeregt, wollte ich doch einen besonders fantastischen Zauber zustande bringen. In gewisser Weise ist mir das auch gelungen. Ich wirkte einen Zauber mit magischem Staub, der sich leider gegen meinen Willen verflüssigte. Er färbte die Stube samt Zauberlehrling in allen Farben des Regenbogens. Noch heute höre ich meinen Meister darüber lachen.«

Ophelia musste grinsen, als sie sich Augustus vorstellte: über und über mit bunter Magie besudelt, die Hände noch in die Luft gereckt.

»So vergingen die Tage«, fuhr Augustus fort. »Ich lernte wie besessen. Bald gelang es mir, mächtigere Artefakte und Utensilien zu beherrschen und größere Zauber zu wirken, ohne dass ich die Stube meines Meisters in Farben ertränkte. Ich erinnere mich daran, wie ich einmal mithilfe eines magischen Stundenglases einen Schneezauber erschuf, draußen vor der Stadt. Die Flocken wurden zu den wunderbarsten Gestalten, hoch oben am Himmel. Ich habe mich so frei gefühlt wie noch nie zuvor. Ja, ich glaubte wirklich, ich könnte nicht glücklicher werden. Und dann begegnete ich ihr.«

Seine Stimme war sanft geworden und brachte Ophelia dazu, sich gespannt vorzubeugen.

»Mein Meister hatte des Öfteren von seiner Gehilfin

erzählt.« Augustus lächelte bei dem Gedanken daran. »Sie war für ihn auf einer langen Reise gewesen, ein junges Mädchen, jünger noch als ich, aber blitzgescheit und magisch hochbegabt. Ihre Großmutter war eine Fee und sie hatte nicht nur deren eisblaue Augen geerbt, sondern auch einen gehörigen Anteil Feenblut in den Adern. Sie kannte die Eiseskälte der Fae ebenso wie ich, doch ihr Schicksal war härter, denn sie stand zwischen allen Welten und war stets eine Ausgeschlossene. Unter den Menschen war sie eine Fee. Und unter den Feen war sie ein Mensch. Ihr Volk hat ihr immer mit größtmöglicher Verachtung klargemacht, wo ihr Platz ist. Ihr Name war Philomena.«

Der Name ließ Ophelia lächeln, ohne dass sie wusste wieso. Vielleicht lag es an der Art, wie Augustus ihn aussprach: sacht und melodisch, fast wie ein kleines Lied.

»Ich weiß noch, wie ich sie zum allerersten Mal sah«, fuhr er fort. »Sie kehrte von ihrer Reise zurück und kam herein. Schnee hatte sich in ihren langen Locken verfangen, und sie blickte mich mit ihren hellen, klaren Augen an. Ich stellte gerade Bücher ins Regal, noch heute kommt es mir so vor, als hätte ich in meinem oberirdischen Leben jahrelang nichts anderes getan. Fast hätte ich eins davon fallen gelassen, weil ihr Blick mich traf wie ein Stich, irgendwo tief in mir. Sie lächelte, als ich das Buch nur mit einer Verrenkung festhalten konnte. Es war ein kluges, leises Lächeln, und sie sagte: *Da bist du also.* Mehr nicht. Damals hatte ich noch keine Ahnung, was sie damit meinte, aber trotzdem antwortete ich: *Ja, da bin ich.* Und damit war alles Wesentliche gesagt.«

Tiberius stieß ein verzücktes Seufzen aus und räusperte sich verlegen, als Ophelia ihm einen Knuff verpasste. Doch Augustus wandte sich nicht zu ihnen um.

»Erst viel später erfuhr ich, dass Philomena mich bereits vor ihrer Abreise dabei gesehen hatte, wie ich heimlich ihren Meister beobachtete. Es sprach schon damals für ihre Begabung, dass ich sie nicht bemerkte. Von jenem Tag also lebten wir gemeinsam mit unserem Meister in seinem Haus. Es würde zu weit führen, euch die Annäherung zu beschreiben, die wir durchlaufen haben. Es dauerte lange, bis sie mir vertraute und noch länger, bis sie mich liebte. Aber dennoch passierte es. Wir verliebten uns nicht nur, wir liebten uns, und fortan lebten wir gemeinsam zwischen allen Welten. Wir brannten beide für die Kunst der Magie, die unser Meister uns lehrte, und für alles, wofür er eintrat: für den Schutz der Welten, dafür, den Frieden zu wahren und beide Seiten füreinander zu erwärmen, bis eines Tages der Schleier fallen und eine gemeinsame, eine friedliche Welt vereint werden könnte.«

Ophelia stützte den Kopf auf die Hände. »Träumer«, sagte sie nachdenklich. »So nennen die Lehrer in der Akademie diejenigen, die an eine geeinte Welt glauben. Meine Eltern gehörten auch dazu, genauso wie mein

Bruder, und vielleicht auch mein Großvater, damals, als meine Großmutter noch lebte. Ich weiß noch, wie unsere Eltern Mino und mir vorgesungen haben, von einer Zeit, in der Frieden zwischen den Völkern herrschte. Mein Großvater konnte diese Lieder nicht ertragen, meinte mein Vater mal. Sie erinnerten ihn zu sehr an das, was er verloren hatte, als meine Großmutter in der Festung der Schatten von den Menschen getötet worden war.« Sie hielt kurz inne. »Doch Mino war immer stolz darauf, ein Träumer zu sein. Als wir klein waren, gründeten wir einen eigenen Bund – den *Zirkel der Träumer.* Mino entwarf unser Zeichen, ein bunt gefärbtes Eichenblatt, von silbernem Staub bedeckt, und schenkte es mir. Ich habe es lange wie einen Schatz gehütet. Nach seinem Tod konnte ich es nicht mehr ansehen, ohne in Tränen auszubrechen, deswegen habe ich es eines Nachts vom Sturm davontragen lassen. Aber ich habe nie vergessen, wie unsere Eltern von euch Menschen gesungen haben, von euren Träumen und euren Tränen, und von uns Feen, von berauschender Magie und Stimmen im Wind. Bis heute sind es diese Lieder, an die ich mich am besten erinnere.«

»Ich bin sicher, dass ich einige davon kenne«, meinte Augustus. »Und ich glaube fest daran, dass wir damit nicht allein sind. Seit den Anfängen der Weltentrennung gab es auf beiden Seiten die Sehnsucht danach, den Schleier wieder verschwinden zu lassen. Philomena und mich trieb diese Sehnsucht an. Wir wussten, dass sowohl die

Anderwesen als auch die Menschen noch nicht dafür bereit waren, den Schleier einzureißen. Wir wussten, dass es Krieg zwischen den Völkern bedeuten würde, sollte er zu früh fallen. Aber wir stellten uns oft vor, wie es sein könnte, wenn die Menschen sich daran erinnern würden, dass es die Anderwelt gibt, und wenn die Feen ihre Eiseskälte ablegen würden. Wir malten uns aus, wie Anderwesen und Menschen erkennen würden, wie wertvoll sie einander waren – und wie wunderschön eine geeinte Welt sein würde. Eine Welt, in der das Wort *Träumer* kein Schimpfwort mehr sein würde.« Er hielt kurz inne. »Unser Ziel war stets der Frieden. Aber es gab immer schon Bestrebungen, die diesem Ziel zuwiderliefen. Und bald bekam unser Gegner einen Namen: Adámas.«

Ophelia hob angespannt die Schultern. Es war, als würde dieser Name einen eisigen Luftzug durch den Raum schicken. Auch Tiberius fröstelte, als Augustus weitersprach.

»Er hasst mein Volk seit langer Zeit«, sagte er leise. »Und das nicht nur wegen der Letzten Nacht. Er verurteilt uns dafür, dass die Anderwesen im Verborgenen leben und den Schleier achten müssen. Er will eine freie Welt, aber er will sie nicht auf Frieden errichten, sondern auf Krieg und Tod. Mein Meister stellte sich ihm und seinen Anhängern entgegen, doch er tat dies nicht mit kämpferischer Kraft, sondern mit Klugheit und Wissen. Um beides zu vermehren reiste er durch die ganze Welt, auch dann noch, als er sehr alt geworden war und Philomena und ich längst nicht mehr bei ihm lebten. Eines Tages kehrte er von einer dieser Unternehmungen aus einer sehr entlegenen Ecke zurück und besuchte uns. Er hatte schon oft rätselhafte Dinge von seinen Abenteuern mitgebracht und sie uns gezeigt. Und dieses Mal hatte er das Amulett der Nacht bei sich. Doch anders als sonst war er nicht froh darüber, im Gegenteil: Es schien ihn zu bedrücken, ein Artefakt von solcher Macht mit sich zu tragen. Es dürfe niemals in die falschen Hände geraten, schärfte er uns ein. Noch heute höre ich seine Worte.«

Tiberius hustete. »Hat nicht so ganz funktioniert, hm?«, fragte er und hustete gleich noch einmal, als Ophelia ihn strafend ansah.

»Mein Meister starb wenig später«, fuhr Augustus fort. »Nach seinem Tod wachten Philomena und ich über das Amulett. Immer wieder gab es Bestrebungen von Magiern, es zu finden, doch keiner hatte damit Erfolg, denn mein Meister hatte in einem komplizierten Ritual einen mächtigen Tarnzauber darübergelegt. In diesem Zauber lag seine letzte Lebenskraft. Mit seinem Tod ließ die Stärke dieses Zaubers jedoch langsam nach. Schließlich erlosch sie ganz. Aber Adámas' Macht wuchs und eines Nachts spürte er uns mit seinen Schatten auf.«

Ophelia zog die Arme fest um ihren Körper. Sie dachte an Cairon, und auf einmal fühlte sie wieder die eisige Schattenkraft in ihrem Leib.

»Ich sehe Adámas noch heute vor mir.« Augustus richtete den Blick in eine weite Ferne. »Ein Schatten ohne Gesicht, so kalt, dass ich kaum mehr atmen konnte. Er verlangte das Amulett der Nacht, und da begriff ich, aus welchem Grund. Denn dieselbe Schattenkraft, die ich in seiner Nähe spürte, steckte auch in diesem Amulett. Adámas hatte einen Teil seiner Macht an das Amulett gebunden, um unverwundbar zu werden. Es funktionierte, solange es sich in seinem Besitz befand. Aber als er es verlor, wurde es auch für ihn zu einer gefährlichen Waffe, und er wollte es um jeden Preis zurück.«

»Verständlich«, murmelte Ophelia. »Das Amulett könnte ihn schwer verwunden, vielleicht sogar vernichten.«

Augustus nickte. »Er bot uns an, im Gegenzug an seiner Seite zu stehen, wenn der Schleier zwischen den Welten zerrissen würde. Magier wie uns, so sagte er, könnte er gebrauchen, auch wenn wir Menschen seien. Natürlich ließen wir uns nicht darauf ein. Adámas begegnete unserer Abwehr mit eisigem Spott, und er schickte uns seine Schatten entgegen. Seite an Seite kämpften wir gegen sie. Ich erinnere mich bis heute, wie ich Cairon mit einer magischen Scherbe verwundete und er zurückwich in die Finsternis, aus der er gekommen war. Doch Adámas war nicht zu Fall zu bringen, nicht mit all unserer Kraft. Er zwang mich in die Knie, sodass ich mich nicht mehr rühren konnte, und noch immer verfolgt mich seine Schattenhand, die nach dem Amulett greift.

Und ich sehe Philomena, die sich zwischen ihn und das Amulett stellt.«

Ophelia wusste nicht, ob es an seiner Stimme lag, aber auf einmal sah auch sie die Szene vor sich: einen tiefschwarzen Schatten, ein schillerndes Amulett und dazwischen Philomena mit wehendem Haar.

»Sie ergriff das Amulett«, raunte Augustus. »Unbemerkt von Adámas legte sie einen Zauber darauf, mit ihrer letzten Kraft. Dann schaute sie mich an, sie flüsterte mir zu, dass sie mich liebt. Sie lächelte ihr kluges, leises Lächeln. Niemals werde ich diesen Moment vergessen.«

Auch Ophelia sah Philomena nun lächeln. Ihr Blick war klar und unnachgiebig, und in ihrem Lächeln lag eine Entschlossenheit, die durch Ophelias Glieder fuhr und jede Kälte daraus vertrieb. Es war richtig gewesen, was sie getan hatte – das stand in Philomenas Augen. Und sie zweifelte keine Sekunde daran.

»Adámas tötete sie ohne ein Geräusch«, sagte Augustus tonlos. »Er packte sie und ließ sie fallen, und auch dieses Bild sehe ich immer und immer wieder vor mir: meine Philomena, wie sie in die Finsternis stürzt und ich sie nicht festhalten kann.«

Ophelia rührte sich nicht. Sie betrachtete Philomenas Gestalt, wie sie zu Boden fiel, lautlos wie ein Blütenblatt. Der Sturz erschien ihr endlos. Adámas' Schatten wurde größer, bis Ophelia glaubte, an ihm ersticken zu müssen.

Es war Augustus' Stimme, die die Finsternis lichtete. Aber sie klang schrecklich müde.

»Er tötete meine Frau.« Augustus drehte sich zu Ophelia und Tiberius um. »Er nahm das Amulett mit sich und ließ mich liegen, und ich konnte nichts tun, um ihn daran zu hindern. Ich war zu schwach, um sie zu beschützen. Bei all meinem Wissen war ich eben doch nur ein jämmerlicher Mensch. Bis heute glaube ich, dass er mich am Leben ließ, um mich diese Qual spüren zu lassen. Philomenas Zauber hindert Adámas bis heute daran, das Amulett zu nutzen, aber ihre Magie währt nicht ewig. Eines Tages, vielleicht schon bald, wird der Zauber ebenso brechen wie der Zauber meines Meisters, und dann wird Adámas das Amulett für sein großes Ziel nutzen. Er wird den Schleier zwischen den Welten einreißen und vernichten, wofür Philomena und ich immer gekämpft haben – wofür sie ihr Leben gegeben hat. Versteht ihr jetzt, warum ich es nicht in seinen Händen lassen kann?«

Tiberius schluckte hörbar und Ophelia nickte. »Ja«, meinte sie. »Das verstehe ich gut. Aber was wirst du tun, wenn wir es wirklich schaffen, Adámas das Amulett zu stehlen? Was willst du dann damit anfangen?«

»Ich werde es vernichten«, presste Augustus kaum hörbar hervor. »Mit allem, was ich jetzt bin.« Er fuhr sich durchs Haar, das störrisch wie eh und je von seinem Kopf abstand. »Das also war nun die Wahrheit, die du wissen wolltest. Hast du jetzt genug davon, mit mir zu kommen?

Ich könnte es verstehen. Die ganze Sache ist nicht das Kinderspiel, als das sie dir vielleicht zuerst erschienen ist. Oder willst du mich trotzdem weiter begleiten, um deine Magie zurückzukriegen?«

Ophelia schwieg kurz. »Nein«, sagte sie dann. Sie hörte, wie Augustus die Luft einsog, und zwar zeitgleich mit Tiberius, der fast empört zu ihr aufsah. Doch sie ignorierte seinen Blick und ging langsam zu Augustus ans Fenster. Sie schaute gegen die Steine hinter der Scheibe, dann wandte sie sich zu ihm um. »Nein«, wiederholte sie mit fester Stimme. »Ich will es nicht deswegen tun. Jedenfalls nicht nur. Ich komme mit dir, weil Adámas der größte Schurke ist, der mir je untergekommen ist, weil er Philomena und dir das angetan hat – und weil er auf keinen Fall erreichen darf, was er mit dem Schleier vorhat. Meine Eltern sind für den Schutz der Welten gestorben, genau wie mein Bruder. Ich werde nicht zulassen, dass ihr Tod vergebens war.«

Etwas rauschte in ihren Ohren, und sie brauchte einen Moment, um zu begreifen, dass es ihr Blut war. Die Lehrer in der Akademie hätten sie jetzt getadelt, sie konnte ihre verächtlichen Blicke auf ihrer Haut spüren. Keine anständige Dunkle Fee ließ sich zu derartigen Empfindungen hinreißen. Aber, zur Hölle noch eins, es fühlte sich verdammt gut an, ihr Blut rauschen zu hören, und sie nahm wieder die Glut in ihren Adern wahr wie in dem Moment, da Philomena im Angesicht des Todes gelächelt hatte. Es war die richtige Entscheidung, das spürte Ophelia mit jeder Faser ihres Körpers. Und sie konnte sich nicht daran erinnern, wann sie sich zum letzten Mal so stark gefühlt hatte.

Augustus betrachtete sie schweigend, dann lächelte er. »Kleine Fee.« Kurz schien es, als wollte er ihr durchs Haar streichen. Doch dann neigte er nur den Kopf. »Wenn du es nicht als herablassend empfinden könntest, würde ich dir jetzt sagen: Ich bin sehr stolz auf dich.«

»Großer Magier«, erwiderte sie und lächelte ebenfalls. »Das kann ich nur zurückgeben.«

Da flog Tiberius zu ihnen herüber. Seufzend hockte er sich zwischen sie auf den Fenstersims. »Es geht also weiter.« Seltsamerweise klang er beinahe erleichtert. Er reckte abenteuerlustig den Kopf. »Und? Wann brechen wir auf?«

17

Das Haus der Wegweiser

Der Turm, der die Camera Obscura beherbergte, stand da wie ein schlafender Riese. Seite an Seite mit Augustus ging Ophelia darauf zu. Tiberius wurde auf ihrer Schulter mit jedem Schritt schwerer. Und ihr fielen jede Menge Dinge ein, die sie lieber tun würde, als in diesen Turm hineinzugehen. Um genau zu sein: so ziemlich alle.

Dabei war Ophelia schon oft an dem Turm vorbeigelaufen. Jedes Mal hatte sie sich vorgenommen, in naher Zukunft in seine magische Welt einzutauchen. Dort gab es ein Spiegellabyrinth, optische Täuschungen und jede Menge Illusionen, die selbst gestandene Zauberer in die Irre führen konnten. Die Menschen erklärten sich diese Phänomene mit ihrem Verstand. Aber Ophelia wusste, dass mehr dahintersteckte.

Denn in Wahrheit wurde die Camera Obscura von Kobolden geführt. Die hatten eine Menge Spaß daran, die Leute an der Nase herumzuführen. Viele Anderwesen hatten den Ehrgeiz, diese Koboldtricks zu durchschauen.

Ophelia zählte eindeutig dazu. Jedenfalls normalerweise. Momentan beherbergte der Turm allerdings nicht nur eine Welt der magischen Phänomene – sondern auch das Haus der Wegweiser, und damit den gefährlichsten Ort der Anderwelt.

»Wir haben Glück«, meinte Tiberius, wobei er ganz und gar nicht so klang. »Offenbar will niemand außer uns heute in der Camera Obscura seinen Kopf riskieren.«

Ophelia schaute die verwaiste Straße hinab. »Zumindest jetzt noch nicht. Später am Tag ist hier ein Mordsandrang. Manchmal stehen die Touristen die halbe Straße runter.«

»Das überrascht mich nicht«, stellte Augustus fest. »Die Sehnsucht der Menschen nach dem Wunderbaren ist eben nicht so leicht kleinzukriegen. Was ein Segen ist. Ohne diese Sehnsucht wäre unsere Welt schon längst zum Teufel gegangen.«

Sie blieben vor der Eingangstür stehen, die mit allerhand verschlungenen Zeichen bemalt war. »Lasst uns bitte nicht ausgerechnet jetzt vom Teufel sprechen«, bat Ophelia. »Hinter dieser Tür warten schon genug Gefahren auf uns, da bin ich mir sicher.«

Sie klopfte an. Es dauerte nicht lange, bis sich am unteren Ende der Tür eine bisher verborgene Luke öffnete. Von der anderen Seite schaute jemand hindurch, stieß einen Fluch aus, als er nur Füße sah, und kletterte mit lautem Geächze an der Tür hinauf. Wieder ging eine Luke auf, dieses Mal ein Stückweit über Ophelias Kopf.

Ein schlammgrüner Kobold mit riesigen Ohren schaute heraus, musterte sie der Reihe nach unzufrieden und spuckte einen verbogenen Nagel auf den Asphalt. Ophelia seufzte. Sie kannte die Leidenschaft der Kobolde für Nägel zur Genüge. Bislang hatte sie noch nicht herausgefunden, ob es der metallische Geschmack war, der die kleinen Unholde dazu verleitete auf ihnen herumzukauen, oder ob irgendein rätselhafter Koboldzauber dahintersteckte. Allerdings hockten die Winzlinge oft in der Krone ihrer Eiche und knirschten, dass es eine Freude war – vor allem dann, wenn Ophelia gern ihre Ruhe gehabt hätte.

»Was wollt ihr?«, fragte der Kobold unhöflich. »Die Camera Obscura ist noch geschlossen!«

Er schickte sich an, die Luke zuzuschlagen, aber Ophelia klemmte blitzschnell ihre Faust dazwischen. »Wir wollen ins Haus der Wegweiser«, sagte sie bestimmt. »Und soweit ich weiß, hat das immer geöffnet.«

Der Kobold kniff die Augen zusammen. »Haus der Wegweiser, hm? Wer seid ihr denn, dass ihr dorthin wollt?«

»Das geht dich nichts an«, stellte Augustus fest, der offenbar von der hinterlistigen Neugier der Kobolde wusste. »Wir haben einen Schlüssel. Also lass uns hinein!« Er hielt den Kristall in die Höhe.

Der Kobold hatte noch etwas erwidern wollen, aber jetzt riss er die Augen auf. Er starrte den Kristall an, dessen Lichter sich in seinen Pupillen zu einem Feuerwerk entfachten, und brachte ein fast freundliches Lächeln zustande. »Natürlich.« Er beeilte sich, die Tür zu öffnen. »Nur hereinspaziert, die Herrschaften.«

Sie gelangten in einen Vorraum, in dem ein unbesetztes Kassenhäuschen stand. Der Kobold kletterte hinein und schob das Glasfenster auf. »Das Haus der Wegweiser heißt euch willkommen«, sagte er beflissen. »Hier werdet ihr finden, was ihr sucht. Oder besser: Es wird euch finden. Jedenfalls, wenn ihr auf den richtigen Wegen bleibt.«

»Und welche Wege wären das?«, fragte Ophelia und kam sich sofort vor wie ein einfältiger Mensch. Hatte sie gerade tatsächlich einen durchtriebenen Kobold nach dem richtigen Weg gefragt? Prompt legte dieser in gespielter Liebenswürdigkeit den Kopf schief.

»Das ist die Frage aller Fragen in diesem Haus«, gab er zurück. »Zwei Hinweise kann ich euch geben. Erstens: Folgt dem goldenen Schmetterling, um durch Trug und Schein zu treten.«

»Das ist ein typischer Koboldhinweis«, meinte Tiberius. »Kannst du uns auch verraten, wie er gemeint ist?«

Der Kobold lächelte zu ihm hoch. »Nein«, erwiderte er betont freundlich. »Und zweitens: Gebt acht auf euren Kristall. Ohne ihn werdet ihr nicht gefunden und hoffnungslos in die Irre laufen. Denn das Haus hat seinen eigenen Willen. Es ist leicht, verloren zu gehen, leicht, verführt zu werden. Und wenn das geschieht, werdet ihr dieses Haus niemals mehr verlassen.« Es blitzte ein Funke der alten Koboldtücke in seinem Blick auf, aber Tiberius flatterte gleichgültig mit den Flügeln.

»Gib dir keine Mühe, uns Angst einzujagen«, meinte der Rabe, wobei er mutiger klang, als er aussah. »Wir sind nicht hier, um einem Koboldmärchen zuzuhören.«

»Nein.« Der Kobold lächelte noch immer. »Ihr seid hier, um Kopf und Kragen zu riskieren.« Er schnipste mit den Fingern, worauf am anderen Ende des Raumes eine Tür entstand. »Dort entlang, die Herrschaften. Und viel Vergnügen in unserem Haus.«

»Danke«, murmelte Ophelia. »Das bleibt abzuwarten.«

Sie hatten die Tür fast erreicht, als der Kobold einen Pfiff ausstieß. »Und merkt euch, Herr Rabe«, rief er, nun wieder ganz der Alte. »Koboldmärchen sind immer wahr!« Dann lachte er, schlug die Hände zusammen und verschwand in einer Wolke aus flirrendem Staub.

Tiberius nieste. »Kobolde«, sagte er verächtlich.

Die Tür sah aus wie eine ganz gewöhnliche Zimmertür, aber trotzdem überkam Ophelia bei ihrem Anblick ein ungutes Gefühl. Waren es nicht oft die harmlos wirkenden Dinge, die den größten Schlamassel bedeuteten?

Augustus stieß die Luft aus, als hätte er gerade genau dasselbe gedacht. »Eins steht außer Frage«, murmelte er. »Wenn wir hier Wurzeln schlagen, kommen wir unserem Ziel nicht näher.« Damit drückte er die Klinke hinunter, und sie traten durch die Tür.

18

Der vergessene Traum

Auf der anderen Seite lag ein düsterer Tunnel, durch den eine Metallbrücke führte. Kaum dass Ophelia einen Fuß daraufsetzte, entfachte sich der Tunnel zu einer Röhre aus grellbunten Lichtern. Geblendet hob sie die Hand vor die Augen. »Verdammt, ist das hell«, rief sie erschrocken. »Und alles dreht sich!«

Tatsächlich fingen die Lichter an, um die Brücke zu kreisen, erst langsam, dann immer schneller. Ophelia musste sich am Geländer festhalten, um nicht das Gleichgewicht zu verlieren.

»Immerhin gibt es hier nur einen Weg«, stellte Augustus fest. »Gebt Bescheid, wenn ihr einen goldenen Schmetterling entdeckt.«

»Das soll wohl ein Witz sein«, sagte Ophelia. »Ich bin damit beschäftigt, nicht umzufallen!«

Augustus lachte. »Dann weißt du jetzt, wie es mir die letzten Jahre ergangen ist. Über neunzig Menschenjahre müssten mich hervorragend auf diesen Tunnel vorbereitet haben.« Damit ging er ihnen voraus. Tatsächlich bewegte er sich erstaunlich sicher über die Brücke. Aber schon nach ein paar Schritten verschluckten die Lichter seine Gestalt.

Ophelia beeilte sich, ihm zu folgen, worauf Tiberius gegen ihre Wange taumelte.

»Oh!« Der Rabe stieß ein gurgelndes Geräusch aus. »Ich glaube, mir wird schlecht.«

Ophelia krallte sich am Geländer fest. »Untersteh dich! Dein Mageninhalt ist kein passendes Accessoire für mein Kleid!«

Schwankend setzte sie ihren Weg fort. Es kam ihr so vor, als würde die Brücke sich mit den Lichtern im Kreis drehen. Immer wieder konnte sie nur knapp einen Sturz verhindern. Selbst als sie die Augen schloss und sich blind weiterbewegte, tanzten die Farben hinter ihren Lidern. Dennoch beschleunigte sie ihre Schritte und prallte prompt mit Augustus zusammen. Sie riss die Augen auf, und da erloschen die Lichter. Sie hatten das Ende des Tunnels erreicht.

»Bist du eine Fee oder eine Kanonenkugel?«, stöhnte Augustus. »Ich mag nicht mehr so empfindlich sein wie zu meinen nichtmagischen Zeiten. Aber auf gebrochene Rippen kann ich trotzdem verzichten.«

»Keine Sorge, deine Knochen sind ganz schön hart.« Ophelia rieb sich den Arm. Sie brauchte einen Moment, um in der plötzlichen Dunkelheit wieder klar sehen zu können. Sie befanden sich in einem Raum voller gläserner Kugeln. Einige schwebten mitten im Zimmer, andere thronten auf metallenen Sockeln. In ihnen flirrten Lichter, die sich zu grellen Adern verbanden, als Ophelia eine der Kugeln berührte. Fasziniert beobachtete sie, wie die Lichtadern der Bewegung ihrer Finger folgten.

»Hexenwerk«, murmelte Tiberius. »Solche Sachen verkaufen die Händler in der Vergessenen Gasse massenhaft.«

Ophelia zog die Hand zurück »In deren Kugeln steckt aber echte Magie. Diese Dinger hier bestehen nur aus …«

Da wurde die Kugel vor ihr hell und heraus schoss ein grellgelbes Etwas mit wehendem Fell und wild fuchtelnden Armen. Es erinnerte entfernt an ein Küken, hatte aber einen breiten, mit scharfen Zähnen bestückten Mund und große, zornig rollende Augen. Direkt vor Ophelias Gesicht blieb es in der Luft stehen.

»*Nuuur!*« Das Etwas schleuderte dieses Wort heraus wie einen widerlichen Wurm. »Wie kannst du so was sagen, du … du Feendingsdabumsda!«

Ophelia öffnete den Mund, doch ihr fiel beim besten Willen nicht ein, was sie diesem wütenden gelben Wölkchen entgegnen sollte.

Augustus und Tiberius ging es offenbar nicht anders. Auch sie starrten einigermaßen verwirrt auf die Kreatur, die nun ihre buschigen Augenbrauen in die Höhe zog.

»Na?«, fragte das Wölkchen keck. »Da hat es euch die Sprache verschlagen, was? Erst mein Telefon schlechtmachen und dann beschränkt gucken! So was hab ich gern, ja, das …«

»Wer zur Hölle bist du?« Ophelia war heilfroh, ihre Stimme wiedergefunden zu haben, auch wenn das Etwas das natürlich anders sah.

Seine Augenbrauen wanderten aufeinander zu und bildeten eine kleine Wolke in der Wolke. »Dasselbe sollte ich dich fragen«, gab es zurück. »Aber Höflichkeit ist nicht jedermanns Sache, was?«

»Mein Name ist Augustus Pinlin«, ergriff Augustus das Wort, sichtlich um Gelassenheit bemüht. »Und das hier sind Ophelia Nachtgesang und Tiberius. Wir sind auf der Suche nach einem Wegweiser. Oder besser gesagt: Wir wollen uns von ihm finden lassen. Bist du vielleicht der, der uns helfen kann?«

Das Wölkchen musterte Augustus von Kopf bis Fuß. Es machte ein Gesicht, als wäre es zu der Überzeugung gelangt, dass niemand, aber auch wirklich niemand ihm noch helfen konnte. »Mein Name ist Pogg«, gab es zurück, nun ein wenig freundlicher. »Aber ich bin doch kein Wegweiser.«

»Ach nein?« Tiberius neigte interessiert den Kopf. »Und was bist du dann?«

»Seht ihr das etwa nicht?«, fragte Pogg in ehrlichem Erstaunen. »Ich bin ein Traum! Ein vergessener Traum wohlgemerkt, aber Traum ist Traum, sage ich immer, und …«

»Ein *Traum?*«, wiederholte Ophelia und beugte sich unwillkürlich vor, um Pogg genauer anzusehen. Sie wusste, dass Träume große Kraft entfalten konnten. Doch einen leibhaftigen, lebendigen Traum mit Armen und Beinen und dem Körper einer quietschgelben Wolke hatte sie noch nie gesehen.

»Allerdings«, bekräftigte Pogg und näherte sich seinerseits ihrem Gesicht mit einem aufgerissenen Auge so plötzlich, dass sie zurückwich. »Was dachtest du, was ich wäre? Ein fliegendes Ferkel?«

Tiberius musste über die Bemerkung lachen, worauf Pogg nur unwillig mit den Augen rollte.

»Ich seh schon, ich seh schon«, murmelte er. »Halten einen Traum für ein Schwein und ein Telefon für *nuuur*. Banausen, alle miteinander! Wisst ihr denn nicht, dass es kein entwürdigenderes Wort gibt als *nuuur?*«

Ophelia biss sich auf die Lippe. Sie musste daran denken, wie die Lehrer in der Akademie über den Wind gesprochen hatten. *Ophelia, konzentriere dich! Das ist nur der Wind.* Und jedes Mal hatte sie sich ein bisschen stärker dafür geschämt, wenn sie dem Wind trotzdem zugehört hatte ... heimlich, wenn es niemand merkte. Mit einem einzigen kleinen Wort hatten ihre Lehrer ein Stück ihrer Welt entzaubert. Und gerade hatte Ophelia bei dem kleinen Traum Pogg dasselbe getan.

Augustus legte seine Stirn in Falten. »Willst du damit sagen, dass die Glaskugel dort ein Telefon ist?«

»Selbstredend«, meinte Pogg. »Genauso wie alle anderen Kugeln hier im Raum. Als Mann, der als Kind den Telefonapparat seiner Großmutter auseinandergenommen hat, um zu schauen, ob darin ein kleiner Kobold wohnt, dürfte dich das nicht überraschen.«

Jetzt war es an Augustus, den Mund zu öffnen und gleich wieder zu schließen, ohne ein Wort hervorgebracht zu haben.

»Woher ich das weiß?«, fragte Pogg und stellte damit offenbar genau die Frage, die Augustus durch den Kopf ging. »Ich bin ein Traum, verdammt noch eins! Und alle Träume erkennen einander.« Damit wandte er sich an Tiberius. »Du solltest weniger Pflaumenkompott essen. Jeder dritte deiner Träume handelt davon. Oder von kreischenden Krähen.« Er schwirrte in einem Affenzahn zurück zu seiner Kugel. »Gute Nacht, ich verschwinde.«

»Warte!« Ophelia lief ihm nach. »Wir könnten Hilfe gebrauchen. Wir suchen einen goldenen Schmetterling und …«

»Ich weiß«, unterbrach Pogg sie. »Jeder verfluchte Abenteurer sucht diesen dämlichen Schmetterling, wenn er hierherkommt! Aber erstens weiß ich nicht, wo er zu finden ist. Und zweitens würde ich euch auch dann nicht helfen, wenn ich es wüsste. Die Menschen haben keinen Respekt mehr vor uns, sie vergessen uns reihenweise und scheren sich nicht mehr um uns. Und ihr Feen – pah! Ihr seid noch schlimmer. Ihr verachtet uns für das, was wir sind, obwohl es euch ziemlich guttun würde, uns zuzuhören. Aber nein, ihr hochwohlgeborenen Feen gebt euch nicht mit uns ab. Abgesehen von den angeberischen Palästen, die die Hellen von euch mit unserer Kraft bauen. Weißt du was? Gut so! Wir brauchen euch nicht!«

Und damit verschwand er in seiner Kugel.

»Reizend«, murmelte Tiberius. »Solche Träume wünscht man sich doch.«

Ophelia schaute auf die Stelle, an der Pogg verschwunden war. Normalerweise hätte sie stolz darauf sein müssen, dass er sie für eine richtige Dunkle Fee gehalten hatte. Doch stattdessen hatte sie das seltsame Gefühl einer verpassten Chance. Was wäre passiert, wenn sie ihm von all ihren heimlichen, tief in ihr verborgenen Träumen erzählt hätte? Hätte er ihnen dann vielleicht doch geholfen?

»Lasst uns weitergehen«, sagte Augustus. »Wir müssen den goldenen Schmetterling finden und wer weiß, was für rätselhafte Wesen uns noch begegnen. Vielleicht welche, die weniger harmlos sind als ein verlorener Traum.«

19

Durch Trug und Schein

Tiberius zog den Kopf zwischen die Schultern, als rechnete er im nächsten Raum mit einem lebensgroßen Drachen. Aber dort warteten nur weitere magische Phänomene, genau wie in allen Zimmern danach. Optische Täuschungen. Riesige Kaleidoskope. Schwebende Hologramme. Schattenspiele, die ihre Umrisse in bunten Farben an die Wand warfen. Allerdings waren die Räume allesamt verlassen, was ein beklemmendes Gefühl in Ophelias Brust verursachte.

»Wie in einem Geisterhaus«, raunte Augustus. »Das müsste dir als Dunkle Fee doch gefallen.«

Sie liefen gerade durch einen finsteren Gang. An beiden Seiten hingen Gemälde, deren Kreaturen sich mit jedem ihrer Schritte unheimlich verzerrten.

»Geister sind tatsächlich angenehme Zeitgenossen«, meinte Ophelia. »Jedenfalls meistens. Man kann ausgezeichnet mit ihnen Verstecken spielen, und sie haben einen großartigen Humor. Ich würde mich sehr viel wohler fühlen, wenn wir in einem Geisterhaus wären. Wenn man von Pogg mal absieht, ist das hier doch die ganz normale Ausstellung der Camera Obscura, oder nicht? Nur ohne Touristen. Aber ich komme mir so beobachtet vor, als ob die Gemälde dort Augen hätten.«

»Mir geht es genauso«, sagte Augustus. »Als würde irgendwer nur darauf warten, dass wir in seine Falle tappen. Oder … irgendetwas.«

»Könntet ihr vielleicht damit aufhören?«, krächzte Tiberius. »Ihr seid wie die Kinder in den Gruselfilmen der Menschen, die sich ausgerechnet nachts im Wald die fürchterlichsten Geschichten erzählen, bis wirklich was passiert. Dabei hat uns der freche Kobold wahrscheinlich einfach nur reingelegt. Bestimmt ist er es, der uns gerade heimlich beobachtet. Ich sehe ihn richtig vor mir, wie er sich kaputtlacht, während wir hier herumirren und immer panischer werden. Das … Herrje, so rund bin ich aber nun auch wieder nicht!«

Sie waren in einen Raum mit Zerrspiegeln gelangt. Tiberius' Abbild wurde von dem Exemplar direkt vor ihnen kugelgleich in die Breite gezogen. Ophelias Körper hingegen wirkte wie ein dünner Nebelstreif und Augustus' Augen glühten pechschwarz. Ophelia zog die Brauen zusammen. Für gewöhnlich warf ihr Spiegelbild ihr spöttische Blicke zu, wenn sie in einen Spiegel schaute. Aber dieses nebelhafte Abbild dort sah aus wie eine etwas verzerrte Version von ihr selbst. Vom Gesichtsausdruck war sie ihr ähnlich … *zu* ähnlich für Ophelias Geschmack. »Irgendwas stimmt hier nicht«, murmelte sie. »So sieht mein Spiegelbild nicht aus. Das da drüben ist …«

»… ein Trugbild«, beendete Augustus ihren Satz. »*Folgt dem goldenen Schmetterling, um durch Trug und Schein zu treten*«, wiederholte er die Worte des Kobolds und schritt auf den Spiegel zu. Dann streckte er die Hand aus. Ein magischer Funke sprang über seine Finger. Als er den Spiegel berührte, breiteten sich Wasserringe um ihn aus, als hätte er die Oberfläche eines Sees gestreift. Sie liefen durch den gesamten Raum, selbst durch die Wände, und es dauerte eine Weile, bis die Spiegel wieder reglos dastanden.

Ophelia stieß die Luft aus. Die Illusionen um sie herum waren tatsächlich genau das: nichts als eine Illusion, die als fauler Zauber über der Wahrheit lag.

»Wusste ich es doch«, sagte Tiberius und schaute sich selbst ins Gesicht. »Alles nur Theater!«

»Typisch für die Kobolde.« Augustus zog seine Hand zurück. »Das Haus der Wegweiser liegt also hinter dieser Maskerade. Wir müssen einen Weg hinein finden. Und wir sollten es schnell tun.«

Mit finsterer Miene betrachtete er den Spiegel, und da sah Ophelia es auch: das Bild zweier Gestalten vor einem Bücherregal – Tiberius und sie selbst, wie Augustus sie bei ihrer ersten Begegnung in seinem Zimmer kennengelernt hatte.

Seine Erinnerung flammte noch einmal auf und ging dann in der Spiegelfläche unter.

»Dieser Ort beraubt uns«, murmelte Augustus. »Wir müssen so schnell wie möglich von hier verschwinden.«

Tiberius flatterte mit den Flügeln, als wären ihm sämtliche Spiegel auf einmal viel zu nah gekommen. »Worauf wartet ihr dann noch? Findet den dämlichen Schmetterling!«

»Du bist ein Rabe«, stellte Augustus klar. »Du solltest dich mit Insekten auskennen.«

Doch Tiberius schnaubte nur. »Ich bin Vegetarier, jedenfalls meistens. Das solltest du eigentlich wissen, immerhin hast du jede Menge schlaue Bücher gelesen und ...«

»Seht nur!« Augustus deutete auf einen Spiegel hinter dem Raben.

Erschrocken hüpfte Tiberius in die Höhe.

Ophelia bemerkte den schwachen goldenen Schimmer, der über die Spiegelfläche glitt, flatternd wie der Umriss eines Schmetterlings.

Augustus streckte die Hand danach aus – und plötzlich brach eine andere Hand aus der Dunkelheit des Spiegels und packte seinen Arm.

Ophelia stieß einen Schrei aus. Es war ein Clown mit scharfen Zähnen und pechschwarzen Augen, der Augustus in den Spiegel zerren wollte. Aber da hatte er die Rechnung ohne Ophelia gemacht. Nach dem ersten Schrecken umklammerte sie Augustus' freien Arm und stemmte sich mit aller Kraft gegen den Rahmen. Sie war dem Clown so nah, dass sie seinen fauligen Atem riechen konnte, doch sie ließ Augustus nicht los. Wenn der Clown ihn fressen wollte, wartete erst einmal ein Feenhappen auf ihn. Und der war unverdaulich!

Als hätte der Clown ihre Gedanken gehört, verzog er wütend das Gesicht. Er streckte die freie Hand nach ihr aus, aber da stürzte sich Tiberius auf ihn.

Mit heiserem Krächzen schlug der Rabe ihm seine Krallen ins Gesicht. Der Clown schrie auf, seine Stimme klang wie die eines Kindes.

Plötzlich war Augustus frei. Ophelia riss ihn in den Raum zurück. Sie verloren das Gleichgewicht und landeten am Boden. Noch im Fallen sah Ophelia, wie der Clown in die schwarze Spiegelfläche zurückstürzte wie in einen tiefen Brunnen. Gleich darauf lag der Spiegel reglos und ohne jedes Abbild da.

»Ich hasse Clowns.« Tiberius landete auf Ophelias Schulter und warf Augustus einen Blick zu. »Manchmal benimmst du dich wie ein Mensch. Wieso zur Hölle bist du so nah rangegangen?«

Sie kamen auf die Beine, ohne sich von dem blinden Spiegel abzuwenden. »Ihr habt den goldenen Schimmer doch auch bemerkt«, verteidigte sich Augustus. »Ich konnte ja nicht wissen …«

»Papperlapapp«, unterbrach ihn Tiberius. »Das sagt ihr Menschen immer, wenn irgendwas durch eure Schuld gewaltig in die Hose gegangen ist. Du wärest beinahe von einem Clown gefressen worden. Ist dir das klar?«

»Ja«, erwiderte Augustus. »Aber wir haben ihm ein Schnippchen geschlagen. Gemeinsam.« Leise sprach er dieses letzte Wort aus, und aus irgendeinem Grund ließ es Ophelia lächeln.

»Jetzt nur nicht rührselig werden«, krächzte Tiberius, doch auch er schien die feierliche Stimmung bemerkt zu haben, denn er legte verlegen den Kopf zur Seite. »Das klingt fast so, als wären wir irgendwelche Superhelden aus einer Geschichte.«

Da lachte Augustus. »Sind wir doch auch. Sieh uns nur mal an!«

Er breitete die Arme aus, um seinen roten Morgenrock in ganzer Pracht zu präsentieren, und Ophelia grinste. Sie wollte ihm gerade zustimmen, als ihr Blick auf den Spiegel fiel, der eben noch pechschwarz gewesen war. Nun zeigte er sie alle drei: Augustus mit seinen zerzausten Haaren in seinem halb zerrissenen Morgenmantel, Tiberius, der an eine zerrupfte schwarze Federkugel erinnerte, und sie selbst, Ophelia, deren Frisur der von Augustus Konkurrenz machte, während ihre Gummistiefel in der Dämmerung leuchteten. Sie sahen tatsächlich wie eine Heldentruppe aus – wenn auch eine überaus merkwürdige.

»Schaut nur«, flüsterte Augustus.

Ophelia kniff die Augen zusammen, und da bemerkte sie ihn auch: den Glanz, der sich über ihre Spiegelbilder zog. Es war, als würden Sonnenstrahlen auf sie fallen. Ihre Abbilder füllten sich mit goldenem Licht – und zusammen bildeten sie einen großen goldenen Schmetterling. Fasziniert strich Ophelia sich das Haar zurück. Im Spiegel wirkte die Bewegung, als entfaltete der Schmetterling seine Flügel. Er strahlte so erhaben, als wäre er ein unangreifbarer Krieger. Und anders als der goldene Schimmer zuvor war er keine Illusion. Er war ein Tor in eine andere Welt … die Welt, die hinter der Lüge lag.

»Da ist er«, flüsterte Tiberius. »Der richtige Weg.«

20

Der uralte Jahrmarkt

Der Weg durch den Spiegel war wie ein Sprung durch hellstes Sonnenlicht. Ophelia spürte das Gold des Schmetterlings auf ihrer Haut – und sah gerade noch den Clown, der durch den Glanz direkt auf sie zueilte. Augustus wollte sie hinter sich ziehen, aber da packte der Clown sie schon an den Händen und wirbelte sie blitzschnell im Kreis herum. Dabei verzog er den Mund zu einem breiten Grinsen – und keuchte, als eine Federkugel namens Tiberius mitten in seinem Gesicht landete.

»Nimm das, du Mistkröte!«, kreischte der Rabe und hackte nach dem Clown, der prompt von Ophelia abließ und auf dem Hosenboden landete. Mit schreckverzerrtem Gesicht wich er zurück. Er starrte Augustus an, der einen glühenden Zauber in seiner Hand hielt. Doch erst, als er sich die verrutschte Perücke wieder auf den Kopf zog, begriff Ophelia, dass sie keinem gefährlichen Clown gegenüberstanden. Die Kreatur vor ihnen war ein verkleideter Mensch. Jetzt packte er seine Clownsnase, die er im Gefecht mit dem Raben verloren hatte. Mit einem letzten entsetzten Blick stürzte er davon.

Augustus ließ seinen Zauber erlöschen.

»Zwei Clownangriffe innerhalb kürzester Zeit«, keuchte Tiberius. »Ich hasse dieses Haus. Wobei … von einem *Haus* kann man eigentlich gar nicht mehr reden.«

Er schaute sich um. Erst jetzt bemerkte Ophelia, dass sie sich unter freiem Himmel auf einem altmodischen Jahrmarkt befanden. Ein Riesenrad drehte sich in einiger Entfernung, Buden mit Süßigkeiten säumten die Wege und überall tummelten sich Besucher, Menschen wie Anderwesen. Aber sie verhielten sich sehr merkwürdig. Manche trugen ihre Socken wie eine Mütze auf dem Kopf, andere drehten sich unablässig im Kreis. Ophelia sah einen älteren Herrn im Anzug, der winzige Nägel in ein noch winzigeres Brett vor seiner Brust schlagen wollte, allerdings mit einem Stück Käse. Und sie bemerkte zwei Trolle, die einander an den Händen hielten und auf einem See Schlittschuh fuhren – nur dass der See wolkengleich über dem Jahrmarkt am Himmel hing und die Trolle auf dem Kopf standen. Manche Menschen glitten wie fliegende Fische durch die Menge, andere konnten durch die Fahrgeschäfte gehen wie Geister. Die meisten von ihnen lächelten, doch es war ein entrücktes Lächeln. So als würden sie träumen.

Ophelia wich einer Frau aus, die ein Vogelnest mit einem goldenen Ei in den Händen trug. Sie musste daran denken, was sie über das Haus der Wegweiser gehört hatte und über jene, die nach ihrem Ausflug dorthin nie wieder gesehen worden waren. Sie hatte sich vorgestellt, dass sie von irgendwelchen Ungeheuern verschlungen worden waren. Aber jetzt wurde ihr klar, dass es noch andere Arten gab, um verloren zu gehen. Der Anblick der Jahrmarktsbesucher ließ sie frösteln, und eine lähmende Schwere legte sich über sie.

»Nicht träumen«, raunte Augustus. »Nicht an diesem Ort!«

Ophelia hörte an seiner Stimme, dass er Gefahr witterte. Er nahm ihre Hand und zog sie durch die Menge, darauf bedacht, den Trubel möglichst schnell zu verlassen.

Tiberius erhob sich in die Luft und glitt dicht über ihnen dahin. Mit wachsamem Wolfsblick schaute Augustus über die Köpfe der Jahrmarktsbesucher hinweg.

Ophelia bemühte sich, es ihm gleichzutun. Aber zum einen war sie nicht so groß wie er und hatte ja leider ihre Fähigkeit zu schweben eingebüßt. Und zum anderen lenkten sie die winzigsten Kleinigkeiten ab, als wäre sie ein Menschenkind in einem Spielwarenladen.

Seifenblasen, die riesengroß über die Menge flogen. Der Duft von Zuckerwatte und Mandeln. Das Stimmengewirr, das klang wie ein seltsamer Kanon. Gerade überkam Ophelia der Impuls mitzusingen, als Augustus ruckartig stehen blieb. Er verharrte reglos, den Wolfsblick nach vorn gerichtet.

Ophelia stellte sich auf die Zehenspitzen, konnte aber nichts erkennen.

Im nächsten Moment zog Augustus sie zur Seite, als liefe er vor jemandem davon. Seine Anspannung floss als Hitzeschauer durch seine Hand in Ophelias Glieder. Mehrfach versuchte sie zu sehen, was er sah, aber vergeblich: Sie schaute stets nur einem entrückten Jahrmarktsbesucher ins Gesicht. Umso weniger konnte sie gegen ihre aufkeimende Panik tun. Irgendetwas verfolgte sie und ließ Tiberius mit rasendem Schwingenschlag über ihre Köpfe hinwegsausen – und ausgerechnet sie, die Dunkle Fee, hatte keine Ahnung, was es war.

»Was ist los?«, keuchte sie, aber ehe Augustus antworten konnte, drangen gellende Stimmen zu ihnen, eine Mischung aus Kampfgeschrei und Gesang. Trommeln mischten sich dazwischen, wummernd wie ein rasender Herzschlag. Die Menge reagierte auf die Töne. Sie versperrte Augustus den Weg, griff nach Tiberius, der sich nur knapp retten konnte – und öffnete eine Schneise direkt vor Ophelias Füßen. Augustus zog sie abermals zurück, doch da sprangen ihnen bunte Gestalten in den Weg.

Sie sahen aus wie Gaukler einer lang vergangenen Zeit. Drei Männer trugen Harlekinsmützen, zwei weitere waren bunt geschminkt und jonglierten mit seltsam unpassenden Gegenständen wie Brillen und Büchern. Zwei Frauen drehten sich in flirrenden Gewändern um sich selbst. Sie schlugen Purzelbäume und Saltos, die Menge brach in Jubel aus. Gleichzeitig sprangen die Gaukler auf Ophelia zu.

Augustus trat ihnen entgegen, aber sie hatten seine Bewegung vorausgeahnt. Einer von ihnen hechtete über Augustus hinweg, und während die beiden Frauen ihn nach vorn rissen, landete der Gaukler direkt vor Ophelia.

Er lachte so fröhlich, dass selbst der Trommelschlag kaum mehr bedrohlich wirkte, und ergriff Ophelias Hand. Er wirbelte sie herum, so schnell, dass alles ringsherum zu einem Teppich aus Farben verschwamm. Sie hörte, dass Tiberius sich auf den Gaukler stürzte, doch schon war eine der Frauen an Ophelias Seite und drehte sie erneut im Kreis. Dabei fing die Frau an zu singen. Ihre Begleiter fielen in den Gesang ein und Ophelia spürte, wie die Töne in ihre Beine glitten und sie dazu brachten, Seite an Seite mit diesen Gestalten herumzuspringen, als hätte sie den Verstand verloren.

Mit aller Kraft riss Ophelia ihre Hand aus der Umklammerung der Frau und sah sich nach Augustus und Tiberius um, die beide ebenfalls von den Gauklern hin und her gezerrt wurden. Immer weiter wurden sie voneinander entfernt, immer mehr Gestalten drängten sich zwischen sie. Ophelia presste sich die Hände an die Schläfen. Sie musste diesen Gesang aus ihrem Kopf kriegen, sonst würde sie so wahnsinnig werden wie all die anderen. Aber kaum hatte sie das gedacht, wurden die Töne unerträglich laut. Sie taumelte und fiel auf die Knie. Ein heiserer Schrei entwich ihrem Mund. Kurz schien es ihr, als würden die Gestalten vor ihr zurückschrecken wie in einem düsteren Traum – und da drang eine Stimme durch das Chaos.

»Folgt mir«, flüsterte sie, so eindringlich, als spräche sie in Ophelias Gedanken. »Ich kann euch helfen.«

Ophelia hob den Kopf und schaute in das Gesicht eines Jungen von etwa dreizehn Jahren. Er sah aus wie ein Straßenjunge in abgerissener Kleidung. Sein blondes Haar stand wild von seinem Kopf ab und er lächelte so herzlich, dass es Ophelia unmöglich war, vor ihm zurückzuweichen. Sie fragte sich unwillkürlich, ob er auch den Verstand verloren hatte, denn er wirkte überhaupt nicht so. Seine blauen Augen waren warm und sanft.

»Keine Sorge«, sagte er. »Ich bin nicht wie die anderen hier. Sie haben manchmal komische Ideen und einige davon sind nicht ungefährlich. Kommt mit, bevor es böse endet.« Er nahm Ophelias Hand, und mit einem Schlag war der tobende Gesang aus ihrem Kopf verschwunden. Mit sachtem Griff zog der Junge sie auf die Beine und führte sie durch die Menge, so zügig, als wüsste er instinktiv, wohin er seine Füße setzen musste, um mit niemandem zusammenzustoßen. Er legte den Kopf in den Nacken und bewegte die Lippen, und da tauchte Tiberius über ihnen auf und landete auf Ophelias Schulter. Sein Herz raste, sie konnte es fühlen, aber als der Junge über sein Gefieder strich, beruhigte er sich wie unter einem

Zauber. Dann drängte der Junge sich an zwei Gauklern vorbei – und grub die Hand in Augustus' Ärmel. Der Magier stolperte aus den Fängen zweier Tänzer, doch ehe sie merkten, was vor sich ging, hatte der Junge seine Schützlinge schon weitergezogen.

Ophelia spürte, wie sich Erleichterung in ihr ausbreitete. Dieser Junge musste der Wegweiser sein, der sie endlich gefunden hatte. Und wie ein Wegweiser führte er sie durch das Getümmel. Nur vereinzelt noch sah Ophelia die Gaukler, die hin und wieder in der Menge auftauchten, aber der Junge lotste sie stets auf sichere Wege, und mit jedem Schritt fühlte Ophelia stärker eine träge, samtene Müdigkeit. Undeutlich nur merkte sie, dass der Junge sie an den Rand des Jahrmarkts führte. Hinter ihm drehte sich ein Karussell, und jetzt wandte er sich zu Ophelia um und lächelte. Hatte sie jemals so schöne blaue Augen gesehen? Sie waren so blau wie der Vogel, von dem Ophelia vor einer Ewigkeit einmal geträumt hatte. Er war über einen goldenen Himmel geflogen und …

Nicht träumen, hallte Augustus' Stimme in ihr wider, hart wie ein Schrei. *Nicht an diesem Ort!*

Ophelia riss die Augen auf. Sie fühlte sich tatsächlich, als wäre sie gerade aus tiefem Schlaf erwacht – und sah gerade noch ihren Traum, der in den Augen des Jungen unterging.

Der Schreck schoss durch ihre Glieder und verlieh ihr kurz enorme Kraft. Sie stieß den Jungen von sich, so hart sie nur konnte. Ein Flirren lief über ihre Haut, als der Bannzauber brach, den er heimlich über sie gelegt hatte.

Im selben Moment stieß Tiberius ein Krächzen aus und Augustus taumelte nach vorn. Auch von ihnen hatte sich der Zauber gelöst, aber Ophelia nahm es kaum wahr. Ihre ganze Aufmerksamkeit lag auf dem Jungen, der reglos vor ihr stand, noch immer mit diesem eigentümlichen Lächeln im Gesicht. Sie setzte zu sprechen an, doch ihre Zunge war von seinem Zauber noch so schwer, dass sie ihre Frage nur denken konnte:

Wer bist du?

Da grinste der Junge und alles, was eben noch sanft und liebenswert an ihm gewesen war, fiel wie eine Maske von ihm ab. Er mochte in der Gestalt eines Kindes stecken, aber in Wahrheit war er viel älter, so alt wie das ganze verdammte Haus der Wegweiser und ebenso grausam. Seine Augen wurden tiefschwarz und sein Lächeln bekam etwas Teuflisches. Er drehte sich gekonnt um die eigene Achse, erst langsam, dann immer schneller. Dabei verlor er die Kleidung des Straßenjungen, und darunter wurde sein Harlekinskostüm sichtbar, aus edelsten Stoffen genäht. Abrupt blieb er stehen. Gleichzeitig hielten auch die Gaukler und Jahrmarktsbesucher inne – einige verharrten mitten im Sprung in der Luft – und starrten zu ihm hinüber. Der Junge lachte in die unheimliche Stille hinein.

»Wer ich bin?«, fragte er und seine schwarzen Augen funkelten. »Ich bin der König der Narren!« Damit hob er die Hand. Er hielt etwas darin, und als Ophelia es erkannte, packte sie eisiger Schrecken. Der Kerl hatte ihnen nicht nur ihre Träume geraubt. Er hielt den schwarzen Kristall zwischen den Fingern!

Instinktiv stürzte Ophelia sich vor, Seite an Seite mit Augustus. Aber da schlug der König der Narren die Hände zusammen, und als wäre er nie mehr gewesen als ein Bild in einem Traum, fiel der Jahrmarkt in sich zusammen. Die Buden und Fahrgeschäfte, die Wege, selbst die Besucher – alles stürzte ein wie ein Kartenhaus. Tatsächlich flatterten Spielkarten durch die Luft, so viele, dass Ophelia den König kaum noch sehen konnte. Kurz nur fing sie sein Lächeln auf, dieses gnadenlose, eiskalte Lächeln, das ein Versprechen war. Dann fuhr er herum und lief durch den Sturm der Spielkarten davon.

»Hinterher!«, krächzte Tiberius, und das musste er Augustus und Ophelia nicht zweimal sagen. So schnell sie konnten, jagten sie dem König der Narren nach, denn eines stand außer Zweifel: Ohne den Kristall würden sie das Haus der Wegweiser niemals mehr verlassen.

21

Der König der Narren

Mit mächtigem Rauschen fügten sich die Spielkarten zu einem schier endlosen Tunnel zusammen. Zu beiden Seiten gingen Türen ab, und als der König der Narren eine davon aufriss, fegte ein heftiger Sturm in den Tunnel. Mit wehendem Harlekinskostüm sprang der König durch die Tür, die krachend hinter ihm zuflog.

»Er ist weg!«, kreischte Tiberius und stob auf die Tür zu.

Augustus riss sie auf, wieder schlug der Sturm ihnen entgegen. Doch auf der anderen Seite lag nur derselbe Tunnel, aus dem sie gerade gekommen waren. Der König der Narren aber hatte seinen Vorsprung vergrößert. Weit vor ihnen öffnete er gerade die nächste Tür und eilte hindurch.

Sie folgten ihm erneut, und wieder gerieten sie in den Tunnel, den sie soeben verlassen hatten. Der König der Narren war kaum noch zu erkennen, so weit war er nun von ihnen entfernt.

»Schneller«, keuchte Ophelia. »Er wird uns entkommen!«

Doch je mehr sie sich beeilten, desto rasanter schienen sie sich vom König der Narren zu entfernen.

»Verfluchter Taschenspieler«, stieß Augustus aus – und blieb stehen. Zuerst glaubte Ophelia, er hätte aufgegeben. Aber stattdessen bewegte er sich weiter, nur unendlich langsam. Ein tückisches Lächeln glitt über sein Gesicht. »Zeit und Raum folgen hier anderen Regeln«, sagte er leise. »Spielt nach ihnen und wir werden gewinnen!«

Tiberius murmelte eine Verwünschung, stakste aber dann so bedächtig wie nur möglich voran.

Ophelia fiel es verdammt schwer, sich trotz ihrer Aufregung im Schneckentempo zu bewegen. Doch Augustus behielt recht: Der Abstand zum König der Narren wurde kleiner! Schon konnte Ophelia die Farben seines Kostüms wieder erkennen, ebenso wie das zornige Blitzen seiner Augen, als er sich umwandte. Jetzt griff er nach einer weiteren Tür und öffnete sie. Gleichzeitig sprang Augustus ein ganzes Stück weit zurück, riss seinerseits eine Tür auf – und schaute dem sichtlich überraschten König ins Gesicht.

»Lumpazius«, raunte Augustus und grinste wölfisch. »Du bist nicht der einzige Trickster in diesem Haus!« Er packte den König, doch dieser lachte laut auf und ehe Augustus sichs versah, hielt er nur noch den Harlekinkragen in der Hand. Der König war mit einem geschickten Sprung aus seinem Griff entkommen und klatschte in einiger Entfernung drei Mal in die Hände. Der Tunnel wurde zu einem Raum voller Spiegel. Ophelia erkannte ihn wieder. Es war derselbe Raum, in dem sie den goldenen Schmetterling gesehen hatten. Mit beherzter Drehung tauchte der König in einen der Spiegel ein. Augustus stieß einen Fluch aus, zögerte aber nicht, ihm zu folgen. Tiberius hüpfte auf Ophelias Schulter, und so hetzten sie dem König hinterher.

Ihre Jagd führte sie durch die Räume der Camera Obscura, durch Spiegel, Hologramme und Schattenspiele. Mehrfach versuchte der König, ihnen durch einen Trick zu entkommen, doch Augustus schien seine Schritte vorauszuahnen, und so blieben sie ihm dicht auf den Fersen, bis sie sich in einem Treppenhaus wiederfanden. Allerdings war es das seltsamste Treppenhaus, das Ophelia je gesehen hatte.

Nicht nur, dass es scheinbar ohne Ende in die Höhe wuchs. Die Treppen liefen auch nicht einfach aufwärts, sondern über Wände und Zwischendecken. Türen lagen an den unmöglichsten Stellen und sogar Balkone gab es, die kopfüber hingen. Leitern führten ins Nichts und Fenster zeigten zugemauerte Wände. Es gab sogar einen Wasserfall, der aufwärts floss. Weit oben hastete der König der Narren eine Treppe hinauf, aber er lief nicht *auf* der Treppe, sondern kopfüber *unter* ihr – als wären seine Füße magnetisch geworden.

»Relativität«, murmelte Augustus. »Es ist alles eine Sache der Sichtweise.«

Ophelia hatte keine Ahnung, was er damit sagen wollte. Doch als der König der Narren durch eine Zimmertür sprang, riss Augustus eines der Fenster auf und kletterte hindurch, ungeachtet der Mauer dahinter, die sich als Illusion entpuppte. Auf der anderen Seite lag wieder genau dasselbe Treppenhaus. Der König der Narren balancierte auf einem umgedrehten Balkongeländer, aber er schien es nicht mehr besonders eilig zu haben. Spöttisch schaute er zu ihnen herab. Offenbar war er sich völlig sicher, dass sie ihm nicht folgen konnten.

Ophelia presste die Zähne aufeinander. Sie war eine Dunkle Fee, verflucht noch eins! Was so ein alberner Harlekin konnte, das konnte sie doch wohl erst recht! Sie berührte die unterste Stufe einer Treppe, die neben ihr die Wand hinaufführte. Sie versuchte, ebenfalls verkehrt herum darauf zu laufen, schaffte es aber nicht. Stattdessen landete sie auf dem Allerwertesten. Tiberius erging es nicht besser. Er erhob sich in die Luft, um dem König nachzujagen – und krachte gegen die Wand hinter ihm. Er war in die falsche Richtung geflogen.

»Zur Hölle, was war das denn?«, krächzte er benommen.

Das Lachen des Königs war ohrenbetäubend laut. Nachlässig langsam sprang er über ein paar Stufen aufwärts. Der Kristall in seiner Hand funkelte.

»Alles ist möglich«, raunte Augustus. »Alles, was der König der Narren für möglich hält.«

Ophelia hob die Brauen. »Was meinst du damit?«

Augustus sah sie eindringlich an. »Er hat dieses Treppenhaus erschaffen. Er hat entschieden, auf welcher Seite der Stufen die Schwerkraft herrscht und welche Fenster sich öffnen lassen. Denkt wie er und wir werden ihn fangen. Denkt grenzenlos!«

Damit sprang er auf die Treppe und blieb verkehrt herum auf ihr stehen. Ophelia bemerkte im Augenwinkel, wie der König der Narren innehielt. Sein Lächeln verschwand und er setzte seinen Weg fort, rasch und behände wie in einem … Traum.

Das Wort ließ das Blut schneller durch Ophelias Adern fließen. Wie oft hatte sie so absurde Träume wie diesen gehabt, wie oft war sie über Wolken gesprungen und an den Sternen zum Mond hinaufgeklettert? Sie erinnerte sich an das befreiende Gefühl, das sie dabei empfunden hatte, und schloss die Augen. Alles war möglich in einem Traum. Alles, was sie sich vorstellen konnte.

Sie setzte zum Sprung an – und landete neben Augustus auf der Treppe. Schnell öffnete sie die Augen. Das Treppenhaus hatte sich gedreht, Ophelia erschien es nun genau richtig herum. Tiberius stand jetzt allerdings auf dem Kopf. Mit heiserem Krächzen breitete er die Flügel aus und landete mit einigem Getaumel auf Ophelias Schulter.

»Na warte«, rief der Rabe. »Jetzt kannst du was erleben, du … Kopfstandkönig!«

So schnell sie konnten, eilten sie dem König nach. Sie

hatten gerade eine kleine Brücke zwischen zwei Treppen erreicht, als er stehen blieb. Mit wirbelndem Harlekinskostüm fuhr er herum und presste die Hand auf die Stufe unter ihm. Ein Knirschen ging durch das Treppenhaus, dicht gefolgt von einem heftigen Beben. Ophelia verlor das Gleichgewicht. Im letzten Moment packte Augustus sie am Arm und verhinderte einen Sturz. Doch die Brücke unter ihren Füßen erzitterte. Bröckelnd zerbrach die Verbindung zu den Treppen, und da begann die Brücke, sich zu drehen – erst langsam, dann immer schneller.

»Haltet euch fest«, rief Augustus und fasste nach dem Brückengeländer.

Tiberius krallte sich in Ophelias Schulter, aber ihre Hände rutschten von dem glatten Stein ab. Sie grub die Finger in einen kleinen Vorsprung, doch ihr Körper wurde immer schwerer, je schneller die Brücke sich drehte. Heftiger Schwindel packte ihren Schädel. »Ich rutsche ab«, schrie sie.

»Halte durch«, krächzte Tiberius ihr ins Ohr. »Du bist die Heldin, vergiss das nicht!«

Ophelia hatte sich noch nie wie eine Heldin gefühlt, aber noch nie so wenig wie jetzt, da sie wie ein nasser Sack am Ende dieser Brücke hing. Mit aller Kraft hielt sie sich mit den Fingern am Vorsprung fest. Augustus hatte es geschafft, sich am Geländer nach oben zu ziehen. Immer wieder verdeckte sein wehender Morgenrock seine Gestalt, doch Ophelia erkannte den Zauber zwischen seinen Fingern. Schon glühte ein helles Licht auf – und Augustus presste die Hand auf den Stein. Ein ohrenbetäubendes Knirschen durchzog die Brücke. Es klang, als würde sie auseinanderbrechen. Aber stattdessen wurde sie langsamer.

Ophelia keuchte. Ihre Fingerspitzen waren durch die Anstrengung taub geworden.

Durchhalten, beschwor sie sich selbst. *Durchhalten!*

Wie eine Antwort auf ihre Gedanken schoss die Taubheit ihrer Finger ihre Arme hinauf. Sie hörte noch, wie Tiberius einen Schrei ausstieß. Dann verlor sie den Halt. Der Schreck fegte durch Ophelias Glieder. Sie spürte den Wind in ihrem Haar, die Tiefe unter ihr schrie ihren Namen. Sie würde einen Sturz nicht überleben, nicht ohne ihre Magie, nicht ohne …

»Festhalten!«

Augustus packte ihr Handgelenk. Er hing halb über der Brücke, die langsam um sich selbst kreiste. Aber er ließ Ophelia nicht aus den Augen, und etwas in seinem Blick gab ihr neue Energie. Mit vereinten Kräften schaffte sie es zurück auf die Brücke. Gerade, als sie keuchend auf den Stufen liegen blieb, hielt die Brücke an. Sie sah noch das Lächeln in Augustus' Augen, dann spürte sie die Hitze, die auf sie zuraste.

Instinktiv sprang sie auf die Beine. Tiberius flatterte hoch in die Luft, und Ophelia nahm das Geflecht glühender Magie wahr, das der König der Narren über die Stufen seiner Treppe direkt auf sie zuschickte. Ophelia wich zurück, doch Augustus rührte sich nicht von der Stelle. Mit eisiger Konzentration fixierte er die glühenden Adern. Jetzt glitten sie Funken sprühend zu ihnen auf die Brücke. Ophelia fühlte die Hitze. Jede Sekunde würde die Glut Augustus erfassen und dann …

Mitten in ihren Gedanken hinein ballte Augustus die Faust und umhüllte sie mit schneeweißem Licht. Donnernd ließ er sie auf die glühenden Adern niedersausen. Das Licht fraß sich in die Glut, rasend schnell jagte es darüber hinweg bis hinauf zum König und verbrannte ihm die Finger.

Wütend zog der König die Hand zurück. Sie war schwarz geworden wie die Reste seines Glutzaubers. Aber ehe er zum Gegenschlag ausholen konnte, sprang Augustus auf die Beine und stieß die Faust vor. Im selben Moment flogen die Stufen unter den Füßen des Königs rückwärts dahin wie bei einer Rolltreppe. Der König verlor fast das Gleichgewicht, gerade noch rechtzeitig umfasste er den Kristall, der ihm beinahe aus der Hand gerutscht wäre. Mit einem dunklen Schrei hechtete er hoch in die Luft und landete auf einem Balkon. Blitzartig schleuderte er eine Salve glühender Funken auf Augustus.

Ophelia zuckte zusammen, als die Funken sich zu lodernden Feuerkugeln entfachten. Die Luft knisterte, so heiß waren sie. Tiberius rettete sich auf ihre Schulter, doch sie konnte sich nicht von diesem Feuer abwenden. Mächtige Magie lag darin, stark genug, sie alle zu verbrennen.

Aber Augustus kümmerte sich nicht um die Gefahr. Mit einem beherzten Sprung setzte er über den Abgrund hinweg und landete auf der Treppe. Ophelia überlegte nicht lange. Der König der Narren war nicht mehr weit entfernt, so eine Gelegenheit bot sich nicht wieder. Wenn sie jetzt nicht versuchten, ihn zu fangen, würde er ihnen erneut entkommen – wahrscheinlich endgültig.

Ophelia sprang ebenfalls auf die Treppe, und dann ging es aufwärts, im Zickzack um die Feuerkugeln herum. Donnernd schlugen sie in den Stufen ein.

Augustus hatten einen Lichtstab in seinen Händen erschaffen und teilte die Geschosse damit entzwei wie Kugeln aus Glas. Funken sprühten um ihn auf. Er sah aus wie die Gestalt aus einem Märchen: hinabgestiegen in die Finsternis, um mit dem Licht die Schatten zu bekämpfen.

Ein heiserer Schrei riss Ophelia in die Wirklichkeit zurück. Eine Feuerkugel war dicht an ihr vorbeigerast und hatte Tiberius mitgerissen. Jetzt schwebte die Kugel in einiger Entfernung über der Treppe und drehte sich um sich selbst. Und darin saß ihr gefiederter Freund.

Ophelia traute ihren Augen kaum. Das Feuer hatte sich um den Raben geschlossen, doch es verbrannte ihn nicht. Stattdessen glomm ein Bild in den Flammen auf: Tiberius mit glänzendem Gefieder, wie er vor einem Schwarm Krähen über den Himmel flog – furchtlos und mit stolz gerecktem Schnabel. Augenblicklich begriff Ophelia, was dieses Feuer war: ein Wunsch, ein Traum, eine Erinnerung. Und es wollte Tiberius vernichten. Schon schloss der Rabe die Augen und sackte nach vorn.

Ophelia duckte sich vor einem weiteren Feuerball und sprintete zu ihm hinüber. Eilig legte sie mit dem kümmerlichen Rest ihrer Magie einen Schutzzauber auf ihren Arm. Dann stieß sie die Faust vor und entriss den Raben der Feuerkugel.

Wie aus einem schönen Traum geweckt öffnete Tiberius die Augen. Aber er begriff sofort. Wütend stürzte er sich vor, geradewegs auf den König der Narren zu. Ophelia beeilte sich, ihm zu folgen. Doch die Einschläge der Feuerkugeln kamen nun schneller und heftiger, und sie erkannte die Bilder, die darin auftauchten. Eine Blumenwiese im Wind. Die Sterne über dem Meer. Eine verlassene Gasse, auf die Regen fiel. Die Krone einer alten Eiche, die sich im Sturm bewegte. Ophelia hustete. Es war *ihre* Eiche, die sie sah. Und obwohl sie sich dagegen wehrte, vernahm sie deutlich das Flüstern der Blätter.

Augustus wich einem Feuerball aus, aber sein Gesicht hatte die Härte verloren. Etliche Szenen loderten ringsum auf: Augustus als Kind, wie er in einem Waschzuber badete. Augustus als junger Mann, der über seinen Büchern saß. Augustus lachend inmitten eines Schneehaufens. Ophelia roch das Badewasser, hörte das Rascheln der Buchseiten und nahm die Kälte des Schnees wahr. Und als sie Augustus in jungen Jahren erblickte, wie er mit einem kleinen struppigen Hund spielte, da wusste sie, dass der Hund Oscar hieß, und sie fühlte das Glück, das Augustus empfand. Eine Stimme in ihr rief ihr zu, dass sie sich nicht ablenken lassen durfte, dass all das ein Trick war, um sie in die Irre zu führen. Doch sie spürte den Frieden, der Augustus bei diesem Anblick ergriff. Und für einen winzigen Moment war sie nicht wachsam genug.

Die Feuerkugel raste direkt auf sie zu. Ophelia blieb keine Zeit mehr, um zur Seite zu springen, nicht mit ihrem furchtbar langsam gewordenen Körper. Mit weit aufgerissenen Augen starrte sie in die Flammen.

In letzter Sekunde warf Augustus sich vor sie. Er hob die Hände in die Luft und fing die Feuerkugel auf. Seine Finger gruben sich in die Flammen. Es schien, als würde er den Zauber zu seinem eigenen machen, genau so, wie Ophelia es in der Akademie tausendfach geübt und nie hinbekommen hatte. Weißes Licht verfärbte die Flammen, der König der Narren sog keuchend die Luft ein. Er schwankte, als das weiße Licht weiter vordrang, und sank auf die Knie. Jeden Moment würde der Zauber zerbrechen, und dann …

Da hob der König den Kopf. Und mit einem teuflischen Lächeln kam er wieder auf die Beine. Ophelia erschrak, als sie begriff, dass er sie erneut zum Narren gehalten hatte. Er war nicht geschwächt. Er war noch immer stark – viel stärker als sie. Scheinbar mühelos drängte er das weiße Licht von Augustus aus seinem Zauber. Und mit einem donnernden Lachen hüllte er Augustus in knisternde Flammen.

Gleichzeitig brach ein Sturm um Augustus aus, so heftig, dass Ophelia beinahe von den Beinen gerissen wurde. Mit zusammengekniffenen Augen packte sie Tiberius und hielt sich an einem Treppenabsatz fest. Das ohrenbetäubende Lachen hallte in ihr wider, aber als sie Augustus ins Gesicht sah, begriff sie, dass es nicht das Lachen des Königs war. Augustus' Züge hatten jede Anspannung verloren. Stattdessen stand Sehnsucht in seinem Blick, und da wusste Ophelia, was sie da hörten: Es war Philomenas Lachen.

Der Sturm riss an Ophelias Mantel, aber sie merkte es kaum. Dafür nahm sie mit Entsetzen wahr, wie die Macht des Königs in Augustus eindrang, mit jedem Moment in diesen Flammen mehr. Seine Augen färbten sich schwarz und das Lächeln, das nun auf seine Lippen trat, war das des Narrenkönigs. Ophelia setzte sich in Bewegung. Tiberius hielt sich tapfer auf ihrer Schulter fest, und er blieb an ihrer Seite, selbst dann, als sie dicht vor den züngelnden Flammen innehielt. Wie von ferne hörte sie, dass der König seinen Zauber verstärkte, aber sie achtete nicht darauf. Sie blickte Augustus ins Gesicht, in diese fremden Augen, und packte ihn an den Schultern. Das Feuer biss ihr in Hände und Arme, doch sie ignorierte den Schmerz.

»Es ist nicht echt«, schrie sie, so laut sie nur konnte. »Ihr Lachen lässt sich nicht fangen!«

Ihre Worte waren inmitten des Sturms kaum zu hören. Und für einen Moment glaubte sie tatsächlich, dass sie Augustus nicht erreicht hatten. Aber dann hob er den Kopf. Die Schwärze wich aus seinem Blick und stattdessen glänzten seine Augen auf diese besondere Art, die Ophelia auch jetzt die Kehle zuschnürte.

Unendlich langsam ergriff er Ophelias Hand. Er sagte kein Wort, aber als er über ihre Finger strich, lächelte er. Und da brach ein Funke zwischen ihren Händen auf, so gleißend hell, dass er das Feuer ringsum binnen eines Wimpernschlags in weißes Licht verwandelte. Ophelia spürte, wie es kühl und lindernd über ihre Arme strich. Dann hob Augustus die Hand – und mit einem Schrei schleuderte er den Zauber auf den König der Narren.

Ophelia sah noch das Erstaunen, das das Gesicht des Königs fast sanft erscheinen ließ. Dann traf ihn das weiße Licht vor die Brust. Er wurde zurückgeschleudert, hart landete er auf den Stufen. Risse zogen sich von ihm fort, so schnell, als bestünden die Steine aus Glas. Gleich darauf stürzte das Treppenhaus in sich zusammen. Ophelia presste Tiberius an sich, sie hielt Augustus' Hand ganz fest.

Dann fielen sie in die Tiefe.

22

Erinnerungen

Ophelia landete hart auf dem Rücken – und Tiberius mitten in ihrem Gesicht.

»Runter von mir, du Kugelrabe!«

»Ich versuch's ja«, krächzte er. »Aber meine Flügel sind ganz taub. Fühlt sich an, als wäre ich gebannt worden.«

»Das fühlt sich nicht nur so an.« Ophelia dachte daran, wie die Flammen sie gebissen hatten. Der verdammte König der Narren hatte einen Bannzauber auf sie gelegt, der jede Bewegung schwerfällig machte und ihre Magie unterdrückte. Mühsam schob sie Tiberius beiseite. Aber noch immer war alles schwarz um sie herum. Sie musste ihre gesamte Kraft aufwenden, um trotz der Macht des Bannzaubers einen winzigen Funken auf ihren Fingern zu entfachen. Er reichte gerade aus, um den blinden Spiegel zu erhellen, auf dem sie saßen. Nur wenige Fußbreit von Ophelia entfernt lag ein tiefer Abgrund.

»Heiliger Bimbam«, rief Tiberius. »Der König will uns wohl hier verrotten lassen!«

Doch Ophelia schenkte dem Abgrund kaum Beachtung. Ihre Aufmerksamkeit war bei Augustus, der mit geschlossenen Augen neben ihr lag. Ein eisiger Schrecken jagte durch ihren Körper. Sie streckte die Hand nach ihm aus – und fuhr zusammen, als er unter ihrer Berührung die Augen öffnete.

»Verfluchter alter Zausel«, entfuhr es ihr. »Kannst du nicht ein Lebenszeichen von dir geben, zur Hölle noch eins?«

»Ich bin tot, hast du das vergessen?« Er brachte ein schwaches Lächeln zustande. »Wobei ich nicht gedacht hätte, dass man noch solche Schmerzen haben kann, wenn man nicht mehr lebt.« Er nahm die Hand von seiner Brust und zum Vorschein kam eine tiefe Wunde. Von ihr aus verliefen schwarze Linien über seine Haut.

Ophelia hob ihre Hand ein Stück weit über die Wunde. »Du hast Glück gehabt«, sagte sie. »Würdest du nicht meine Magie in den Adern tragen, hätte der Angriff des Königs dich in Stücke gerissen.«

Augustus hustete. »Ich kann sie nicht mehr fühlen. Ich versuche, den Bannzauber zu brechen, aber ich schaffe es nicht. Alles in mir ist taub.«

»Das liegt daran, dass jeder Funke Magie gerade damit beschäftigt ist, dich zusammenzuhalten«, meine Ophelia. »So was passiert, wenn man mal eben zwischen eine Dunkle Fee und ihr Todesurteil springt.«

Ein Lächeln flackerte durch Augustus' Blick. »Gern

geschehen«, gab er zurück, doch seine Stimme war nicht mehr als ein Flüstern.

»Warum musstest du den Zauber denn unbedingt fangen?«, fragte Tiberius streng. »Warum hast du Ophelia nicht einfach zur Seite geschubst?«

»Ich weiß nicht, wie viele Kämpfe du schon erlebt hast«, erwiderte Augustus mit füchsischem Funkeln in seinen Augen. »Aber für gewöhnlich hat man keine Zeit, um sich Plan A bis C zu überlegen. Man handelt instinktiv.«

Tiberius zog beleidigt den Kopf ein. »Aber du hättest doch wissen müssen, dass dieser Feuerzauber zu stark für dich ist. Immerhin bist du ein Magier. Was hast du dir nur gedacht?«

Augustus stöhnte unter Schmerzen. »Es waren doch nur Erinnerungen, das habe ich gedacht. Offenbar habe ich immer noch nicht begriffen, welche Macht in ihnen steckt.«

»Dann wird es langsam Zeit«, meinte Ophelia und legte die Hand an seine Schläfe. Es kostete sie kaum Energie, ein Bild aus seinen Gedanken lebendig zu machen. Sie sang eine kurze Melodie und gleich darauf sprang Oscar in einem flackernden Hologramm vor ihnen durch die Luft. Ophelia bewegte die Finger, die Farben der Erinnerung verwischten und legten sich auf Augustus' Brust. Sofort fing der Heilzauber an, den Bann aus seinem Körper zu ziehen. Ophelia beobachtete, wie die Farben ihres

Zaubers sich langsam schwarz verfärbten, und Augustus sog die Luft ein.

»Faszinierend«, murmelte er verzaubert.

»So gut habe ich einen Heilzauber noch nie hinbekommen«, sagte Ophelia nachdenklich. »Und trotzdem würden die Lehrer der Akademie mich dafür tadeln.«

Augustus hob den Blick. »Warum?«

»Weil keine richtige Dunkle Fee die Erinnerungen eines Menschen nutzen würde, um sich zu befreien. Wir bauen uns Häuser und Paläste mit eurer Kraft, wenn ihr sie in der Dunkelheit verliert. Aber wir würden niemals in wirklich wichtigen Situationen darauf zurückgreifen. Eure Farben sind für uns Beute. Es wird uns beigebracht, euch dafür zu belächeln.«

»Dabei habt ihr Feen doch auch Erinnerungen.«

»Nicht so wie ihr Menschen. Wir Feen können viele Hundert Jahre alt werden, manche von uns werden sogar noch älter. Und wenn wir sterben, verlassen wir diese Welt nicht. Wir verwandeln uns, aber wir bleiben immer noch wir. Nach den alten Liedern werden wir zu Stimmen im Wind, zu Gelächter im Regen und zum Flüstern der Sterne in der Nacht. Ihr Menschen dagegen habt nur ein einziges Leben, eine einzige kurze Zeit. Das macht jeden Augenblick, den ihr habt, so kostbar. Deswegen schillern eure Erinnerungen in der Dunkelheit wie Juwelen.«

Augustus schwieg für einen Moment. »Das klingt ja fast, als fändest du uns Menschen gar nicht so lächerlich.«

»Sei dir da mal nicht so sicher.« Ophelia zwinkerte. »Außerdem hast du mir gerade das Leben gerettet. Vielleicht trübt das meine Wahrnehmung ein ganz kleines bisschen.«

Augustus sah sie still an. »Was wäre ich für ein Mensch, wenn ich eine Fee sterben ließe?«

Der Zauber auf seiner Brust leuchtete auf. Er berührte die Stelle, an der gerade noch die Wunde gewesen war. Aber sie hatte sich geschlossen. Nur feine Narben liefen noch über seine Haut.

Augustus kam auf die Beine. Er murmelte ein paar Worte und Ophelia atmete erleichtert auf, als der Bannzauber über ihrem Körper zerbrach.

Auch Tiberius streckte sich und flatterte rasch auf ihre Schulter. »Und was jetzt?«, fragte er. »Ich würde euch ja über den Abgrund tragen, wenn ihr nicht so schwer wärt, aber so ...«

»Keine Sorge«, meinte Augustus. »Es gibt einen anderen Weg für uns.« Er berührte die Reste des Heilzaubers und flüsterte etwas. Der Zauber glomm auf und zerstob in viele kleine Flämmchen. Auf ein Flüstern von Augustus hin schwebten sie als glühende Schollen über den Abgrund. Er lächelte Ophelia zu. Dann sprang er leichtfüßig auf die erste Scholle.

Das Licht loderte um Ophelia auf, als sie ihm folgte, und sie sah Oscar, der bellend um sie herumsprang. Der Hund wartete auch in der nächsten Scholle auf sie und in der darauf, und als sie schließlich festen Boden erreichten, wedelte er zum Abschied fröhlich mit dem Schwanz.

Augustus schnipste mit den Fingern, um die Schollen erlöschen zu lassen. Aber das taten sie nicht. Stattdessen flackerten sie auf, ehe sie mit einem ohrenbetäubenden Knall zerbrachen. Gleich darauf klang ein Lachen durch die Luft – das Lachen des Narrenkönigs.

23

Das Labyrinth der Spiegel

Alarmiert wich Ophelia zurück, bis sie mit dem Rücken gegen etwas Hartes stieß. Sie fuhr herum und schaute sich selbst ins Gesicht. Erst auf den zweiten Blick erkannte sie, dass sie vor einem Spiegel stand. Ein Klirren ertönte und überall aus der Finsternis tauchten Spiegel auf, große und kleine, breite und schmale. Sie glommen in einem unheilvollen Licht und verbanden sich zu Wänden, Böden und Decken. Verschlungene Wege fügten sich zusammen, und Ophelia schauderte, als das letzte Knirschen in atemloser Stille unterging. Sie standen in einem Spiegellabyrinth.

»Dieser Lumpenhund«, murmelte Tiberius.

Vorsichtig setzten sie sich in Bewegung. Zuerst sahen sie noch ihre eigenen Spiegelbilder ringsherum. Doch schon nach wenigen Schritten erschienen andere Bilder: die Schatten von Adámas, die ihnen nacheilten. Schließlich verbanden sie sich zu der Dunkelheit, die wie ein Meer um sie herum aufwallte.

Ophelia war klar, dass auch das nur eine Illusion des

Königs war. Aber sie konnte sich nicht gegen die Furcht wehren, die sie bei diesem Anblick ergriff. Instinktiv lief sie schneller und krachte prompt gegen einen Spiegel.

Benommen fasste sie sich an die Stirn. Blut blieb an ihren Fingern haften – und weckte ihren Zorn. Sie würde nicht in Panik geraten vor dem Bild in einem Spiegel. Sie war eine Dunkle Fee, zur Hölle noch eins! Sie rannte vor nichts und niemandem davon!

Tiberius berührte mit der Stirn ihre Wange. Mochte er auch noch so viel Angst haben: Er war ein Rabe von Ehre. Er würde keinen Flügelbreit von ihrer Seite weichen.

Ophelia spürte Augustus' Nähe, ohne dass sie sich zu ihm umdrehte. Auch er war gerade noch schneller gelaufen. Doch jetzt stand er reglos da wie ein Wolf kurz vor dem Angriff. Es war, als hätten sie alle im selben Moment die Entscheidung getroffen, sich nicht länger in die Irre führen zu lassen.

»Narrenkönig«, rief Augustus. Seine Stimme klang wie Wolfsgeheul und war so laut, dass sich etliche Spiegel mit Rissen überzogen. »Du kannst uns nicht um den Verstand bringen! Komm heraus! Oder hast du Angst?«

Es folgte eine atemlose Stille. Ophelia glaubte schon, dass Augustus' Worte ungehört geblieben waren. Aber da ging ein Wispern durch das Labyrinth, melodisch wie ein Kinderreim. Und plötzlich tauchte er in den Spiegeln auf: der König der Narren. Er lächelte sein Teufelslächeln. In der rechten Hand hielt er den Kristall. Auf seiner linken saß ein goldener Schmetterling.

Ophelia spürte die Magie, die in dem kleinen Tierchen lag. Doch erst, als sie dem König in die Augen sah, diese uralten, nachtschwarzen Augen, begriff sie, was sein Auftauchen bedeutete. Er war nicht gekommen, um weiter gegen sie zu kämpfen. Er wollte sie nicht länger jagen oder von ihnen gejagt werden. Sie hatten seine Schlichen durchschaut. Jetzt bot er ihnen die Wahl.

Ophelias Blick fiel auf den Kristall. Sie wollte ihn ergreifen, mehr als alles andere. War sie nicht deswegen hinter dem elenden König hergelaufen? Aber sie rührte sich nicht. Zu stark spürte sie die Kraft der Magie, die in dem Schmetterling glühte. Sie wusste, dass Augustus dasselbe empfand, genauso wie Tiberius. Auch ihnen bot der König die Erfüllung einer tiefen Sehnsucht an – vielleicht der tiefsten, die sie hatten. Ophelia sah nicht mehr den König in dem Spiegel, sondern Augustus, der als mächtiger Magier ihren Blick erwiderte, jenseits jeder menschlichen Schwäche, und sie erkannte auch Tiberius, der als unbesiegbarer Krieger durch die Lüfte flog. Dann verdunkelte sich der Spiegel.

Ophelia wusste, in welche Finsternis sie schaute. Es war die Dunkelheit, die sie gerade noch bedroht hatte. Doch irgendetwas war anders in den samtenen Schleiern, etwas, das ihre Aufmerksamkeit auf sich lenkte. Sie hörte die Dunkelheit flüstern, so deutlich, wie sie es noch nie wahrgenommen hatte – und mit einem Rauschen entfachte sie sich zu allen Farben der Nacht. Ophelia sah uralte Bäume, Wiesen mit glimmenden Blüten und Felsen, so gewaltig, dass sie wirkten wie Riesen. Ein wilder Fluss rauschte durch die Dunkelheit, Ophelia spürte all seine tausend Namen auf ihrer Zunge, und sie sah den Fährmann mit seinem Boot und hörte das Gold in seinen Taschen klimpern. So viele Geschichten hatte sie über die Dunkelheit gelesen, so viele Lektionen über sie gelernt, aber nie war sie ihr so schön vorgekommen wie nun, da sie zum ersten Mal mehr in ihr erkannte als nur Finsternis. Ophelia trat dicht an den Spiegel heran. Sie erschrak nicht mehr, als der König der Narren wieder darin auftauchte. Sie hatte nur noch Augen für den Schmetterling in seiner Hand.

Er war ein Geschenk, das begriff Ophelia, ein Geschenk für sie. Die Magie in ihm war so unsagbar mächtig. Ein Schritt noch und diese Magie würde ihr gehören. Ein einziger Griff – und die Macht über die Dunkelheit läge endlich in ihren Händen. Kein vergebliches Abmühen bei ihren Zaubern mehr, kein Versagen beim Seelentransport. Endlich eine richtige Dunkle Fee sein mit allem, was dazugehörte!

Kurz nur spürte Ophelia einen Widerstand, als sie das Glas des Spiegels berührte. Dann glitt ihre Hand hindurch auf die andere Seite. Ihre ganze Aufmerksamkeit ruhte auf dem Schmetterling, und sie erschrak, als sie auf einmal etwas an ihren Fingern fühlte. Sie wandte den Blick und schaute ihrem Spiegelbild in die Augen. Jetzt begriff sie, dass es dessen Hand war, die sie berührte, und ihr wurde klar, dass sie gerade zwischen allen Welten stand: halb in der Anderwelt, halb im Reich der Spiegel. Und dass ihr Spiegelbild sie daran hindern wollte, auch nur einen weiteren Schritt auf den Schmetterling zuzutreten.

Ärgerlich wollte Ophelia sich abwenden. Spiegelbilder waren Diener, verflucht noch eins. Keine richtige Dunkle Fee würde sich auch nur für einen Wimpernschlag mit ihnen abgeben, schon gar nicht, wenn sie so frech waren wie Ophelias Spiegelbild. Sie rechnete damit, dass jeden Moment das aufsässige Glitzern in dessen Augen auftauchen würde. Aber nichts dergleichen geschah. Stattdessen erwiderte ihr Spiegelbild ihren Blick mit einem Ernst, der Ophelia schaudern ließ. So hatte sie es noch nie gesehen. Es wirkte, als hätte es Angst. Um sie.

Unmerklich schüttelte ihr Spiegelbild den Kopf. Es stieß Ophelia zurück, so hart, dass sie rückwärtstaumelte. Da streckte der König der Narren die Hand vor, um das Spiegelbild zu packen. Doch es war schneller. Blitzartig berührte es den Schmetterling. Dessen Licht floss über den Körper des Spiegelbildes und hielt für einen Augenblick die Zeit an. Ophelia konnte die Magie riechen, die in diesem Licht lag. Wieder wollte sie sich in den Spiegel stürzen. Und sie hätte es getan, hätte sich das Gesicht ihres Spiegelbildes nicht schmerzhaft verzerrt. Das Licht der Magie wurde gleißend hell und unausprechlich kalt.

In glitzernden Kristallen zog es sich über den Leib des Spiegelbildes, seine Augen, sein Haar und seine Lippen. Ophelia spürte die Kristalle an ihren Fingern, sie konnte sich nicht rühren, so wunderschön sah ihr Spiegelbild aus und so … tot …

Das Wort peitschte durch Ophelias Gedanken und mit einem Schlag wusste sie, dass alles falsch war: Die Dunkelheit dort vor ihr war eine Illusion, betörend schön, aber ohne Leben, und die Magie des Schmetterlings war nicht Ophelias Magie. Sie war grausam und kalt und sie würde Ophelia genauso verwandeln wie ihr Spiegelbild, wenn sie sie ergreifen würde. Diese Magie wollte sie nicht befreien. Sie wollte sie einsperren – für immer.

Es war diese Erkenntnis, die Ophelia in die Wirklichkeit zurückholte. Auf einmal merkte sie, dass die Kälte des Spiegels längst über sie gekommen war. Als Schneesturm fegte sie durch das Labyrinth und lähmte zusehends ihre Gedanken. Ophelia presste die Zähne zusammen. Aber das würde sie nicht zulassen. Nichts von ihr würde in diesem Haus gefangen bleiben. Und sie spürte diese Erkenntnis nicht nur in sich selbst. Sie fühlte sie auch in Augustus und Tiberius, die noch immer neben ihr standen, gefangen in diesem eisigen Sturm. Ophelia fiel es schwer zu blinzeln, die Kälte lähmte jede Magie. Doch sie spürte Augustus' Nähe, und sie erinnerte sich daran, was er ihr gesagt hatte.

Deine Stimme ist frei, raunte er nun in ihren Gedanken. *Solange du nicht zulässt, dass sie jemand in Ketten legt.*

Mit aller Macht kämpfte sie gegen die Kälte an und streckte die Hand nach dem Spiegel aus. Sie fühlte den Blick des Narrenkönigs auf ihrer Haut, aber sie sah ihn nicht an. Ihre Aufmerksamkeit lag auf ihrem Spiegelbild. Ophelia berührte seine Hand. Sie spürte die Wärme, die von ihren Fingern in den Körper des Spiegelbildes floss, und Ophelia musste lächeln. Sie war dankbar dafür, ein aufsässiges Spiegelbild zu haben – dankbar für eine Freundin im Niemalsland. Dann holte sie tief Luft. Und mit einem Schrei, der klirrend wie der Nordwind durch das Labyrinth fegte, riss sie die Kälte in Fetzen. Es war nicht nur ihre Stimme, die in den Gängen widerklang, es war auch der Zorn von Tiberius und das Wolfsgeheul von Augustus, und in einem fulminanten Höhepunkt zerbrachen ihre Stimmen das Labyrinth der Spiegel.

Ophelia fiel schmerzhaft auf die Knie. Ihr Blut rauschte in ihren Ohren. Dunkle Schleier zogen an ihren Augen vorüber, so sehr hatte die Befreiung von dieser Kälte sie geschwächt. Die Scherben des Labyrinths sanken wie schwarzer Schnee um sie nieder, und dort, nur wenige Armlängen von ihr entfernt, lag der Kristall. Augustus sog erleichtert die Luft ein, Tiberius flatterte überwältigt mit den Flügeln, und Ophelia wollte gerade in Triumphgelächter ausbrechen, als sie Schritte hörte … harte, eiskalte Schritte.

Und über die Scherben trat der König der Narren auf sie zu.

24

Farben über Farben

Noch immer trug er das Harlekinskostüm. Aber er hatte seine Maske endgültig fallengelassen. Die Gestalt des Jungen war so durchsichtig geworden wie ein Nebelstreif, und dahinter sah Ophelia, was er wirklich war: eine Kreatur jenseits aller Zeit, die nur von einem einzigen Gefühl beherrscht wurde: unstillbarer Gier.

»Du hast verloren«, sagte Augustus und kam auf die Beine. Er schwankte. Der Kampf gegen den eiskalten Sturm hatte auch ihm die Kraft geraubt. Doch er schaute dem König der Narren fest ins Gesicht, und Ophelia spürte die Gefahr, die noch immer von Augustus ausging – wie von einem verwundeten Wolf, der sich mit allem verteidigen würde, was er war. »Gib uns frei!«

Der König blieb vor dem Kristall stehen. »*Verloren*«, wiederholte er. Seine Stimme war nicht mehr warm und betörend, sondern rissig wie die Spiegel, die Ophelia gerade zerbrochen hatte. »Was wisst ihr schon davon. Ihr seid nur Geflüster im Strom der Zeit, unfähig, jemals etwas wirklich zu gewinnen. Wie sollt ihr wissen, was verloren sein bedeutet? Und *frei*…« Das zweite Wort ließ ihn husten. »Es gibt keine Freiheit jenseits eurer Gedanken. Ihr hättet mein Angebot annehmen sollen … ihr alle. Noch ist es nicht zu spät.«

Er hob die linke Hand, und obwohl dieses Mal kein Schmetterling darauf saß, fühlte Ophelia wieder den unwiderstehlichen Drang, auf ihn zuzutreten. Mit aller Kraft stemmte sie sich gegen die Sehnsucht, die er in ihr wachrief, und bemerkte die Bewegung von Augustus' Hand aus dem Augenwinkel.

»Es ist zu spät«, gab sie zurück. »Für dich!« Damit sprang sie vor.

Im selben Moment schleuderte Augustus dem König einen Zauber entgegen. Ophelia spürte den Kristall schon an ihren Fingern, als der König die Faust hob. Klirrend zerbrach Augustus' Zauber, und ehe Ophelia den Kristall packen konnte, traf sie ein Hieb vor die Brust. Sie wurde durch die Luft geschleudert, keuchend blieb sie am Boden liegen. Wie von ferne hörte sie Tiberius' Schrei, sah undeutlich, dass auch Augustus von unsichtbarer Faust zu Boden geschlagen wurde. Aber alles wurde von der Macht des Königs zurückgedrängt, die nun erneut mit eisiger Kälte nach Ophelias Sinnen griff.

Irgendwo in der Ferne ging ein Grollen durch den Boden. Sie fühlte, dass das Haus der Wegweiser ins Wanken geriet – gerade hier, wo sein König jede Regel missachtete, die er selbst vor langer Zeit einmal erschaffen hatte. Doch er merkte es nicht. Seine Gier war zu groß. Jetzt umfing seine Magie Ophelias Gedanken. Sie spürte, wie sie das Bewusstsein verlor. Fern, ganz fern nur hörte sie eine Stimme.

»König der Narren«, hallte sie durch die Finsternis. »*Wehe Euch!*«

Es war, als hätte diese Stimme Licht ins Dunkle getragen. Die Kälte lag nicht mehr so fest um Ophelias Leib. Sie hob den Kopf – und traute ihren Augen nicht. Dort, zwischen den schwarzen Flocken, tauchte eine Gestalt auf, leuchtend gelb mit wütend rollenden Augen. Es war Pogg!

»Ihr habt Euer Spiel für dieses Mal verloren«, rief er nun und hielt nicht weit vom König entfernt in der Luft inne. »Jetzt müsst Ihr diese drei freigeben. Ihr kennt die Regeln, die dieses Haus begründen und aufrecht halten. Und ich wiederhole: Wehe Euch, wenn Ihr sie brechen solltet!«

Kurz schien es, als würde der König vor der winzigen gelben Wolke zurückweichen, denn er war bei jedem einzelnen Wort zusammengefahren. Doch dann neigte er sich gefährlich langsam vor. Gebeugt wie ein Greis stand er da und starrte aus boshaften Augen zu Pogg hinüber.

»Was fällt dir ein, mich zu stören«, stieß er hervor. »Du bist nichts als ein lächerlicher Traum!« Er streckte die Hand nach Pogg aus, schwarze Funken züngelten über seine Finger.

Ophelia glaubte schon, den kleinen Traum in Flammen aufgehen zu sehen. Doch Pogg stieß nur die Luft aus.

»Vielleicht«, meinte er. »Aber eins sage ich dir, einsamer König: Ich bin nicht allein!«

Ophelia sah noch das Grinsen, das wie die aufgehende Sonne über Poggs Gesicht glitt. Dann stieß der kleine Traum die Faust vor – und unzählige bunte Gestalten brachen aus den schwarzen Flocken ringsherum. Blaue Fellmonster, grüne und rote Nebelfetzen, pinke Flammenwesen und jede Menge andere Kreaturen, so vielgestaltig, dass keine wirkte wie die andere, und doch in einem vollkommen gleich: Sie alle schrien mit demselben Zorn in der Stimme, und sie alle stürzten sich ohne jede Furcht auf den König der Narren. Es waren die verlorenen Träume, die ihn nun zurückdrängten, auf einen letzten, halb zerbrochenen Spiegel zu. Wie ein riesiger, wild gewordener Bienenschwarm hüllten sie ihn ein, ballten sich zusammen und stießen den König mitten hinein in den Spiegel.

Dort hielt er taumelnd inne. Unendlich langsam fuhr er sich an den Mund und wischte sich Blut fort, rotes Blut wie von einem Menschen. Er betrachtete es für einen Moment. Dann hob er den Kopf und schaute zu Ophelia herüber. Er lächelte wie bei ihrer ersten Begegnung auf dem Jahrmarkt, verbeugte sich – und da fiel sein Körper mitsamt dem Spiegel in sich zusammen. Alles, was von ihm übrig blieb, waren ein paar Spielkarten, die flüsternd durch die Luft tanzten.

Es war Augustus, der Ophelia auf die Beine half. Tiberius landete krächzend auf ihrer Schulter, und sie schauten zu der bunten Menge hinüber, die in einigem Abstand stehen blieb. Eine kleine gelbe Wolke löste sich daraus und kam auf sie zu. Pogg schwebte erst zu Tiberius, dann zu Augustus. Wortlos streckte er die Hand aus.

Darauf lag der Kristall, und als Pogg sacht darüberstrich, fiel ein goldgelber Schimmer hinein. Behutsam legte Pogg den Kristall in Augustus' Hand. Er erwiderte Augustus' Blick und nickte unmerklich. Dann hielt er vor Ophelia inne. Seine schwarzen Augen blitzten auf, als er ihr in unsicherer Geste über die Wange strich. Es fühlte sich an wie der zarteste Sonnenstrahl, der je Ophelias Haut berührt hatte.

Ich habe geglaubt, dass du so wärst wie die meisten Dunklen Feen, sagte Pogg in ihren Gedanken. *Kalt und auf der Flucht vor dir selbst. Aber ich habe dich weinen und träumen sehen. In deinem Kopf schwirrt es, Bunte Fee – Farben über Farben. Und sie sind wunderschön!*

Ein Lächeln ging über sein haariges Gesicht, das Ophelia unwillkürlich erwiderte. Pogg hob die Hand zum Abschied, ebenso wie all die anderen verlorenen Träume. Ophelia hörte noch, wie Augustus die Luft einsog und Tiberius leise seufzte. Dann schnipste Pogg mit den Fingern – und auf der Stelle kam der Schlaf über sie.

25

Wild und frei

Ophelia erwachte. Sie lag neben Augustus und Tiberius, die ebenfalls gerade zu sich kamen. Benommen schauten sie sich um. Sie waren auf dem Turm der Camera Obscura. Ein sachter Wind strich über die Mauern, die Lichter der Stadt glühten zu ihnen herauf. Und vor ihnen lag der Kristall. Ein goldener Schimmer bewegte sich darin. Er sah aus wie der Umriss eines Schmetterlings … oder ein verlorener Traum.

»Was hat das zu bedeuten?«, krächzte Tiberius. »Ist das wieder irgendein teuflischer Trick?«

Augustus schüttelte den Kopf. »Das ist unser Wegweiser.«

»Tatsächlich?« Tiberius flatterte aufgeregt mit den Flügeln. »Aber wie soll uns ein Kristall zu Adámas' Palast bringen?«

Statt einer Antwort streckte Augustus die Hand nach dem Kristall aus. Kaum hatte er ihn berührt, wurde der goldene Schimmer gleißend hell. Geblendet kniff Ophelia die Augen zusammen. Als sie wieder hinschaute, war das Licht zu flirrendem Glitzerstaub geworden. Tiberius nieste dreimal hintereinander – und hüpfte überrascht in die Luft, als sich die Staubwolke verzogen hatte.

»Was ist das denn?« Er stakste neugierig an das heran, was vor ihnen am Boden kauerte.

»Sieht aus wie …«, begann Ophelia, und im selben Moment wie Augustus sprach sie den Namen aus: »Oscar!«

Tatsächlich saß vor ihnen ein kleiner Hund. Er sah genauso aus wie Oscar, nur dass sein Körper von goldenem Glanz überzogen war. Sein Fell stand in alle Richtungen ab, als hätte er eine sehr lange und kräftezehrende Reise hinter sich. Seine Augen aber waren so golden wie die Strahlen der Sonne, und er wedelte fröhlich mit dem Schwanz. Unwillkürlich musste Ophelia lächeln.

Tiberius hingegen nieste noch einmal. »Dieser mickrige Köter soll unser Wegweiser sein? Ich bin fast von einem Kerl im Harlekinskostüm geröstet worden, und das nur für …«

Da machte Oscar einen Satz nach vorn und leckte Tiberius quer über den Kopf. Mit entsetztem Krächzen flatterte der Rabe auf die Turmmauer. Oscar bellte fröhlich. Tiberius schaute skeptisch zu ihm hinab. »Du bist ein Superfährtenhund, sagst du? Woher willst du denn wissen, wonach wir suchen?«

»Von mir«, erwiderte Augustus. Er legte die Hand auf Oscars Stirn. Der Hund senkte den Kopf, und als Augustus die Augen schloss und ein leichter Glanz über seine Finger strich, wurde Ophelia klar, dass er in Gedanken mit Oscar redete. Schließlich ließ Augustus die Hand sinken und Oscar bellte drei Mal. »In Ordnung«, sagte Augustus. »Im Morgengrauen brechen wir auf.«

Oscar leckte über Augustus' Hand. Dann zog er sich unter einen Mauervorsprung zurück, kauerte sich zusammen und schloss die Augen. Staunend sah Ophelia zu, wie sein Fell sich von Staub und Schmutz befreite. Der kleine Hund atmete so ruhig wie ein Kranker, der langsam gesund wurde.

Selbst Tiberius kam näher, um zu sehen, was vor sich ging. »Schläft er?«, fragte der Rabe.

Augustus schüttelte den Kopf. »Er erholt sich und sucht nach einer Fährte. Sobald die Sonne aufgeht, können wir uns auf den Weg machen.«

»Und bis dahin sitzen wir hier rum?«, murrte Tiberius.

»Hier ist es immerhin sicher«, erwiderte Ophelia. »Ich denke nicht, dass die Schatten von Adámas uns hier oben vermuten. Und so lange dauert es auch nicht mehr, bis die Sonne aufgeht.«

Tiberius hüpfte unzufrieden über die Mauer. »Lange genug. Ich will irgendwo hin, wo es gemütlich ist. Und ich habe Hunger.«

»Du klingst wie ein Mensch«, meinte Ophelia und warf Augustus einen verlegenen Blick zu. »Entschuldige.«

Augustus zwinkerte. »Schon gut.« Dann wandte er sich

an Tiberius. »Warum fliegst du nicht eine Runde durch den Park? Sicher findest du da ein paar leckere Kekskrümel. Aber nimm dich vor den Schatten in Acht!«

Die Aussicht auf Essen verbesserte Tiberius' Stimmung schlagartig. »Kekse! Eine ausgezeichnete Idee. Bin bald zurück!« Damit flog er davon.

Augustus lehnte sich mit dem Rücken gegen die Mauer und schaute Ophelia an. »Verabscheust du uns Menschen eigentlich wirklich so sehr, wie es manchmal klingt?«

Ophelia zuckte die Schultern. »Ihr habt meine Großmutter umgebracht. Meine Eltern sind gestorben, um den Weltenschleier zu verteidigen, der nur euretwegen existiert. Genau wie mein Bruder. Ich habe keinen Grund, euch zu mögen.«

»Nein«, gab Augustus zu. »Aber dennoch tust du es. Nicht wahr?«

Was zur Hölle war es nur, das in seiner Stimme lag und Ophelia ständig dazu brachte, mehr zu erzählen, als sie jedem anderen anvertraut hätte? Augustus sah sie mit seinem sanften Lächeln an, und sie gab es auf.

»Meine Eltern haben mir von euch erzählt«, begann sie. »Nicht nur von den schrecklichen Taten, die ihr begangen habt. Die meisten Lieder, die meine Eltern gesungen haben, handelten von euren Träumen, Wünschen, Gedanken und von ihrer Kraft. Meine Eltern haben sich immer nach einer vereinten Welt gesehnt, und sie kämpften nie nur für den Schutz der Feen. Sie kämpften auch für den Schutz der Menschen. Genau wie Mino. *Manchmal denke ich, dass wir Feen nur aus einem einzigen Grund auf die Menschen herabgucken,* hat er mal zu mir gesagt. *Weil wir sie beneiden. Wir tragen Magie in uns, aber sie können in ihren Köpfen Welten erschaffen, die es vorher noch nicht gegeben hat und die so lebendig sind, als wären sie immer schon da gewesen.* Vielleicht hatte er damit recht.« Sie sah Augustus an. »Unter normalen Umständen kann ich deine Gefühle spüren, so deutlich wie die Sonne und den Wind auf meiner Haut. Die Stimmen deiner Gedanken sind so kraftvoll, dass ich darin jeden Ton der Welt hören kann. Und deine Erinnerungen sind ein Strudel voller Farben. Ich könnte mit ihnen die schönsten Paläste bauen. Aber ich werde nie erfahren, wie es ist, solche Farben in mir zu tragen.«

»Pogg würde dir da widersprechen.« Augustus lächelte. »Vielleicht braucht es nur ein wenig Mut, um deinen Farben zu vertrauen. Vielleicht unterscheiden wir uns viel weniger, als wir denken. Auch wenn es heißt, dass kein Gesang so wundervoll ist wie der Gesang einer Fee.«

»Wenn wir unsere wahre Stimme gefunden haben«, meinte Ophelia. »Mino sagte immer, dass es nichts Wichtigeres im Leben gibt als das.«

»Man muss die eigene Stimme nicht nur finden«, entgegnete Augustus. »Man muss ihr auch folgen. Da gleichen wir uns tatsächlich: Feen und Menschen.«

Für einen Moment hörten sie schweigend dem Wind

zu, der wispernd um den Turm strich. »Im Haus der Wegweiser hast du gesagt, dass ihr Feen nach eurem Tod zu Stimmen im Wind werdet«, meinte Augustus. »Zu Gelächter im Regen, zum Flüstern der Sterne. Ist das wirklich wahr?«

»Ich weiß es nicht«, gab Ophelia zu. »Ich habe noch nie die Stimme einer verstorbenen Fee gehört. Aber es ist ein schöner Gedanke. Und ich erinnere mich daran, dass ich einmal meinen Großvater fragte, wo meine Großmutter denn wäre. Ich war noch sehr klein, hatte noch weniger Ahnung vom Tod als heute und hatte sie ja nie kennengelernt. Normalerweise vermeidet mein Großvater es, von ihr zu sprechen. Doch damals sagte er: *Sie ist im Wind, sie ist in den Wolken und im Regen.* Ich fragte, für wie lange sie dort bleiben würde. Und er lächelte und flüsterte: *Für immer und immer.*«

Ophelia dachte daran, wie sanft ihr sonst so rauer Großvater in diesem Moment gewirkt hatte.

»Vielleicht gilt das für uns Menschen ja auch«, meinte Augustus nachdenklich. »Vielleicht ist das Totenreich größer, als wir alle wissen.«

Ophelia sah ihn von der Seite an. Ihr kam es so vor, als würde er gerade zum ersten Mal vollkommen ernst über seinen Tod sprechen. Aber es spiegelte sich keine Furcht auf seinem Gesicht, sondern nur eine stille Zuversicht, und als er zu den Sternen hinaufschaute, lächelte er. »Vielleicht sind auch wir am Ende im Regen.«

Ophelia erwiderte sein Lächeln, doch ehe sie etwas sagen konnte, ging ein Krächzen durch die Luft.

»Nicht erst am Ende«, erklang Tiberius' Stimme über ihnen. Mit raschem Flügelschlag landete der Rabe auf der Turmmauer. »Sondern jetzt gleich, wenn mein Schnabel mich nicht täuscht. Die Luft wurde schon feuchter, als ich vom Park losgeflogen bin.«

Ophelia wollte gerade fragen, was er damit meinte, als sie die Antwort in Form eines Regentropfens direkt vor ihre Füße bekam. »Oh, verdammt«, stieß sie aus und flüchtete sich in den Türrahmen des Turms. »Das hat mir gerade noch gefehlt: Feuerfunken auf meiner Haut!«

»*Hier ist es immerhin sicher*«, äffte Tiberius sie nach. »*Und so lange dauert es auch nicht mehr, bis die Sonne aufgeht.*«

»Trau dich in meine Nähe, du Vogel«, gab Ophelia zurück. »Dann zeige ich dir, wie lang die Zeit bis dahin werden kann!«

Aber Tiberius hüpfte vergnügt durch den Regen, der nun in dicken Tropfen zu Boden fiel. Offenbar hatte er tatsächlich aufmunternde Kekskrümel gefunden. »Wer sich wohl nicht traut! Ich sehe hier nur eine, die sich wie ein ängstliches Küken in einem Mauerspalt versteckt. Das ist einer Heldin übrigens ziemlich unwürdig.«

»Da hat Tiberius recht«, warf Augustus ein. »Und warum tust du das überhaupt?«

Ophelia zog die Arme um den Körper. »Weil ich noch

nicht gelernt habe, mich gegen den Regen zu schützen. Das ist nichts Ungewöhnliches, viele Feen haben Schwierigkeiten mit bestimmten Dingen, wenn ihre Magie erwacht. So lange, bis sie sie richtig ausgebildet haben. Einige werden bei jedem Windhauch umgepustet, andere können das Licht der Sonne nicht ertragen. Bei mir ist es eben der Regen. Wenn er mich trifft, brennt es wie Feuer. Und davon hatte ich heute Nacht ehrlich gesagt schon genug.«

Augustus verschränkte die Arme vor der Brust. »Hast du da nicht eine Kleinigkeit vergessen? Deine Magie ist jetzt bei mir.«

Ophelia zog die Brauen zusammen. »Und was soll das heißen?«

Augustus grinste, doch es war Tiberius, der ihr die Antwort gab: »Dass du jetzt ganz schmerzfrei nass werden kannst!« Und er schlug direkt neben ihr mit seinen Flügeln in eine Pfütze, dass sie von einem riesigen Wasserschwall getroffen wurde. Allerdings war der Regen tatsächlich nicht heiß. Dafür war er kalt. Verflucht kalt sogar. Sie zog sich noch ein Stück weiter in ihren Unterschlupf zurück.

Augustus hingegen stellte sich mitten hinein in den Regen. Er breitete die Arme aus und legte den Kopf in den Nacken. Dabei lächelte er und begann zu tanzen, eine Kombination aus Stepptanz und wedelnden Armen, die seltsamerweise recht anmutig wirkte.

Tiberius kicherte und auch Ophelia musste lachen.

»Was tust du da, alter Mann?«, rief sie Augustus zu, der durch die Pfützen fegte wie ein Derwisch.

Er strich sich die Haare aus der Stirn. »Früher, als ich noch jung war, da habe ich das geliebt: im Regen zu tanzen. Nichts hat mir so viel über das Leben beigebracht wie der Regen, denn es steckt in jedem einzelnen Tropfen. Ich erinnere mich an so manche Nacht, da ich durch den Regen gelaufen bin, vorbei an all den Menschen, die über mich gelacht haben. Ich hätte laut singen können vor Glück. Und manchmal habe ich das getan. Dann wurde ich alt und irgendwann haute mich eine simple Erkältung komplett aus den Socken. Da war es vorbei mit dem Regen und mir – bis jetzt.«

Ophelia schüttelte den Kopf. »Du bist verrückt«, sagte sie, aber Augustus ergriff ihre Hand.

»Versuche es«, forderte er sie auf. »Du wirst sehen, dass ich recht habe.« Er zog sie nach vorn und schon stand sie im strömenden Regen. Augustus schaute sie erwartungsvoll an.

»Ja«, murmelte sie, nachdem Mantel und Kleid an ihrem Körper klebten und ihr Haar völlig durchnässt war. »Er verbrennt mich nicht mehr. Aber er ist trotzdem verflucht nass. Und kalt. Verdammt eiskalt sogar.«

Augustus lachte. »So ist das eben manchmal.«

»Was denn?«, fragte Ophelia.

»Das Leben«, erwiderte er. »Ich dachte, du bist eine

Dunkle Fee. Eine Todesbotin. Aber wie willst du den Tod begreifen, wenn du keine Ahnung vom Leben hast?« Für einen Moment sah er sie nur an. Dann verbeugte er sich und hielt ihr die Hand hin. »Ophelia Nachtgesang«, sagte er feierlich. »Darf ich um diesen Tanz bitten?«

Ophelia starrte ihn an. Sie wollte ihn auslachen, wie er dastand in seinem durchnässten Morgenrock und tatsächlich glaubte, dass sie mit ihm über diesen verdammten Regenturm tanzen würde. Doch sie tat es nicht. Sie spürte, wie Tiberius hinter ihr den Atem anhielt, und sie bemerkte dieses Funkeln in Augustus' Augen, das sie an die Sterne erinnerte und an das unbeschwerte Lachen von Menschenkindern. Und ehe sie es sich versah, hatte sie ihre Hand in seine gelegt.

»Aber lass mich nicht los«, sagte sie, als er sie an sich zog. »Meine Knie haben gerade aufgehört zu bluten.«

Augustus lächelte eines seiner sanften Lächeln. »Ich dich loslassen?« Er schüttelte unmerklich den Kopf. »Niemals.«

Und dann setzten sie sich in Bewegung. Ophelia hatte schon oft getanzt. Oder jedenfalls hatte sie das gedacht. Im Lumpennest war sie durch die Gegend gesprungen und hatte ihre Haare herumgeschleudert, dass es die reine Freude gewesen war, und dabei war es ihr völlig egal gewesen, ob sich das für eine Dunkle Fee gehörte oder nicht. Doch sie war noch nie mit solcher Leichtigkeit durch die Nacht geschwebt, hatte sich noch nie so schnell gedreht, dass tausend Sterne in ihrem Bauch explodiert waren, und hatte noch nie so ausgelassen gelacht wie jetzt, da Augustus sie in einem besonders waghalsigen Manöver um die eigene Achse wirbelte.

Sie waren wie zwei Kinder und gleichzeitig wie die Sterne über ihnen, sie waren jenseits aller Zeit und gleichzeitig mittendrin. Lag das am Regen, der flüsternd um sie niederfiel und tausend Geschichten in jedem Tropfen auf ihrer Haut zerplatzen ließ? Lag es am Tanz, der zum ersten Mal nicht mehr heimlich war, sondern so wild und frei, dass keine andere Dunkle Fee ihn jemals begriffen hätte? Oder lag es an Augustus Pinlin, dem Wolf mit dem Fuchslächeln, der hier oben auf dem Turm doch nichts war als ein Junge mit einem Schelmengrinsen – und der beste Lehrmeister, den Ophelia je gehabt hatte? Sie wusste es nicht, aber als Augustus und sie zwischen ihren Tänzen innehielten, als der Schwindel in ihren Schläfen pochte und sie sich an ihm festhielt, um nicht doch noch hinzufallen, da meinte sie, ein leises Lachen im Regen zu hören. Sie erkannte sie genau, die Stimmen ihrer Eltern und die Stimme von Mino, und auch die Stimme ihrer Großmutter, so liebevoll, dass Ophelia sofort wusste, zu wem sie gehörte. Sie legte den Kopf in den Nacken und spürte mit jeder Faser ihres Körpers, dass sie mehr davon erfahren wollte: vom Leben, das Augustus Pinlin sie hatte fühlen lassen.

Erst als die Strahlen der Morgensonne über den Horizont brachen, hörten sie auf zu tanzen. Sie standen gerade neben Tiberius auf der Mauer des Wachturms. Hand in Hand schauten sie zu, wie die Sonne aufging. Erst schwach, dann immer stärker bahnte sie sich ihren Weg durch die Wolken und ließ den Regen funkeln.

»Diese Farben sind das Leben«, flüsterte Augustus neben ihr. »Du kannst den Tod nicht begreifen ohne sie.«

Ophelia hatte der Sonne schon unzählige Male beim Aufgehen zugesehen. Aber erst jetzt, erst hier auf dem Turm mit einem Raben und einem der größten Magier der Menschen an ihrer Seite, erst mit regennassem Haar und vom Tanz schwindligem Kopf – erst jetzt fühlte sie ihre Strahlen bis tief in ihr Innerstes fallen und lächelte dabei. Wie oft hatte sie den Regen verflucht, genauso wie sich selbst, weil sie einfach nicht lernen konnte, wie sie ihn von sich fernhielt. Und jetzt endlich hatte sie begriffen, dass es gar nicht darum ging, ihn fernzuhalten.

Sie drückte Augustus' Hand ganz fest. Wie dumm war sie gewesen. Es gab nichts Schöneres als Regen auf ihrer Haut.

26

Das verborgene Portal

»Wi. Der. Lich.«

Ophelia wischte eine angegammelte Bananenschale von ihrer Schulter. Hinter ihr lag ein Müllcontainer, der schon von außen so eklig aussah, dass niemand von Verstand ihn sich gern von innen angeschaut hätte. Ophelia hatte dieses zweifelhafte Vergnügen allerdings soeben gehabt. Das verdankte sie einem kleinen Hund, der jetzt mit beglücktem Bellen aus dem Container schoss.

Oscar wedelte mit dem Schwanz und schüttelte sich direkt neben Ophelia. Undefinierbare Essensreste flogen in ihre Richtung, in letzter Sekunde wich sie den Geschossen aus. Ihre Laune hob sich erst, als zwei Gestalten hinter Oscar aus dem Container kletterten. Tiberius flatterte erschöpft auf ihre Schulter, wo er umgehend anfing, sich zu putzen. Und Augustus machte den Anschein, als würde sein untoter Magen ihm gerade ganz gewaltige Probleme bereiten. Sein Blick jedoch war der eines Wolfs, als er Oscar fixierte.

»Nun hörst du mal zu«, sagte er streng. »Erst müssen wir uns durch winzige Häusernischen quetschen. Dann lotst du uns durch die Kanalisation. Und jetzt haben wir so ziemlich alle Mülltonnen der Stadt von innen gesehen, jedenfalls kommt es mir so vor. Entweder bist du der miserabelste Fährtenhund überhaupt. Oder du führst uns an der Nase herum.« Oscar bellte empört und nieste, als würde er auf Kritik allergisch reagieren.

Tiberius seufzte. »Er meint, dass wir keine Ahnung vom Fährtenlesen haben«, übersetzte der Rabe. »Oscars Nase war ein bisschen eingerostet. Er musste sie erst wieder aufwecken und das hat er in all dem Gestank der Stadt erledigt. Jetzt kann es allerdings endlich losgehen.«

»Das will ich hoffen«, meinte Ophelia mit einem qualvollen Lächeln. »Sonst werden wir alle dermaßen stinken, dass Adámas und seine Schatten uns schon von Weitem riechen.«

Oscar reckte die Nase in die Luft. Gleichzeitig stieg Nebel um ihn auf. Die Schwaden strichen über sein Fell und hüllten die Gruppe ein. Oscar setzte sich in Bewegung und Ophelia staunte nicht schlecht, als sie ihm folgte. Die Stadt verschwamm um sie herum, als würden sie sich mit ungeheurer Geschwindigkeit bewegen. Dabei strömten unzählige Gerüche durch den Nebel. Ophelia konnte sich nicht erinnern, je den Duft von verfaulenden Blättern in solcher Intensität wahrgenommen zu haben – ein Erlebnis, auf das sie gern verzichtet hätte.

Oscar hingegen war in seinem Element. Eifrig jagte er durch den Nebel, während Ophelia schon bald jede Orientierung verloren hatte. Sie rechnete damit, dass sie irgendwo an einem geheimnisvollen Ort landen würden, womöglich direkt vor Adámas' Palast. Aber als Oscar innehielt und sich der Nebel verzog, standen sie in einer verlassenen Gasse.

Vor ihnen lag eine Häuserzeile, die eindeutig schon bessere Zeiten erlebt hatte. Die Fenster waren eingeschlagen, die Gebäude lehnten sich altersschwach aneinander und die Türen waren teilweise aus den Rahmen gebrochen. Auch das Exemplar im Haus vor ihnen war so schief, als genügte ein Windhauch, um es aus den Angeln zu heben. Oscar allerdings hockte sich vor die Tür und bellte drei Mal. Dabei wedelte er mit solcher Begeisterung, als hätte er einen Schatz gefunden.

»Ich kann mir ja vieles vorstellen«, sagte Ophelia. »Aber ich glaube nicht, dass Adámas in diesem Haus wohnt.«

Tiberius flatterte mit den Flügeln. »Vielleicht ist das sein Zweitwohnsitz. Wenn er mal genug hat von dem Supermagier-Dasein, hockt er vielleicht in dieser Hütte und lässt es sich ein bisschen auf den Kopf regnen.«

Ophelia grinste, doch Augustus schüttelte den Kopf. »Zumindest einem Raben hätte ich ein schärferes Auge zugetraut«, meinte er und legte eine Hand gegen die Tür. Er murmelte etwas – und da erglühte das Holz in strahlendem Glanz. Augustus zog die Hand fort, das Licht erlosch. Und obwohl die Tür wieder aussah wie vorher, starrten Ophelia und Tiberius fasziniert darauf.

»Ein Portal«, flüsterte Ophelia, denn jetzt spürte auch sie den kühlen Wind, der von der Tür ausging – ein untrügliches Zeichen für einen Ort, der ein magisches Geheimnis barg.

»Und nicht irgendeins«, sagte Augustus. »Ich habe selten so mächtige Magie gespürt wie in diesem Portal. Es wird uns zu Adámas' Palast führen, daran gibt es keinen Zweifel.«

Tiberius krächzte leise. »Aber wer nutzt denn ein Portal, wenn er einfach nur nach Hause will?«

»Jemand, der etwas zu verbergen hat«, stellte Augustus fest. »Und das trifft auf Adámas mit Sicherheit zu.«

Er strich über Oscars Stirn. Ophelia holte tief Luft, als Augustus auch über ihrem Körper einen Schutzzauber ausbreitete. Als ihre Magie sie umfing, fühlte es sich an wie die Umarmung einer lang vermissten Freundin. Doch Ophelia konnte sich nicht erinnern, jemals einen so starken Schutzzauber gewirkt zu haben. Ihr wurde ein wenig schwindelig – ein typisches Zeichen dafür, dass sie so mächtige Magie nicht gewohnt war. Auch Tiberius schwankte bedenklich, als Augustus ihn ebenfalls mit seinem Zauber bedachte.

»Der Schutz muss so stark sein«, erklärte er. »Adámas wird seinen Palast mit all seiner Macht vor Eindringlingen schützen, und nichts anderes werden wir in wenigen

Augenblicken sein. Ich würde ungern gleich nach dem ersten Schritt in meine Einzelteile zerfallen, weil mich einer seiner Zauber getroffen hat.«

Tiberius schluckte hörbar. »*Ungern*«, murmelte er. »Und der Preis für die Untertreibung des Jahrhunderts geht an …«

Ophelia lächelte, aber nur kurz. Denn jetzt öffnete Augustus die Tür. Dahinter lag nichts als blendend weißes Licht. Oscar sprang als Erster hindurch, dicht gefolgt von Augustus. Und während Tiberius sich an ihrer Schulter festkrallte, als wäre er ein Schraubstock mit Federn, tauchte auch Ophelia in das helle Licht ein.

27

Der Weltenzauber

Eisige Kälte hüllte Ophelia ein. Sie spürte die tastenden Finger fremder Magie. Augustus hatte recht gehabt: Adámas hatte seinen Palast umfassend gesichert. Doch seine Magie glitt von ihrem Schutzzauber ab und zog sich zurück, ohne sie entdeckt zu haben. Das Licht um sie herum wurde schwächer.

»Das … ist …«, begann Tiberius, doch ihm schienen die Worte zu fehlen.

Sie standen in einem Saal aus Eis, mitten in Adámas' Palast. Eine herrschaftliche Treppe führte in die oberen Stockwerke, rechts und links gingen hohe Türen ab. Alles wirkte wie aus einem Gletscher geformt. Der Boden, die Wände, die Decke, die Säulen, selbst die Kristallleuchter bestanden aus klarem blauem Eis.

Ophelia musste unwillkürlich an das Schloss der Schneekönigin denken … diese sagenumwobene Fee, die vor langer Zeit gelebt haben soll und sogar in den Märchen der Menschen vorkam. Auch der Ausblick aus den

Fenstern passte dazu: Man sah nichts als eisiges Schneetreiben. Trotz der frostigen Umgebung herrschte Behaglichkeit. Gemälde hingen an den Wänden, Bücher standen in hohen Regalen, Teppiche lagen am Boden.

»Adámas mag noch so gefährlich sein«, raunte Tiberius. »Aber einen Sinn für Ästhetik hat er, das muss man ihm lassen.« Er beugte sich vor, um eine goldene Feenstatue genauer zu betrachten – und wurde von Augustus zurückgerissen. Dicht vor seinem Schnabel sauste ein riesiges Beil durch die Luft. Wie ein Pendel schwang es hin und her und verschwand wieder hinter einer Säule.

»So viel dazu«, schnaufte Tiberius. »Ästhetik wird maßlos überschätzt.«

Augustus hatte nichts an seiner Haltung geändert, aber er wirkte auf einmal wie ein Raubtier. Seine Augen suchten den Saal ab, doch es waren nicht mehr die Augen des alten Magiers, in denen der Schalk wohnte. Es waren die Augen des Wolfs, der jede Gefahr sofort witterte. Er beugte sich zu Oscar hinab und strich sacht über dessen Kopf. Der Hund schmiegte seinen Schädel in Augustus' Hand zum Zeichen, dass er verstanden hatte: Den Palast hatten sie gefunden. Nun suchten sie das Amulett der Nacht.

Lautlos folgten sie Oscar. Sie hatten gerade den Saal hinter sich gelassen und einen von Bücherregalen gesäumten Gang erreicht, als Stimmen zu ihnen drangen.

Ophelia stockte der Atem. *Schatten,* schoss es ihr durch den Kopf. Die Jäger von Adámas kamen direkt auf sie zu.

Augustus reagierte sofort. Er strich über einen Buchrücken und schob das Regal auf. Blitzschnell drückten sie sich in den Geheimgang, der dahinter lag. Sie rührten sich nicht, als die Schatten näher kamen. Die Jäger sprachen miteinander und lachten, offenbar hatten sie nichts von den ungebetenen Besuchern mitbekommen. Aber sie gingen so dicht an Ophelia vorüber, dass sie kaum zu blinzeln wagte.

»Wie hast du das gemacht?«, flüsterte sie, als die Schatten verschwunden waren. »Woher wusstest du …«

»Ich habe mein Leben der Magie gewidmet, hast du das vergessen?«, fragte Augustus zurück. »Was wäre ich für ein Magier, wenn ich kein verzaubertes Bücherregal erkennen könnte?« Er hastete weiter den Gang hinab. »Bücher sind nichts anderes als gesammelte Magie«, fuhr er fort. »Wenn man sie erweckt, fangen sie an zu flüstern. Und kein Magier der Welt kann sie daran hindern. Wobei nur sehr wenige ihre Stimmen hören können.«

»Und wie erweckt man sie?«, fragte Ophelia neugierig.

»Durch Magie«, sagte Augustus. »Oder indem man sie liest.«

Tiberius wollte etwas erwidern, aber Augustus hielt ihm den Schnabel zu. Der Rabe rollte empört mit den Augen, als erneut Stimmen zu ihnen drangen. Dieses Mal kamen sie aus der anderen Richtung und sie näherten sich schnell. Augustus ließ Tiberius los und lief Seite an Seite mit Oscar den Gang hinauf.

Ophelia hetzte ihm mit einem keuchenden Tiberius auf der Schulter hinterher. Sie waren den Schatten einmal entkommen, aber das bedeutete nicht, dass es ihnen auch jetzt gelingen würde. Die Bücher an den Wänden hielten kein Versteck mehr bereit und Augustus musste viele Zauber wirken, um endlich einen Geheimgang hinter einer Säule aufzuspüren. Von nun an wechselten Augustus und Oscar oft die Richtung, weil plötzlich Schatten vor ihnen auftauchten. Ophelia kam sich vor wie in einem frostigen Irrgarten, und bald hatte sie jede Orientierung verloren. Sie hatten gerade einen Gang erreicht, in dem zu beiden Seiten Gemälde hingen, als ihnen Schritte entgegenkamen – harte, eisklare Schritte.

Tiberius erstarrte. Noch bevor eine wohlbekannte Stimme über den Gang hallte, wusste Ophelia, zu wem diese Schritte gehörten. Auch Augustus und Oscar blieben stehen. Und in Ophelia hallte ein Name wider, der jeden klaren Gedanken in ihr auslöschte.

Cairon.

Augustus zog sie rückwärts. Seine Hände glitten über die Gemälde auf der Suche nach einer verborgenen Tür, aber die Bilder blieben stumm. Und Cairon kam immer näher. Jetzt lachte er, jeder Ton war wie ein unsichtbarer Hieb. Instinktiv zog Ophelia den Kopf ein. Augustus presste die Hand auf ein Gemälde, das zwei Feenkinder zeigte: einen Jungen und ein Mädchen. Sie hielten einander in einem Meer aus Blüten an den Händen und schauten aufmerksam aus dem Bild heraus. Augustus schwankte, so viel Kraft kostete ihn der Zauber, den er wirkte. Jetzt flüsterte er etwas. Die Farben unter seiner Hand verschwammen.

Bei diesem Anblick vergaß Ophelia für einen Moment ihre Angst. Augustus wirkte einen Weltenzauber, der Tore öffnete in andere Wirklichkeiten. Eines der schwierigsten Magiestücke überhaupt. Ophelia sah sich über ihren Büchern sitzen, um diesen vermaledeiten Zauber zu lernen. Es war ihr nicht gelungen. Und Augustus Pinlin, der erst seit so kurzer Zeit Magie in den Adern hatte, wirkte ihn in Vollendung. Doch auch ihn strengte der Zauber an. Er musste sich an der Wand abstützen, als er vom Gemälde abließ.

Schnell, formten seine Lippen. Er kletterte in das Bild hinein. Ophelia riss die Augen auf, als Augustus zu einer Figur im Gemälde wurde. Sein Morgenrock glühte in roter Ölfarbe. Oscar hüpfte mitten hinein in das Bild, Tiberius stieß sich ab und wurde ein schwarzer Schatten am Gemäldehimmel. Augustus streckte die Hand nach Ophelia aus, und sie zog sich hinauf.

Sie stand auf einem Feld voller Mohnblumen und roch Ölfarbe und Terpentin. Aber sie fühlte auch den Wind, der durch die Blüten strich, und betrachtete voller Staunen ihre Hände, über die feine Pinselstriche liefen. Kurz nur erwiderte sie die Blicke der Kinder, die sie nun ansahen, still und staunend. Dann duckte Augustus sich zwischen den Blumen und Ophelia ging neben ihm in die Knie.

Gleich darauf kam Cairon in ihr Sichtfeld. Er wurde von zwei Schatten begleitet, doch Ophelia nahm sie kaum wahr. Ihre gesamte Aufmerksamkeit lag auf Cairon, der nun lächelte, so überlegen, dass sie fast lachen musste. Sie war ihm so nah, dass sie die Kälte seiner Haut spüren konnte, und er ahnte nichts davon. Jetzt ging er an ihr vorüber, sein Umhang streifte das Gemälde. Dann war er fort. Ophelia stieß lautlos die Luft aus. Er hatte sie nicht bemerkt.

Ohne ein Wort zu wechseln, verließen sie das Gemälde. Ophelia fürchtete, Fußspuren aus Ölfarbe zu hinterlassen, aber die Angst war unbegründet. Der Weltenzauber löste sich auf, kaum dass sie wieder auf dem Gang standen, und Ophelia warf den Kindern einen letzten Blick zu. Sie schienen zu lächeln.

Oscar eilte den Gang hinauf in die Richtung, aus der Cairon gekommen war, und führte sie eine Wendeltreppe abwärts. Mit jeder Stufe wurde es kälter. Ophelia zog die Arme um den Körper. Wie ein lähmender Zauber verlangsamte der Frost ihre Schritte und als sie endlich am Fuß der Treppe ankamen, lag Raureif auf ihrem Haar. Doch sie beachtete es nicht. Alles, was sie sah, war der Torbogen, der dort vor ihr stand. Ein Bogen wie aus Eis geschlagen. Helles blaues Licht ging von ihm aus und reiche Verzierungen schmückten die beiden Säulen, die von

Dornen umrankt wurden. Zwischen den Säulen funkelten mächtige Zauber. Sie hatten eine Fläche aus Eis geschaffen, über die farbige Blitze glitten, und erlaubten keinen Blick auf die andere Seite.

Oscar setzte sich direkt davor und wedelte mit dem Schwanz.

»Wir sind da«, raunte Augustus. »Hinter diesem Torbogen wird das Amulett verwahrt.«

Aber Ophelia hörte ihn kaum. »Ich habe ihn schon einmal gesehen«, flüsterte sie und spürte, wie ihr noch kälter wurde. »Bei Demetrius.«

28

Das Blut eines Menschen

Tiberius starrte Ophelia an, doch ehe er etwas erwidern konnte, erklangen erneut Schritte.

Augustus fuhr herum, aber es gab keine Türen in dem Raum. Atemlos schauten sie zur Treppe und stießen erleichtert die Luft aus, als die Schritte sich entfernten.

»Was meinst du damit, bei Demetrius?«, fragte Augustus kaum hörbar.

In knappen Worten erzählte Ophelia, wie sie vor den Schwarzen Zirkel gerufen worden war, Demetrius bei einem Zauber beobachtet hatte und in einem der Spiegel das blaue Tor gesehen hatte. Als sie geendet hatte, herrschte beklemmendes Schweigen.

»Glaubst du etwa, Demetrius ist Adámas?«, fragte Tiberius.

Ophelia schluckte. »Demetrius ist der Kopf des Schwarzen Zirkels. Wenn er planen würde, die Welt in den Untergang zu treiben, dann …«

Augustus legte ihr die Hand auf die Schulter. »Urteile

nicht, bevor du nichts Genaues weißt. Wenn es stimmt, was ich über Demetrius weiß, dann ist er ein mächtiger und überaus kluger Fae. Ich kann mir nicht vorstellen, dass du seinen Zauber zufällig beobachtet hast.«

»Wie meinst du das?«, fragte Ophelia. »Ich habe ihn nicht belauscht. Ich hatte nicht die Absicht, überhaupt was von seinem Zauber mitzukriegen.«

»Natürlich nicht«, unterbrach Augustus sie. »Aber Demetrius vielleicht schon.«

Tiberius legte den Kopf schief. »Ich bin ja nun auch nicht gerade dumm. Aber ich verstehe nur Bahnhof.«

Augustus deutete auf den Torbogen. »Seht euch diese Magie genau an. Sie ist ein Kunstwerk. Adámas hat mehrere Zauber so miteinander verflochten, dass sie unmöglich zu brechen sind, jedenfalls nicht mit unseren Mitteln. Täten wir einen Schritt hinein, würden wir auf der Stelle zu einem dieser Blitze werden.«

»Soll das heißen, dass wir nicht durch den Torbogen gehen können?«, entfuhr es Tiberius. »Nach allem, was wir hinter uns haben?«

»Jedenfalls nicht so einfach«, gab Augustus zurück. Er wandte sich Ophelia zu. »Erzähle mir noch einmal, was du in Demetrius' Spiegel gesehen hast. So genau wie möglich.«

Ophelia folgte seiner Bitte. »Am Ende wurde das Bild fahrig«, sagte sie abschließend. »Demetrius hat Daumen und Zeigefinger nach dem Tor ausgestreckt. Es sah aus, als würde der Spiegel näher ans Tor heranfliegen und um die Dornen da drüben kreisen. Dann wurde der Spiegel schwarz.«

Augustus betrachtete die Dornen und bewegte die Hände über ihnen. Schließlich nickte er. »Ich weiß nicht, was Demetrius mit dieser ganzen Sache zu tun hat. Aber er hat uns einen Hinweis gegeben, wie dieses Tor zu öffnen ist. Adámas benutzt seit jeher Menschen für seine Zauber. Ich hätte selbst darauf kommen können.« Er umfasste die Dornen mit festem Griff.

Ophelia zuckte zusammen. Fast meinte sie, den Schmerz selbst zu fühlen, als Augustus seine Hand fortzog. Sie war von nadelfeinen Stichen übersät. Auf den Dornen glänzte sein Blut. In feinen Tropfen rann es an den Dornen hinab, und auf einmal liefen goldene Strahlen über die Fläche. Gleichzeitig strömte silbernes Licht durch die Säulen und vereinte sich mit dem Gold zu einem schillernden Schauspiel. Es sah aus, als wären sich Sonne und Mond in diesem Tor begegnet, gerufen von einem ganz besonderen Zauber: dem Blut eines Menschen.

Ohne jedes Geräusch löste sich die Fläche zwischen den Säulen auf, die letzten Blitze erloschen. Das blaue Tor hatte sich geöffnet.

29

Das Amulett der Nacht

Mit einem einzigen Schritt trat Ophelia durch das Tor. Im ersten Moment nahm sie nichts weiter wahr als funkelndes blaues Licht. Sie hob geblendet die Hand – und riss die Augen auf. Sie hatte schon viele Gerüchte über die Paläste der mächtigsten Magier gehört, über ihre Geheimnisse und die Gegenstände, die sie ihr Eigen nannten. Aber das, was sie nun sah, hätte sie sich in ihren kühnsten Träumen nicht vorstellen können.

Sie standen in einem Raum aus blauem Eis. Die geschliffenen Wände funkelten ebenso wie die gewölbte Decke, die auf grob behauenen Säulen thronte. Der Boden war von Runen übersät. Einige glommen in schwachem Licht, andere wirkten wie Narben im Stein. Und überall lagen, standen und schwebten mächtige Artefakte wie in einer magischen Schatzkammer.

Schwerter mit funkelnden Klingen. Sagenumwobene Tarnkappen. Rüstungen, die wie Sonnenlicht strahlten. Es gab jede Menge Ringe, Bücher, die mit flatternden Seiten durch die Luft schwebten, und sogar Stiefel, die ihren Träger vermutlich binnen eines Atemzugs ans andere Ende der Welt bringen konnten. Staunend ließ Ophelia ihren Blick über all diese wundersamen Kostbarkeiten schweifen. Ohne Zweifel waren sie im Herzen des Palasts angekommen. Das Amulett der Nacht musste ganz in der Nähe sein.

»Seid vorsichtig«, mahnte Augustus. »Die Runen warten nur darauf, von uns entfacht zu werden.« Er setzte sich in Bewegung, wobei seine Füße kaum die Linien am Boden berührten.

Ophelia presste die Zähne aufeinander. Mit ihrer Magie wäre es auch für sie ein Leichtes gewesen, über die Zeichen hinwegzuschweben. So aber hatte sie bei jedem Schritt das Gefühl, auf rohen Eiern zu laufen.

Tiberius trat auf ihrer Schulter nervös von einem Bein aufs andere und Ophelia konnte die mächtigen Zauber fühlen, die in diesen Zeichen lauerten. Sie wusste nur zu gut, dass Runen dieser Art mit Flüssigkeiten entfacht wurden. Geschmolzenes Gold, Blut oder Tränen zeigten die schnellste Wirkung und verursachten meist ein Mordsgetöse.

Ophelia folgte Augustus an einer Reihe magischer Lanzen vorbei. Sie erinnerte sich daran, wie sie einmal eine Rune aus Versehen mit einer ihrer Tränen entfesselt hatte. Die Rune hatte sie in eisigen Nebel gehüllt und so laut losgekreischt, dass Ophelia fast die Ohren abgefallen waren. Genau diese Art von Radau war es, die sie jetzt garantiert nicht gebrauchen konnten. Schaudernd dachte sie an die Schritte, die gerade noch zu ihnen gedrungen waren. Doch da wurde ihre Aufmerksamkeit abgelenkt. Oscar war zu einer schwebenden Vitrine gelaufen und sprang aufgeregt davor hoch. Und bevor Ophelia sich vergewissern konnte, wusste sie es instinktiv: Darin lag das Amulett der Nacht.

Sie erkannte es sofort an seinem tiefblauen Saphir. Die goldene Fassung sah aus wie eine Drachenkralle.

Augustus blieb vor der Vitrine stehen, und Ophelia beugte sich vor, um das Amulett genauer betrachten zu können. Sein Gold umspielte den Stein wie frühe Sonnenstrahlen, und der Saphir schillerte wie das Meer in der Nacht.

Oscar stellte sich auf die Hinterbeine und Tiberius lehnte sich so weit nach vorn wie nur möglich. Offenbar erwachte seine Elsterseele, denn er stieß ein begehrliches Seufzen aus.

Augustus hingegen rührte sich überhaupt nicht. Er stand nur da, und als er lächelte, war da wieder dieser Glanz in seinen Augen, der Ophelia immer die Kehle zusammenzog. Aber dieses Mal war es, als würde sich eine Fessel von Augustus lösen. So lange hatte er nach dem Amulett gesucht. Und nun war es zum Greifen nah. Er streckte die Hand nach der Vitrine aus.

Ophelia fühlte mehrere Schutzzauber, die über dem

Glas lagen. Doch sie zweifelte nicht daran, dass Augustus sie lösen würde. Er würde sie mit seinen Supermagierfähigkeiten brechen und das Amulett an sich nehmen, und dann …

»Das würde ich lieber lassen«, sagte eine Stimme hinter ihnen.

Ophelia erschrak so heftig, dass Tiberius fast von ihrer Schulter gefallen wäre. Sie fuhr herum – und da stand Cairon, flankiert von zwei weiteren Schatten. Er lächelte. Ophelia war sich sicher, dass er ihre Angst fühlen konnte.

Da wandte Augustus sich um. Er tat es so langsam, dass Ophelia sich fragte, wie er es schaffte, sich derart zu beherrschen. Aber als er Cairon ansah und ein kaltes Lächeln auf seine Lippen schickte, erinnerte sie sich: Augustus Pinlin war ein Wolf. Und ein Wolf zeigt keine Furcht.

»Cairon.« Augustus' Stimme klang wie berstendes Eis. »Ich habe mich schon gewundert, wo du steckst und wann du wohl auftauchst. Leider muss ich feststellen: Du stinkst immer noch nach Kobold. Und was ist das da an deinem Mantel? Sieht fast wie die Biss-Spur eines Geisterhundes aus.«

Das Lächeln verschwand von Cairons Gesicht, doch nur kurz. Dann kehrte es zurück, grausamer als zuvor. »Habt ihr wirklich geglaubt, das Amulett der Nacht stehlen zu können?«, fragte er verächtlich. »Ich habe euch schon bemerkt, als ihr euch im Mohnfeld verkrochen habt.«

Ophelia schauderte. Sie war so sicher gewesen, dass er

keine Ahnung gehabt hatte, dass sie da war. Dabei hatte er es die ganze Zeit über gewusst. Er hätte nur die Hand nach ihr ausstrecken müssen und …

Augustus stieß die Luft aus. »Warum hast du so lange gewartet, um uns mit deiner Anwesenheit zu beehren? Musstest du dir erst Mut zusprechen?«

»Ich wollte sehen, wie weit ihr kommt«, erwiderte Cairon. »Weiter, als ich dachte, das muss ich zugeben. Es ist euch doch tatsächlich gelungen, den Weg zu finden und das blaue Tor zu öffnen. Aber nun ist eure Reise vorbei. Sie endet bei mir.« Er bewegte leicht die Hand, und da richteten sich in den Ecken des Raumes weitere Schatten auf. Ophelia zählte etwa zwei Dutzend, und sie konnte die Magie fühlen, die in deren Fingern darauf lauerte, entfesselt zu werden.

Tiberius schluckte hörbar, während Oscar knurrend nach vorn sprang, als wollte er den Schatten an die Gurgel gehen. Es brauchte nicht mehr als ein Schnipsen von Augustus, um den Hund zurückzurufen. Er maß Cairon mit kühlem Blick. »Du überschätzt dich wieder einmal maßlos«, sagte Augustus. »Du bist zu arrogant.«

»Und du bist zu ahnungslos, alter Mann«, entgegnete Cairon. »Ahnungslos wie ein Kind!« Mit diesen Worten glitt er vor.

Ophelia sah noch den glühenden Dolch in seiner Hand und wich zurück. Doch sie war zu langsam. Schon streifte die Klinge ihren Arm. Ein heftiges Brennen breitete sich auf ihrer Haut aus. Ihr entfuhr ein Schmerzensschrei, Tiberius krächzte heiser.

Im nächsten Moment zerriss der Schutzzauber über ihnen. Oscar jaulte auf und Augustus wurde von der Wucht seines berstenden Zaubers zurückgeschleudert.

Cairon jagte ihm nach. Gleichzeitig preschten mehrere Schatten auf Augustus zu. Aber er zögerte keine Sekunde. Blitzschnell sprang er auf die Beine und griff nach einem Schwert aus einem der Waffenständer. Es entfachte sich zu weißem Feuer und Augustus stellte sich Cairon entgegen, der nun ebenfalls nach einem der Schwerter griff. Schattenflammen loderten darauf und als die Klingen aufeinandertrafen, zischten Blitze durch den Raum.

»Ophelia«, kreischte Tiberius. »Vorsicht!«

Ophelia duckte sich, und das gerade noch rechtzeitig. Gleich darauf krachte eine glühende Axt über ihrem Kopf in eine Säule. Drei Schatten kamen auf sie zu. Eilig sprang sie zurück. Tiberius schoss hoch in die Luft, er wich den Flammenzaubern aus, die die Schatten nach ihm warfen. Ophelia rannte zu den Speeren. Doch die verfluchten Dinger steckten so fest in ihren Halterungen, dass sie sich mit beiden Füßen gegen die Wand stemmen musste, um sie frei zu bekommen. Splitternd schlug ein Eiszauber neben ihrer Schulter ein – und da löste sich der Speer.

Sie fuhr herum und erwischte zwei Schatten zugleich mit ihrer Waffe. Deren Umhänge flatterten wie in einem Sturm, grelles Licht schoss aus dem Speer in ihre Leiber hinein. Kurz sah Ophelia ihre schmerzverzerrten Gesichter, dann wurde das Licht gleißend hell. Im nächsten Moment waren die Schatten verschwunden, abgesehen von ihren Umhängen, die flüsternd zu Boden fielen.

Der Schwindel kam so plötzlich, dass Ophelia fast gestürzt wäre. Sie hielt sich an einem Speerständer fest. Die Waffe glitt ihr aus der Hand, der Raum drehte sich vor ihrem Blick. Eisige Kälte drang über ihre Wunde in ihren Leib, mühsam nur konnte sie den Frost zurückdrängen. Verdammt, sie musste sich zusammenreißen! Schemenhaft nahm sie Augustus und Cairon wahr, die mit brennenden Schwertern vorüberfegten, und Oscar, der furchtlos nach den Schatten schnappte.

»Tiberius«, rief Ophelia gegen den Lärm an. »Zu mir!«

Der Rabe schoss auf sie zu, während Ophelia mit aller Kraft die Kälte aus ihrem Körper trieb. Sie wich zwei Schatten aus, die nach ihr griffen, und schlitterte auf einen unscheinbaren Helm zu, der in der Ecke des Saales lag. Als Tiberius bei ihr war, setzte sie sich den Helm auf. Er war so groß, dass er ihr über die Augen rutschte. Doch er funktionierte. Kaum hatte Ophelia ihn auf dem Kopf, ging ein Flackern über ihren Körper. Und im nächsten Moment war sie unsichtbar.

»Heldin!«, kreischte Tiberius, der auf ihrer Schulter ebenfalls nicht mehr zu sehen war.

»Abwarten.« Ophelia eilte weiter, um ihre Spur zu verwischen. Sie schwankte noch immer, aber sie konzentrierte sich auf Augustus, der nun sämtliche Schatten gegen sich hatte. Die Hiebe seines Schwertes blieben als glühende Linien in der Luft stehen.

Tiberius krallte sich an Ophelias Schulter fest, als sie auf Augustus zulief. Dabei wich sie den Schatten aus, so gut sie konnte, denn eines war ihr klar: Sie wurde zwar nicht gesehen, doch sie war noch genauso verwundbar wie vorher. Sie duckte sich vor umherfliegenden Zaubern und zischenden Waffen. Fast traf Cairon sie mit der Klinge. Sie sprang zurück – und packte sein Bein. Tiberius hackte ihm in den Fuß und Cairon verlor das Gleichgewicht. Er versuchte noch, einen Sturz zu verhindern, aber vergeblich. Ophelia riss sein Bein nach oben und Cairon landete auf dem Boden.

Augustus entfachte glühende Flammen auf seinem Schwert, so mächtig, dass die Schatten gegen die Wände des Saals geschleudert wurden. Doch Cairon sprang wieder auf die Beine. Sein Zauber fegte die Tarnkappe mit solcher Wucht von Ophelias Schädel, dass ihr schwarz vor Augen wurde. Sie spürte noch, wie Augustus sie beiseitestieß. Dann hörte sie das Knirschen von Metall – und sah, wie Cairon Augustus rückwärts trieb.

Zorn stand in Cairons Augen. Es war ungewohnt, den sonst so kontrollierten Schatten so zu erleben. Und Augustus nutzte seine Chance. Er täuschte einen Angriff vor, drehte sich um die eigene Achse und traf Cairon an der Brust. Dessen Schwert flog zu Boden, Cairon taumelte nach vorn. Er stürzte in Augustus' Arme, kurz wirkte es, als würde er bei ihm Trost suchen. Dann stieß er sich ab und wich zurück. Er hatte die Hand vor seine Brust gepresst. Ophelia rechnete damit, ihn jeden Moment auf die Knie fallen zu sehen. Aber Cairon blieb stehen. Und er hob langsam den Kopf.

Cairon lächelte und Ophelia bemerkte den Blutstropfen, der aus einer kleinen Wunde an Augustus' Arm zu Boden fiel. Augustus griff noch danach, doch es war zu spät. Der Tropfen landete auf einer geschwungenen Rune. Dann ging alles rasend schnell. Ein Knirschen hallte durch den Saal, die Rune entfachte sich zu blauem Feuer und Eiskristalle glitten von ihr in die Höhe, geradewegs auf Augustus zu. Sie schossen an seinen Beinen empor, sprangen auf Ophelia über und bildeten ein glitzerndes Netz, das sie ein Stück in die Höhe hob. Tiberius schlug mit den Flügeln, aber auch er wurde von dem Eis gebannt, ebenso wie Oscar, der mitten im Sprung von schillernden Kristallen umschlungen wurde.

Ophelia konnte sich nicht mehr rühren. Hilflos lag sie neben Augustus in dem eisigen Netz und schaute zu Cairon hinüber. Der Schatten ließ die Hand sinken, die Wunde an seiner Brust schloss sich in Sekundenschnelle.

Ophelia presste die Zähne zusammen. Er hatte mit ihnen gespielt, seit sie einen Fuß in diesen Palast gesetzt hatten. Es war eine Falle gewesen. Von Anfang an.

Und er hatte es nicht für sich selbst getan, auch das

begriff Ophelia jetzt. Denn unter der Kälte des Frostzaubers, der sie gefangen hielt, unter dem schillernden Schein dieses Saals und unter all der Pracht des Palasts lag eine Schwärze, die nun mit dunklem Grollen durch die Flure hallte. Ophelia fühlte Tiberius neben sich zittern, sie hörte, wie Oscar winselte, und meinte, Augustus' Schweigen wie Flammen auf ihrer Haut zu spüren. Wie oft hatte sie von dieser Stimme gelesen, wie oft von ihr gehört, und doch zitterte sie jetzt, da sie sie zum ersten Mal vernahm.

Es war eine Stimme wie Donner und Rauch, eine Stimme, die aus nichts anderem bestand als Finsternis und die jeden, zu dem sie vordrang, um den Verstand bringen konnte. Es war die Stimme von Adámas. Und sie kam direkt auf sie zu.

30

Der Herr der Dunkelheit

Ophelia hielt den Atem an, als Adámas eintrat. Er war in einen schwarzen Umhang gehüllt, eine Kapuze verbarg sein Gesicht. Als sein Lied endete, schwangen die Silben wie eisige Windböen durch die Luft. Mit einer Geste schickte er seine Schatten aus dem Raum. Die Stille, die darauf folgte, war noch gnadenloser als sein Gesang zuvor.

Adámas stand reglos da, während er zu seinen Gefangenen herüberschaute. Ophelia kam es so vor, als würde sein Blick sie lähmen, obwohl sie seine Züge nicht erkennen konnte. Die Dunkelheit unter seiner Kapuze flackerte vor ihren Augen und sie sah die unterschiedlichsten Gesichter darin auftauchen: all die Schreckensbilder, die sie in den Büchern der Akademie über Adámas gefunden hatte, und immer wieder Demetrius, der sie rätselhaft betrachtete. So lange hatte sie wissen wollen, wer Adámas wirklich war, so lange hatte sie darüber nachgedacht. Aber jetzt, da er die Hand hob, um seine Kapuze abzustreifen, schreckte sie vor der Wahrheit zurück. Auf einmal wusste sie, dass ihre ganze Welt, alles, woran sie glaubte und worauf sie hoffte, mit einem Blick in diese Dunkelheit zerstört werden würde. Und sie irrte sich nicht.

Adámas schob die Kapuze zurück. Doch es war nicht Demetrius, der ihr in die Augen schaute, und auch kein Schreckensbild aus irgendeinem Buch. Ophelia war fassungslos. Vor ihr stand Arion.

»Träume«, sagte er und lächelte sein leises Lächeln. »Es ist doch immer wieder ein Vergnügen, sie zerbrechen zu sehen. Aber man muss damit rechnen, sie zu verlieren, wenn man den mächtigsten Magier der Welt bestehlen will. Nicht wahr?«

Ophelia starrte ihn an. Er redete mit der Stimme von Adámas, doch gleichzeitig hörte sie seine alte Stimme zwischen all den dunklen Tönen, sacht wie ein Flüstern. Der Frost seines Zaubers schnitt ihr ins Fleisch, auch von Arion selbst ging eine namenlose Kälte aus. Und trotzdem konnte Ophelia nicht glauben, dass all das wirklich geschah. Tiberius schien es ähnlich zu gehen, denn er klapperte mit dem Schnabel, ein untrügliches Zeichen für maximale Verwirrung. Augustus hingegen ließ sich keine Gefühlsregung anmerken. Er war ein Wolf in Ketten, und er umfasste seinen Feind mit eisigem Blick.

»Du bist hier der Dieb«, raunte Augustus. »Nur dass du mehr stehlen willst als ein magisches Artefakt. Du willst die ganze Welt in Dunkelheit hüllen.«

Arion verstärkte sein Lächeln. »Und ihr Menschen habt seit jeher Angst vor der Dunkelheit. Ich weiß. Du hast recht: Ich will die Welt befreien. Wie lange existieren wir Anderwesen nun schon im Verborgenen, wie lange werdet ihr Menschen vor unserer Macht geschützt, während ihr einfach euer Leben lebt, ohne von uns zu ahnen?«

»Nicht alle von uns«, gab Augustus zurück. »Und es waren nicht die Menschen, die den Schleier zwischen den Welten erschaffen haben.«

»Nein«, erwiderte Arion. »Aber ihr tragt die Schuld daran. Ich muss dir nichts von den Konflikten zwischen Menschen und Anderwesen erzählen, die dazu führten, dass der Schleier existiert. Du weißt, was die Menschen getan haben, du kennst die Geschichte der Welten gut genug. Und auch ich weiß, was sie meinem Volk antaten.«

»Und dafür willst du uns alle bestrafen«, schlussfolgerte Augustus. »Die Menschheit in Unterdrückung und Sklaverei – das ist es doch, was du dir am sehnlichsten wünschst, oder nicht?«

Es war nicht mehr als eine Schwingung in seiner Stimme, und doch brachte sie Ophelia dazu, zu ihm hinüberzuschauen. Und da bemerkte sie, verborgen vor allen anderen Blicken, einen kleinen Funken, der über Augustus' Finger glitt. Er versuchte, einen Zauber zu wirken. Vielleicht würde es ihm gelingen, sich zu befreien, und dann … Ophelia wandte sich ab und schaute wieder zu

Arion hinüber. Sie durfte sich nichts anmerken lassen. Wenn Arion erkannte, was Augustus vorhatte, war alles verloren.

Doch Arion sah sie nicht an. Er ging zur schwebenden Vitrine hinüber und betrachtete das Amulett der Nacht. »Wünsche sind genauso zerbrechlich wie Träume. Daher: Nein, es ist nicht mein *Wunsch.* Es ist mein *Ziel.*« Er nahm das Amulett in die Hand. »Ist es nicht wunderschön? Ich erinnere mich daran, wie ich meine Macht hineinlegte, mit Feuer und Eis, Erde und Luft … und mit dem Staub meiner Träume. Ja, auch ein mächtiger Fae kann träumen, wenn er nur tief genug schläft. Und ich habe geschlafen, viele Jahre lang. Bis ich eines Nachts erwachte.«

In dem blauen Saphir flackerten Bilder auf. Ophelia erkannte fliehende Feen darin, die zu Boden gingen und sich nicht mehr bewegten, und sie sah Menschen, die sie verfolgten. In ihren Händen loderten Fackeln, ihre Gesichter waren vor Wut verzerrt. Es war die Letzte Nacht, die im Schein des Amuletts aufflammte.

»Sie haben uns beinahe vernichtet«, raunte Arion. »Sie haben weder vor Verwundeten noch vor Kindern haltgemacht. Sie wollten die Macht über diese Stadt. Und ihnen war jedes Mittel recht.« Er blickte Ophelia an. In seinen Augen stand ein Schmerz, der sie trotz allem, was er war, bis ins Mark erschütterte. »Wir haben uns gerächt«, flüsterte er. »Und was geschah dann, kleine Fee? Was hat unser Volk dann getan?«

»Darauf schufen der Schwarze Zirkel und der Rat des Lichts den Schleier«, antwortete Ophelia heiser.

Arion nickte unmerklich. »Die Menschen haben uns vergessen. Aber ich vergesse nichts. Noch heute rieche ich das Blut meiner Ahnen im Boden dieser Stadt, das Blut meiner Kinder. Es wurde vergossen durch die Hand der Menschen. Sie sind es nicht wert, von uns beschützt zu werden. Wir haben die Freiheit verdient. Und ich werde sie uns verschaffen.« Die schmerzvollen Züge wichen aus seinem Gesicht.

Ophelia schauderte, so grausam wurde sein Ausdruck nun.

»Dann frage ich mich, wieso du dein Ziel noch nicht erreicht hast«, sagte Augustus. »Warum reißt du den Schleier zwischen den Welten nicht ein und machst dem ganzen Elend ein Ende? Worauf wartest du, großartigster Dunkelfae seit Anbeginn der Zeit?« Er hielt inne, bis sein Spott den Raum erfüllte wie tückisches Gelächter. »Ich verrate es dir: Weil du es nicht kannst. Du hast es geschafft, das Amulett wieder an dich zu bringen. Aber es gehorcht dir nicht mehr. So ist es doch?«

Die Frage kroch wie eine Schlange auf Arion zu und dieser hob unwillig den Kopf, als wollte er sie packen und vernichten.

Augustus lächelte füchsisch. »Ja, es ist wahr. Und jetzt willst du wissen, warum das so ist – ausgerechnet von mir. Es muss dich schockiert haben, dass ich fähig war,

Ophelia ihre Magie zu nehmen. Du hast mich für einen schwachen Menschen gehalten, der nichts weiter konnte als ein paar Formeln auswendig zu lernen. Du hast mich beobachten lassen, ich weiß es, denn ich habe deine Schatten gespürt. Aber du hast nicht damit gerechnet, dass ich auch nur ahnen könnte, was es mit dem Amulett auf sich hat. Ein Mensch, der mehr weiß als du, der Herr der Dunkelheit? Unvorstellbar.«

»Ja«, raunte Arion. »Wenn ich dich ansehe, ist es das in der Tat.«

»Du hast uns Menschen schon immer unterschätzt«, fuhr Augustus fort. »Du hast das Amulett gegen alle Kreaturen der Anderwelt geschützt, aber nicht gegen meinen Meister. Du warst dumm, Arion. Und du hast dich nicht verändert.«

Da streckte Arion die freie Hand nach Augustus aus. Ophelia spürte die Kälte, die von dem unsichtbaren Zauber zwischen seinen Fingern ausging und die noch stärker war als der Frost des Netzes, das sie gefangen hielt. Sie ließ die Luft knistern, so eisig war sie. Augustus keuchte, als sie sich um seine Brust schlang.

»Lass ihn in Ruhe!« Ophelia hörte ihr Blut in den Ohren rauschen, als Arion sich ihr zuwandte, doch sie hielt seinem Blick stand.

»Arme kleine Fee«, sagte er sanft. »Wie enttäuscht musst du sein, nun, da dein ehrwürdiger Lehrmeister sich als das abgrundtief Böse entpuppt hat. Aber ich verrate dir ein Geheimnis: Das Böse existiert nicht. Es ist eine Sache des Standpunkts.«

»Du bist es gewesen«, brachte Ophelia hervor. »Du hast Mino getötet, als er den sagenumwobenen Adámas daran hindern wollte, den Schleier einzureißen. Du hast ihn umgebracht, weil er dich an den Rand deiner Kräfte gebracht hat!«

»Nein«, entgegnete Arion. »Ich tat es, weil er zu schwach war. Er war ein Träumer, genau wie sein Vater und seine Mutter. Er war meiner Finsternis nicht gewachsen, genauso wenig wie ihr.«

»Und jetzt willst du uns töten«, stieß Ophelia aus. »Und du erzählst uns, nicht böse zu sein?«

Arion schüttelte den Kopf. »Ihr irrt euch«, sagte er. »Ich habe nicht die Absicht, euch zu töten. Ihr habt bewiesen, dass mehr in euch steckt, als man zuerst denken könnte. Noch habt ihr die Wahl. Stellt euch auf meine Seite und euch wird nichts geschehen.« Er schaute Ophelia mit sanftem Lächeln an. »Malt euch nur dieses Bild aus: Adámas mit einer Nachtgesang an seiner Seite.«

Ophelia wollte ihm sein Lächeln aus dem Gesicht schlagen, wollte etwas erwidern, das seine Selbstsicherheit erschüttern, die lockende Sanftheit aus seiner Stimme ziehen konnte. Doch sie sah ihn nur an – ihn und die Dunkelheit, die in seinen Augen stand und mit samtener Schwärze ihren Namen rief.

»Du hast mir dieses Angebot schon einmal gemacht«,

sagte Augustus nun. »Damals schlug ich es aus. Und auch wenn sich seitdem vieles verändert hat, ist eins doch gleich geblieben: Ich bin noch immer nur ein Mensch, einer von denen also, die du so sehr hasst. Warum sollte ich dir glauben, dass du dein Wort halten wirst?«

Arion trat langsam auf ihn zu. »Ich mag vieles sein«, flüsterte er. »Aber ich bin kein Lügner. Du bist ein besonderes Exemplar deiner Art, so viel ist sicher. Und du hast ein enormes Wissen über die Anderwelt, das nützlich für mich sein kann. Bedenke, dass ich dich nicht nur freilassen könnte, wenn du mir jetzt zur Seite stehst. Ich könnte dir die Last des Todes nehmen, dir Kräfte geben, von denen du noch nicht einmal etwas ahnst. Und du wärest dabei, wenn die Welt eine andere wird, eine Welt, wie auch du sie dir einst vorgestellt hast: eine Welt ohne Grenzen.«

Ophelia musste daran denken, mit welcher Leidenschaft Augustus ihr von seiner Sehnsucht erzählt hatte, die Welten vereint zu sehen, und sie fand genau dieses Gefühl jetzt in seinem Gesicht. Er schaute zu Arion auf wie ein krankes Kind zu einem Heiler, und seine Stimme war kaum zu hören, als er fragte: »Was muss ich tun?«

Arion beugte sich zu ihm hinab. »Verrate mir das Geheimnis«, flüsterte er. »Warum antwortet mir das Amulett der Nacht nicht mehr? Was hat dein Meister damit gemacht?«

Langsam hob Augustus den Kopf. »Er hat es beschützt«,

flüsterte er, und der Wolf in ihm fraß das Kind, das er gerade noch gewesen war. »Vor dir!«

Arion wich noch zurück, doch es war zu spät. Augustus grub beide Hände in das gefrorene Netz, Funken sprühten über seine Finger, und mit einem gewaltigen Krachen brach der Zauber auseinander.

In einem Orkan aus Eissplittern wurde Ophelia durch den Saal geschleudert und landete rücklings an einer Säule. Sie stürzte zu Boden. Keuchend kam sie auf die Beine. Tiberius kugelte über die Scherben und rettete sich auf ihre Schulter, während Oscar laut bellend den Rest des Eiszaubers von seinem Körper fetzte. Und dort, inmitten der Trümmer, umgeben von flackerndem Licht, standen Augustus und Arion sich gegenüber.

Arion sah aus wie der mächtige Dunkelfae, den die Anderwelt kannte, und Augustus wirkte mit den Striemen an der Stirn in seinem Morgenrock wie der alte Mann, der er war. Und doch waren sie sich in diesem Moment ebenbürtig, mehr noch: Sie waren einander gleich. Beide waren bereit, für ihr Ziel zu sterben.

Der Angriff passierte so schnell, dass Ophelia ihn nicht kommen sah. Augustus breitete die Arme aus und schickte mit einem Kopfnicken einen Schwarm Eisscherben auf Arion. Der wich zur Seite aus, aber sein Umhang wurde von den messerscharfen Geschossen zerfetzt und eine Scherbe traf ihn an der Wange.

Es war unwirklich, den Magier bluten zu sehen, und

offenbar ärgerte es ihn maßlos. Denn er ballte die Hände zu Fäusten, worauf sich die Splitter zu schwarzen Flammen entzündeten, und sandte sie Augustus zurück. Wie ein geflügeltes Ungeheuer stürzte sich der dunkle Strom aus Feuer auf Augustus, der in letzter Sekunde eine Eisscherbe zu grellem Licht werden ließ. Er stieß die Faust vor, das Licht floss über seinen Leib und überzog das Ungetüm mit flirrendem Silberglanz. Ophelia glaubte schon, es erlöschen zu sehen. Aber da packte Augustus das Untier am Hals und schwang sich auf dessen Rücken.

Mit mächtigem Schwingenschlag jagte er durch den Saal, entkam den Eisgeschossen, die Arion ihm nachschickte, und rief seinerseits die Splitter zu sich. Noch im Flug fügten sie sich zu einem gewaltigen Speer zusammen. Augustus schleuderte die Waffe auf Arion. Der stieß die Hände nach vorn, doch der Speer verlangsamte seinen Flug nicht. Da entfachte Arion eine Wand aus blauem Feuer vor sich, und Funken sprühend brach der Speer auseinander. Arion taumelte von der Wucht des Aufpralls nach hinten. In diesem Moment begegnete Ophelia Augustus' Blick.

Er sah sie an, als er von seinem Ungeheuer sprang und auf allen vieren landete, sah sie an wie ein Wolf und ein Fuchs und der Freund, der er für sie geworden war. Als er seine Finger in die Splitter des Eiszaubers grub, wusste sie, was zu tun war. Sie fiel auf die Knie und bemerkte im Augenwinkel, dass Arion auf die Beine kam. Mit zornverzerrtem Gesicht stob der Magier auf Augustus zu. Sein Umhang flatterte hinter ihm her, er war so schnell, dass seine Umrisse verschwammen. Ophelia spürte die Kälte der Eisscherben an ihren Fingern – ebenso wie die Magie, die Augustus über den Boden zu ihr sandte. Wie Feuer strömte diese Kraft durch ihre Adern. Mit einem Schrei sprang sie auf, und da riss Augustus die Arme in die Höhe und rief den Zauber. Mit ohrenbetäubendem Knistern schossen sämtliche Scherben in die Höhe. Wie ein gewaltiger zerbrochener Spiegel standen sie zwischen Augustus und Ophelia. Arion stieß einen Schrei aus, doch es war zu spät. Ein Feuerwerk aus Flammen und Eissplittern brandete auf, als er inmitten des Spiegels landete.

Der Aufprall war so stark, dass der Zauber zerriss. Ophelia schwankte, aber Augustus eilte auf Arion zu, der reglos inmitten des zerbrochenen Zaubers lag. Viele Wunden klafften in seinem Leib, von messerscharfen Splittern geschlagen. Das Amulett glitt ihm aus der Hand. Augustus riss es an sich. Seine Finger schlossen sich um den Saphir, und da strahlte das Amulett in unzähligen Farben auf. Es war, als hätte es seit viel zu langer Zeit darauf gewartet, wieder bei ihm zu sein, und ein Lächeln trat auf Augustus' Gesicht, das Ophelia nie zuvor bei ihm gesehen hatte. Es war ein Lächeln voller Erstaunen – und voller Frieden.

Das Grollen war so tief, dass Ophelia es zuerst nur spürte. Es brachte den Boden zum Beben, die Säulen, die

Decke, und presste Ophelia die Luft aus der Lunge. Tiberius flatterte mit den Flügeln, als wäre er in einen Sturm geraten. Irgendwo jaulte Oscar. Doch Ophelia sah ihn nicht. Ihr Blick war auf Augustus gerichtet, der sich nun umwandte – und dann auf Arion, der sich inmitten der Trümmer aufrichtete.

Er hatte den Mund wie zu einem Schrei geöffnet, aber seine Stimme wurde zu Gesang, so betörend, so grausam und gleichzeitig wunderschön, dass jeder Gedanke in Ophelias Kopf ausgelöscht wurde. Hilflos nahm sie wahr, wie sich der Saal um sie herum auflöste, wie er Risse bekam und eine unendliche Finsternis in ihn eindrang, als wäre er nie mehr gewesen als eine Leinwand. Schatten huschten über das Eis, das gleich darauf in ewiger Schwärze versank, und Ophelia konnte die Macht fühlen, die sich nun von allen Seiten ihren Weg bahnte.

Irgendetwas traf Ophelia an der Schulter, doch sie spürte den Schmerz kaum. Sie meinte, Mino schreien zu hören, irgendwo in ihrem Inneren. Dann nahm sie nur noch die Dunkelheit wahr, die Arion heraufbeschwor, ein unendliches Meer, in dem es nichts gab als Finsternis … eine Finsternis, die alles verschlingen konnte, was sie war.

Schon löste der Boden sich unter Ophelia auf. Vergeblich griff sie nach Tiberius, und sie sah Augustus inmitten der Schwärze reglos dastehen. Sie stieß einen Schrei aus, sie ertrug seinen Anblick kaum – erstarrt vor Entsetzen wie ein schwaches Kind angesichts ewiger Nacht.

Kurz nur begegneten sich ihre Blicke, und da erkannte sie den Glanz in seinen Augen, so verzweifelt, dass es ihr die Kehle zuschnürte.

Im nächsten Moment breitete Arion die Arme aus. Die Dunkelheit wurde zu seinen Schwingen, er hüllte Augustus darin ein und riss ihn mit sich. Ophelia sah noch ein Aufflammen des roten Morgenrocks in der Finsternis. Dann löste der Boden sich unter ihr auf und sie fiel in die Tiefe.

31

Unten am Fluss

Mond und Sonne kreisten umeinander und warfen Schattenspiele auf Ophelias Gesicht. Sie blinzelte in den Wechsel aus Licht und Finsternis. Für einen Moment glaubte sie, noch immer in der Dunkelheit zu sein, hilflos und verloren. Aber dann erkannte sie, dass Sonne und Mond zwei Zauber waren. Eine angenehme Kühle ging von ihnen aus und Ophelia spürte ihre heilende Magie. Doch wer hatte die Zauber gewirkt?

Ophelia setzte sich auf – und bereute es sofort. Ein stechender Schmerz schoss durch ihre Schulter, gefolgt von heftigem Schwindel. Sie sank nach hinten, Sonne und Mond zerbrachen über ihr.

Wie in einem Blitzlicht sah sie noch einmal Arion vor sich, der die Dunkelheit heraufbeschwor. Und hinter diesem Bild lag ein weiteres, viel schrecklicheres. Aber bevor Augustus' verzweifeltes Gesicht klarer wurde, ertönte ein lautes Krächzen.

»Ophelia Nachtgesang!« Tiberius landete mit vollem

Gewicht auf ihrer Brust. »Du bist aufgewacht, endlich! Was fällt dir ein, dir dabei so lange Zeit zu lassen?«

Ophelia wollte etwas erwidern, doch das Gewicht des Raben presste ihr die Luft aus der Lunge. Außerdem war ihr Mund so trocken, als hätte sie einen ganzen Haufen Sand gegessen. Alles, was sie hervorbrachte, war: »Krchmn«, was Tiberius mit wohlwollendem Krächzen zur Kenntnis nahm. Allerdings dachte er gar nicht daran, sich von der Stelle zu bewegen. Erst als Ophelia sich erneut aufsetzte, purzelte er von ihrer Brust und plumpste zwischen ihre Knie, wo er empört mit den Flügeln schlug. Ophelia aber beachtete ihn nicht. Sie war zu sehr damit beschäftigt, sich umzusehen.

Sie lag in einem Bett mit unzähligen Kissen. Jemand hatte eine Decke über sie gebreitet, und ein Duft von Lavendel und Rosen stieg ihr in die Nase. Das Bett stand in einem annähernd runden Raum. Ophelia riss die Augen auf. Sie war in einem Baum! Einer Eiche, um genau zu sein, die wie ihre eigene ziemlich geräumig, doch sehr viel gemütlicher war. Hier pfiff es nicht durch die Fenster, der Boden war mit dicken Teppichen bedeckt, Kristalle glitzerten vor den Scheiben und Kräuter hingen an den Wänden. Ophelia zog die Brauen zusammen: »Wo zur Hölle sind wir?«

»Lass die Hölle aus dem Spiel«, sagte eine raue Stimme neben ihr.

Ophelia zuckte vor Schreck zusammen. Sie schaute

in die Dämmerung des Zimmers, dorthin, wo ein Herd stand, in dem ein Feuer brannte. Der Tisch davor war beladen mit großen Schalen voller Staubnüsse. Und daran saß, einen Haufen getrockneter Kräuter auf dem Schoß, die alte Philippa.

Ophelia starrte sie an. Sie hätte schwören können, dass Philippa gerade noch nicht da gewesen war. Aber jetzt war sie es, wie immer in Lumpen gehüllt, die langen schwarzen Haare wie ein Tuch um die Schultern gelegt. Ihre Augen glühten auf wie bei ihrer letzten Begegnung, als sie zu Ophelia herübersah. Schlagartig war klar, dass es Philippas Baum unten am Fluss war, in dem sie saßen. Er war also gar nicht faulig, wie Ophelia immer geglaubt hatte, im Gegenteil: Diese Eiche war so ziemlich der behaglichste Baum, in dem sie je gewesen war.

»Wie …«, fing Ophelia an, doch sie hatte keine Ahnung, was sie sagen sollte. Es waren einfach zu viele Fragen auf einmal in ihrem Kopf.

»Wie du hierhergekommen bist?«, fragte Philippa eine davon. »Ich habe dich getragen, so einfach ist das. Viel wiegst du ja nicht, anders als das Federvieh dort. Er ist zu fett für einen Raben.«

Tiberius flatterte empört mit den Flügeln. »Unverschämtheit! Ich habe nur ein dickes Gefieder, das ist alles!«

»Oh ja.« Philippa lachte. »Das kommt von den vielen Blaubeeren im Sommer.«

Tiberius zog beleidigt den Kopf ein. Er wollte noch

etwas erwidern, aber jetzt hatte Ophelia ihre Stimme wiedergefunden. »Wie hast du mich gefunden?«

Philippa warf ein paar Kräuter in einen Mörser und drehte den Stößel. Ein herber Duft zog durch den Raum. »Bin zufällig in der Nähe gewesen. Habe einen meiner Vögel durch die Dunkelheit gebracht und auf einmal ging ein Getöse los, dass ich dachte, die Welt würde einstürzen. Ich hab euch gesehen, dich, den Raben, den Hund da drüben und die beiden Magier. Die zwei sind in der Dunkelheit verschwunden, doch du bist gefallen. Und du warst verletzt. Deshalb habe ich dich hierhergebracht.«

Erst jetzt bemerkte Ophelia Oscar, der reglos am Feuer saß. In seinen Augen spiegelten sich die Flammen, aber er schien sie kaum wahrzunehmen, ebenso wenig wie den Verband, den er am linken Vorderbein trug. Ophelia wusste, dass er an Augustus dachte und daran, wie er in die Dunkelheit gezogen worden war. Sein Winseln fuhr ihr ins Mark.

»Du hast Glück gehabt«, sagte Philippa, die sie genau beobachtete. »Arion hätte dich töten können, viel hätte nicht gefehlt. Es war riskant, dich zwischen ihn und das Amulett der Nacht zu stellen.«

Ophelia musterte sie. »Woher weißt du davon?«

»Es ist nicht schwer, viel zu wissen«, meinte Philippa. »Man muss nur Augen und Ohren offen halten. In beidem bin ich Meisterin. Und abgesehen davon hat der Rabe hier mich umfassend informiert.«

Tiberius flatterte neben Oscar ans Feuer. »Du hast fast eine Stunde geschlafen«, verteidigte er sich vorwurfsvoll. »Mit irgendwem musste ich reden, sonst wäre ich geplatzt. Und ehrlich gesagt wird unsere Lage auch nicht schlimmer, nur weil Philippa jetzt Bescheid weiß. Schlimmer geht es nämlich gar nicht mehr.« Er betrachtete Oscar von der Seite. »Komm, alter Junge. Drehen wir eine Runde am Fluss entlang.«

Der Hund winselte zustimmend und Seite an Seite verließen sie die Eiche.

Philippa erhob sich wie eine alte Frau und setzte sich neben Ophelia ans Bett. Sie hatte einen Verband angefertigt, der nach Kräutern roch.

»Dann weißt du auch, was Arion mit dem Amulett vorhat?«, fragte Ophelia. »Dass er Adámas ist?«

Philippa nickte. »Der Rabe hat nichts ausgelassen.« Mit routinierten Handgriffen legte sie den Verband um Ophelias Schulter. Sofort ging ein kühler Schauer durch die Wunde. Ophelia sog die Luft ein. In diesem Umschlag waren nicht nur Kräuter. Es lag Magie darin – starke, uralte Magie. Erstaunt sah sie Philippa an. Nie im Leben hätte sie gedacht, dass ausgerechnet sie einen solchen Heilzauber herstellen konnte. »Meine Magie wirkt schnell«, erklärte Philippa. »Die Wunde wird vollständig verheilen. Wenn du dich noch ein bisschen ausruhst, dann …«

»Dafür habe ich keine Zeit«, unterbrach Ophelia sie. »Sobald Arion das Amulett wieder benutzen kann, wird er seine Pläne umsetzen. Er wird den Schleier zwischen den Welten einreißen und die Macht über die Anderwelt an sich bringen, ganz zu schweigen davon, was er mit Augustus anstellen wird. Er ist ein mächtiger Magier, Arion fällt sicher was ein, wie er ihn für seine Pläne missbrauchen kann. Und wenn Augustus was passiert, sehe ich meine Magie nie wieder.« Sie holte tief Atem. »Ich muss Demetrius holen. Er wird wissen, was zu tun ist.«

Sie wollte aufstehen, doch Philippa legte die Hand auf ihren Arm. Sofort zog steinschwere Müdigkeit durch Ophelias Glieder. »Liegen bleiben!«, befahl Philippa. »Sonst geht die Wunde wieder auf. Außerdem kannst du dir die Mühe sparen. Demetrius würde nicht kommen.«

Sie sagte das mit unerschütterlicher Sicherheit. Aber Ophelia konnte sich nicht vorstellen, dass Philippa Demetrius besonders gut kannte. »Er hatte Arion schon länger im Verdacht, etwas Böses zu planen«, erklärte sie deshalb. »Demetrius hat ihn beobachtet, er hat Augustus und mir sogar einen Hinweis gegeben, wie wir zum Amulett gelangen können. Er weiß, wer Arion ist, da gehe ich jede Wette ein.«

»Und denkst du nicht, Demetrius hätte ihn schon bezwungen, wenn er die Möglichkeit dazu hätte?«, fragte Philippa. »Arion ist mächtig. Es würde enorme Verluste unter den Fae bedeuten, wenn Demetrius gegen ihn in den Kampf ziehen würde, und letztlich wäre es dennoch vergebens. Denn Arion ist nur durch das Amulett der Nacht zu besiegen, und der Einzige, der es benutzen kann, ist Augustus Pinlin. Deswegen hat Arion ihn in die Dunkelheit gezerrt – um das Geheimnis des Amuletts zu erfahren.« Irgendetwas an der Art, wie Philippa all das zusammenfasste, ließ Ophelia daran zweifeln, dass die alte Fee tatsächlich erst durch Tiberius davon erfahren hatte. Doch sie kam nicht dazu, weiter darüber nachzudenken. Denn jetzt umfasste Philippa sie mit festem Blick. »Nicht Demetrius wird Augustus befreien«, sagte die Fee bestimmt. »Sondern du.«

Ophelia stieß die Luft aus. »Und wie?«, fragte sie spöttisch. »Soll ich Arion mit einem meiner Gummistiefel erschlagen? Abgesehen davon, dass ich Augustus in der Dunkelheit niemals finden würde.«

»Du hast in sein Herz geblickt«, fuhr Philippa fort. »Wenn ihn dort jemand findet, dann du. Aber du musst deine Furcht vor der Dunkelheit ablegen. Ich habe dich fallen sehen, durch Asche und Rauch und all die verborgenen Erinnerungen, die die Dunkelheit bevölkern. Du hättest fliegen können, doch das hast du nicht getan. Du warst wie gelähmt angesichts dieser Finsternis.«

Ophelia dachte daran, wie sie inmitten der Schwärze abgestürzt war. Sie konnte nicht verhindern, dass sie schauderte. »Ich bin noch in der Ausbildung. Ich lerne gerade, die Dunkelheit zu beherrschen.«

Philippa lachte ihr raues Lachen. »Die Dunkelheit beherrschen«, wiederholte sie. Aus ihrem Mund klang es wie der größte Blödsinn des Jahrtausends. »Dass sie euch in der Akademie noch immer diesen Unsinn beibringen. Niemand kann die Dunkelheit beherrschen. Je schneller du das begreifst, desto besser.«

Ophelia zog die Brauen zusammen. »Aber Arion …«

»… hat große Macht«, beendete Philippa ihren Satz. »Er kann die Dunkelheit formen, sie verwandeln, jedenfalls die erstarrten Teile von ihr. Doch auch er beherrscht die Dunkelheit nicht, denn sie ist mehr, viel mehr, als er ahnt. Du magst es dir nicht vorstellen können, aber die Dunkelheit birgt Geheimnisse, die Arion verschlossen bleiben. Geheimnisse, die du lüften könntest, wenn du nur wolltest.«

Kurz glaubte Ophelia, dass Philippa doch wieder in ihren verwirrten Zustand zurückgekehrt wäre, in dem sie mit sich selbst rätselhaftes Zeugs redete. Aber Philippas Augen glommen noch immer in diesem wachen, klaren Licht, und das war Ophelia fast noch unheimlicher.

»Du bist was Besonderes«, fuhr Philippa fort. »Das habe ich gleich gewusst, als du in die Stadt gekommen bist.«

Ophelia brachte ein trockenes Lachen zustande. »Ich bin eine Fee in Gummistiefeln.« Sie schaute zu ihren Stiefeln hinüber, die neben dem Feuer standen. Sie sahen klein und verloren aus und wischten das Lachen von Ophelias Gesicht. »Ich habe versagt«, flüsterte sie. »Auf ganzer Linie. Meinetwegen ist der Schleier zwischen den

Welten in Gefahr, Augustus ist verloren und mit ihm meine Magie. Und ich weiß nicht, wie ich die Dunkelheit durchqueren soll, um beide zu retten.«

Philippa schwieg für einen Moment. »Du brauchst etwas, an dem du dich festhalten kannst. Und dann musst du mit der Dunkelheit tanzen. So wie mit Augustus auf dem Turm.«

Ophelia hob den Blick. Tiberius mochte viel erzählt haben, doch davon hatte der Rabe ganz sicher nicht gesprochen. Woher wusste Philippa von ihrem Tanz mit Augustus?

»Ich weiß vieles«, verriet Philippa, als hätte sie Ophelias Gedanken gehört. »Ich weiß, dass du Angst hast. Ich weiß, dass du glaubst, zu schwach zu sein. Und ich weiß, dass du dich irrst. Du bist eine Nachtgesang.«

Sie sagte das mit solcher Überzeugung, dass Ophelia wütend wurde. »Du weißt ja wirklich viel«, gab sie zurück. »Wir unterhalten uns gerade zum ersten Mal und du weißt schon genau, wer ich bin. Besser als ich selbst.« Sie merkte, dass ihre Stimme zitterte, was sie nur noch zorniger machte. Das letzte Mal, als sie so wütend gewesen war, hatte Augustus ihr gerade die Magie geklaut. Sie sah den alten Magier vor sich in seinem roten Morgenrock mit seinen zerzausten Haaren, und etwas in ihr zog sich zusammen. »Ich habe gesehen, wie er mitgerissen wurde«, brach es aus ihr heraus. »Die Dunkelheit hat ihn verschlungen und ich konnte nichts, gar nichts, dagegen tun! So unfassbar stark bin ich, dass ich nur dastand und ihn angeschaut habe! Er hätte meine Hilfe gebraucht und ich konnte ihn nicht festhalten!«

»Darum geht es also«, stellte Philippa fest. »Nicht um den Schleier zwischen den Welten, nicht um deine Magie, jedenfalls nicht an erster Stelle. Du trauerst um einen Menschen. Mehr noch: Du weinst um ihn.«

Erschrocken berührte Ophelia ihre Wange und merkte, dass Philippa recht hatte. Schnell wischte sie ihre Tränen fort, die wie immer schillerten wie der schönste Regenbogen. »Was weißt du denn schon?«, fuhr sie Philippa an. »Du bringst gerade mal Vögel durch die Dunkelheit und willst mir Ratschläge erteilen? Sieh dich doch an! Morgana würde sich für dich schämen!«

Es war nicht mehr als ein Flackern in Philippas Augen, aber es traf Ophelia wie ein Hieb in den Magen. Keuchend sank sie zurück aufs Bett, während Philippa sich erhob. Langsam tat sie das, wie unter Wasser. Sie breitete die Arme aus, und als sie den Mund öffnete, kamen Töne aus ihrer Kehle, wie Ophelia sie noch nie gehört hatte. Atemlos lag sie da und hörte dem Gesang zu, der schnell den ganzen Raum erfüllte. Er erzählte von den Anfängen der Zeit, von den ersten Meeren, den ersten Gletschern und Kontinenten, er erzählte von Sonne und Mond und dem Anbeginn der Fae. Ophelia verstand die uralten Worte nicht, doch sie fühlte sie bis in ihr tiefstes Innerstes hinein. Es war, als würde jede Silbe ihren Namen rufen, und gleichzeitig spürte sie eines ganz deutlich: Jeder Ton dieses Gesangs hatte die Macht, sie in eisigem Feuer zu verbrennen. Jeder Ton barg die Kraft der Ersten Feen.

Kaum hatte sie das gedacht, wunderte sie sich nicht mehr darüber, dass solche Klänge ausgerechnet aus Philippas Mund kamen. Denn jetzt erkannte Ophelia die schwarze Glut in deren Augen, und sie sah, dass die Lumpen, das wirre Haar, selbst die wettergegerbte Haut nichts als Masken waren. Stück für Stück lösten sie sich auf. Die Lumpen verwandelten sich in ein rauschendes schwarzes Kleid, das Haar entwirrte sich und bewegte sich wie ein fliegendes Tuch durch die Luft, und das Gesicht, in das Ophelia gerade noch geblickt hatte, wurde zu einem Antlitz betörender Schönheit. Es war ein stolzes Gesicht, unnahbar und erhaben, ein Gesicht ohne Alter, mit Augen, schwärzer als jede Finsternis, und einem spöttischen Lächeln auf den Lippen. Ophelia rührte sich nicht, als der Gesang verstummte. Regungslos schaute sie zu der Fee auf, die nun vor ihr stand, und spürte deren Namen in jeder Faser ihres Körpers widerhallen.

Morgana.

32

Jenseits aller Furcht

Die Gedanken in Ophelias Kopf schwirrten wie Schneeflocken durcheinander. Sie öffnete den Mund, um etwas zu sagen, aber angesichts der glühend schwarzen Augen wurde ihr eines schmerzhaft bewusst: Sie hatte gerade die mächtigste Fee aller Zeiten angebrüllt und beleidigt. Sie klappte den Mund wieder zu – und bemerkte zu ihrem Erstaunen, dass Morgana lächelte. Spöttisch noch immer, doch mit einem amüsierten Funkeln in ihren Augen.

»Ich hatte keine Ahnung«, flüsterte Ophelia. Ihre Stimme hörte sich an wie die einer sehr heiseren Maus.

»Die haben die wenigsten«, meinte Morgana. Es war seltsam, sie mit Philippas Stimme sprechen zu hören. Aber als sie sich jetzt in ihrem nachtschwarzen Gewand auf ihren Stuhl setzte, wirkte es so natürlich, als wäre dieser Platz nur für sie gemacht. Oder, schoss es Ophelia durch den Kopf, als bräuchte es nicht mehr als einen Fingerzeig von Morgana, um den Stuhl, den Tisch, die Staubnüsse und die ganze Eiche zum Teufel zu schicken.

Sie rieb sich die Augen, weil ihr Verstand gegen das rebellierte, was gerade geschah. Doch als sie wieder hinsah, saß Morgana noch immer auf dem Stuhl und schaute sie an.

»Aber …«, fing Ophelia an. »Wieso …«

»Wieso ich in der Gestalt einer schwachen alten Fee herumgeistere?« Morgana lachte leise. Es klang wie Regen auf dünnem Glas. »Weil es mir Freude macht, frei und unerkannt zu sein. Ich beobachte mein Volk seit Langem im Verborgenen. Es hat gelernt, seine Geschicke selbst zu lenken, jedenfalls so einigermaßen, und es kommt selten vor, dass ich eingreife. Ich tue es nur dann, wenn es meinem Volk wirklich dient. So wie jetzt.«

Ophelia wollte etwas erwidern, aber Morgana ließ sie nicht zu Wort kommen. Ihre Stimme schwoll an, unmerklich nur und doch genug, um jede Silbe auf Ophelias Zunge zu zerbrechen.

»Arion ist ein mächtiger Fae«, fuhr Morgana fort. »Und sein Zorn ist ebenso groß wie sein Hass. Er will den Schleier niederbrennen, der uns und die Menschen schützt. Und er wird es tun, sobald er die Gelegenheit dazu hat. Zwei Mal schon hat er es versucht. Und jedes Mal waren es die Nachtgesangs, die ihn aufhielten.«

»Meine Eltern sind tot«, wisperte Ophelia. »Und Mino ist in die Dunkelheit gefallen. Arion hat ihn umgebracht, einfach so.«

Morgana schüttelte den Kopf. »So ist es nicht gewesen. Schau genau hin.«

Das Feuer prasselte auf und aus den Flammen entstand ein lebendiges Bild: Arion und Mino kämpfend in der Dunkelheit. Mit jedem Hieb, mit jedem Zauber rechnete Ophelia damit, Mino zu Boden gehen zu sehen. So hatte sie es geträumt, wieder und wieder. Aber Mino schwankte nicht einmal. Er setzte Arion zu, so heftig, dass Ophelia meinte, seine Zauber auf ihrer Haut spüren zu können. Da war er, ihr Bruder, den sie so oft beim Üben beobachtet hatte. Und er trug dasselbe Feuer im Blick wie damals. Wieder und wieder traf er Arion mit mächtigen Zaubern, bis dieser taumelte.

Ophelia stand da wie erstarrt, als sie das Blut sah, das über Arions Schläfe floss. Sie fühlte den Triumph, der in Mino aufwallte. Gleich würde Arion stürzen, er war am Ende, das konnte sie spüren. Mino ließ den Arm mit seinem letzten Zauber sinken – und bemerkte das Blitzen in Arions Augen zu spät. Schattenschnell warf Arion die Maske der Schwäche ab und traf Mino mit einem Zauber vor die Brust. Ophelia fuhr zusammen, als wäre sie selbst verwundet worden. Wie in Zeitlupe fiel Mino auf die Knie.

Ophelia wollte sich abwenden. Sie wusste, was nun kam. Sie hatte es gelesen, immer wieder in den Büchern der Akademie, hatte es gehört in all ihren Lektionen und hatte davon geträumt: vom Ende ihres Bruders, der vom Herrn der Dunkelheit erschlagen worden war.

Doch gerade als Arion die Faust hob, sah sie den Ausdruck auf Minos Gesicht. Es war ein Ausdruck voller Wärme jenseits aller Furcht. Ihr Bruder hatte sie auf diese Weise angesehen, damals, als ihre Eltern gestorben waren, und auch bei ihrer allerletzten Begegnung, kurz bevor er in die Stadt zurückgekehrt war. Jetzt schaute er Arion auf diese Weise an, und wieder sagte sein Blick nur eines: Er wusste genau, was er zu tun hatte. Er würde seinen Weg gehen – furchtlos und mit einem Lächeln, und das aus einem einzigen Grund: weil es verdammt noch mal das Richtige war.

Arion stieß die Faust vor, aber Mino hob nicht die Hand zur Verteidigung. Stattdessen zerriss er die Dunkelheit, die Arion um ihn geschlungen hatte, und grub die Finger in den Weltenschleier, der dahinter lag. Und noch ehe Arions Magie ihn traf, floss Minos Kraft in den Schleier hinein: seine Gedanken, seine Träume, seine Sehnsüchte, seine Wünsche. Ophelia fühlte sie wie einen Strom aus Farben auf ihren Wangen und sie rührte sich nicht, als der Schleier in einem atemberaubenden Schauspiel aufflammte. Gleich darauf ging Minos Kraft ganz in ihn über. Der Riss in der Dunkelheit schloss sich. Und ihr Bruder sank zusammen.

Sein Körper war bleich und durchscheinend geworden wie eine menschliche Seele. Doch er lächelte, als er zu Arion aufsah. Und selbst als sein Feind in entfesseltem Zorn seine Magie durch seine Brust schickte, selbst als das letzte bisschen Leben aus ihm wich und die Dunkelheit über ihm zusammenschlug, glühte es noch immer auf Minos Lippen: dieses Lächeln, das keine Furcht kannte.

»Mino hätte fliehen können«, sagte Morgana, als das Bild in den Flammen verblasste. »Er hätte Arion mit einem letzten Zauber zurückschlagen und sich selbst in Sicherheit bringen können. Aber er tat es nicht. Stattdessen schickte er seine Kraft in den Weltenschleier und hinderte Arion so daran, ihn in jener Nacht einzureißen. Arion tötete ihn, doch er hat dennoch verloren.« Sie hielt inne. »Dein Bruder verteidigte den Schleier, genauso wie eure Eltern. Er ist niemals in die Dunkelheit gefallen, im Gegenteil: Er hat sein Leben gegeben, um beide Welten zu retten. Und Mino hat gesiegt. Bis jetzt.«

Ophelia hätte das Bild von Mino gern festgehalten. Aber sie konnte es nicht. Und gleichzeitig verblassten all die Demütigungen der vergangenen Jahre, all die Albträume vom Tod ihres Bruders, all die Zweifel an seiner Kraft, die ihr immer wieder entgegengeschleudert worden waren. Jetzt wusste sie mit letzter Gewissheit, was sie doch die ganze Zeit über gefühlt hatte: Mino war ein Held gewesen. Der größte, den Ophelia sich vorstellen konnte.

»Ich bin nicht wie Mino«, sagte sie leise. »Er hatte nie ein Problem mit dem Regen und …«

»Nein«, meinte Morgana. »Dafür konnte er am Anfang seiner Ausbildung bei stärkerem Wind nicht vor die Tür treten, er wäre schlicht fortgeweht worden. Der Regen birgt, was du gefürchtet hast. Doch er ist nicht dein

Feind, er ist dein Freund. Das hat Augustus Pinlin dich gelehrt, neben vielen anderen Dingen. Hast du vergessen, wie du dich auf dem Turm der Camera Obscura gefühlt hast, mitten im Regen?«

»Frei«, flüsterte Ophelia kaum hörbar.

»Du solltest dich niemals anders fühlen«, riet ihr Morgana. »Frage dich nicht, was andere tun, zweifle nicht an dir. Tu, was deine innere Stimme dir sagt. Dann wirst du nicht scheitern.«

»Das erklärt mir mein Großvater auch immer«, meinte Ophelia. »Und es klingt so leicht. Aber das ist es nicht.«

»Nicht immer«, gab Morgana zu. »Doch auf dem Turm war es leicht, oder nicht? Genauso wie in der Kirche, als du mit nur einem Funken die Schatten zurückgeschlagen hast.«

Ophelia wunderte sich nicht mehr darüber, dass Morgana das wusste. Aber sie empfand es wieder, dieses Kribbeln in den Fingerspitzen, das ihre Magie verursacht hatte. Langsam nickte sie.

»Du hast große Kraft in dir«, sagte Morgana. »Und du kannst so manchen das Fürchten lehren, wenn du lernst, sie zu entfesseln. Du bist eine Nachtgesang, und wie alle Mitglieder deiner Familie bedenke eines: Du hast die Verantwortung für die Macht, die in dir ist. Es geht hier nicht nur um Augustus und dich, Ophelia. Es geht um das Schicksal beider Welten. Und es liegt in deinen Händen, es zu wenden.«

33

Zwei Seiten einer Münze

Ophelia musste den Blick senken, so sehr brannte Morganas schwarze Glut in ihren Augen. »Wenn ich wirklich so stark wäre, wie du sagst, dann hätte ich Augustus beistehen können. Doch die Dunkelheit war zu mächtig. Ich kann sie noch immer fühlen, überall in mir.« Sie fuhr sich über die Augen. »Sieh mich nur an: Ich weine bunte Tränen. Ich bin eine Schande für alle Dunklen Feen.«

»Es ist eine Schande, dass jemand das behauptet.« Morgana erhob sich, instinktiv wich Ophelia zurück. Aber der Zorn verschwand von Morganas Gesicht, als sie sich an den Bettrand setzte. Sie war Ophelia jetzt so nah, dass diese die Kühle ihrer Haut spüren konnte. Und Ophelia erkannte, dass ihre Augen keinesfalls schwarz waren. Sie waren blau wie der Himmel in der Nacht – mitternachtsblau.

»Man kann viel Schlechtes über die Menschen sagen«, fuhr Morgana fort. »Ich könnte von den Kriegen berichten, die ich vor langer Zeit gegen sie geführt habe. Von den Gräueltaten, die sie an unserem Volk verübten. Oder von ihrer Gier, die bis heute dazu führt, dass sie die Welt für jedes Lebewesen unbewohnbar machen, sogar für sich selbst. Doch es gibt etwas, das ich noch immer an den Menschen bewundere, etwas, zu dem nur die wenigsten Feen noch in der Lage sind. Und das sind ihre Träume.« Morgana sprach das Wort so leise aus, dass es im Raum umherflatterte wie ein Schmetterling.

Ophelia musste lächeln, weil es sie am Ohr kitzelte. »Ich glaube, da würden dir fast alle Lehrer der Akademie widersprechen. Sie halten Träume für lächerlich.«

Morgana seufzte. »Weil sie sie nicht verstehen. Nicht mehr. In Wahrheit sind Träume der erste Schritt hin zu einer Welt ohne Grenzen. Einer Welt, in der es keine Kriege gibt, keine Verzweiflung, keinen Hass. Eine Welt, wie ich sie mir seit langer Zeit wünsche. Wir Feen schauen auf die Menschen herab, aber in Wahrheit brauchen wir sie genauso, wie sie uns brauchen. Wir sind zwei Seiten einer Münze, und je eher wir das erkennen, desto besser wird es sein für uns alle.«

»Genau so haben meine Eltern auch über die Menschen gesprochen«, sagte Ophelia. »Und Mino.«

»Und nicht nur sie«, erwiderte Morgana. »Ich erinnere mich an die Ansprachen deines Großvaters in der Festung der Schatten, in denen er von einer friedvollen Welt erzählte. Nach dem Tod seiner Frau vergrub er jede Hoffnung tief in sich, denn sein Schmerz war grenzenlos. Doch deine Eltern und Mino haben die Hoffnung weitergetragen – darauf, dass mehr in der Welt ist als Hass und Angst, und mehr in uns Feen als eisige Kälte. Und du hast dasselbe getan. Du bist deinen eigenen Weg gegangen. Ich weiß, dass du deinem Großvater dadurch viel Kraft gegeben hast. Du hast ihn gerettet, an jedem einzelnen Tag. Denn tief in seinem Inneren ist auch er ein Träumer.«

Ophelia sah ihren Großvater vor sich und ein zärtliches Gefühl stieg in ihr auf. »So wie alle Nachtgesangs.«

Morgana nickte. »Du entstammst einer ganz besonderen Familie. Denn du kennst beide Seiten – die der Fae und die der Menschen. Du hast die Kräfte einer Fee, du kannst den Wind in tausend Sprachen reden hören, du kannst mit ihm durch die Luft fliegen und stundenlang auf einem Baum im Schnee sitzen, ohne auch nur einmal den kleinen Finger zu bewegen, ganz einfach, weil du es dir vorgenommen hast. Du siehst aus wie eine Figur aus Glas und kannst mit deinem Gesang Welten auseinanderreißen. Und gleichzeitig träumst du, nicht wahr? Und du weinst solche Tränen.«

»*Vielleicht braucht es nur ein wenig Mut, um deinen Farben zu vertrauen.*« Ophelia hörte Augustus' Stimme, als sie seine Worte wiederholte. »*Vielleicht unterscheiden wir uns viel weniger, als wir denken.*«

Morgana nickte unmerklich und Ophelia spürte die Träne, die ihre Wange hinabrann. Die kleine Verräterin hatte sich in ihrem Augenwinkel versteckt und kullerte jetzt geradewegs in Richtung Kinn.

Morgana streckte die Hand danach aus. »Diese Träne birgt deine wahre Kraft«, sagte die Fee. »Du weinst nicht um deine Magie, die du vielleicht nie wiedersiehst, und auch nicht darum, nie in den Schwarzen Zirkel aufgenommen zu werden, was du dir so lange gewünscht hast. Du weinst nicht einmal um das Schicksal der Welten. Du weinst um einen Freund. Und darin liegt die Stärke, die dich durch die Dunkelheit führen wird. Die Stärke, die dein Halt sein wird in all der Finsternis.« Sie verstummte, dann sprach sie leise weiter. »Diese Farben sind das Leben. Du kannst den Tod nicht begreifen ohne sie.«

Ophelia sah Morgana in die Augen, aber sie hörte die Stimme von Augustus, der ihr genau das auf dem Turm der Camera Obscura gesagt hatte. Sie berührte die Träne, und da erstrahlte sie in hellem Licht. Ophelia hielt den Atem an, als Augustus darin erschien. Es war ihre Erinnerung, die sie vor sich hatte, das wusste sie, und als er lächelte, tauchten andere Bilder in ihr auf. Die Gesichter ihrer Eltern, ihr Großvater und immer wieder Mino, wie er lachte, tobte, weinte … und wie er sie ansah, voller Wärme und Zuversicht. All diese Bilder glitten aus der Finsternis empor, die die Dunkelheit in sie geschickt hatte, und sie vertrieben die Schwärze, bis nichts mehr übrig blieb als helles warmes Licht.

Ophelia spürte, wie neue Tränen über ihre Wangen liefen, doch als sie Augustus' Lächeln erwiderte, schämte sie sich nicht mehr, im Gegenteil. Diese Tränen trugen sein Lachen in sich, seine Stimme, seine Traurigkeit. Und sie fühlten sich an wie Regen auf ihrer Haut.

Morgana ließ die Hand sinken. Die Träne war verschwunden, aber Ophelia sah in Morganas Mitternachtsblick noch immer das Licht, das gerade den Raum erleuchtet hatte. Es stand als farbiger Kranz in Ophelias eigenen Augen.

»Siehst du«, sagte Morgana. »Es ist mehr in der Dunkelheit als Finsternis. Und es ist mehr in dir als Angst. Du bist eine Dunkle Fee und du hast eine Seele in der Dunkelheit verloren, die zu dir gehört. Vertraue auf dich und du wirst sie wiederfinden.«

»Ich werde tun, was ...« Ophelia unterbrach sich. »Nein. Ich werde Augustus aufspüren. Tiberius wird mich begleiten, als Rabe findet er sich in der Dunkelheit zurecht, auch wenn er sie fürchtet. Aber ...«

Morgana lächelte. »Es gibt Finsternisse, die selbst für einen Wegweiser zu tief sind. Sorge dich nicht, ich werde auf Oscar achtgeben, solange ihr fort seid.« Wortlos löste sie den Verband um Ophelias Schulter. Zu Ophelias Erstaunen hatte sich die Wunde geschlossen und schmerzte kaum noch. Sie wollte sich gerade bei Morgana bedanken, für ihre Hilfe, für ihre Geduld, für jedes Wort, als die Erste Fee ruckartig den Kopf wandte. Ihr Blick glitt ins Leere und Ophelia zuckte zusammen, als ein eisiger Windstoß durch den Raum fegte. Morgana sah sie ernst an. »Du musst gehen«, sagte sie eindringlich. »Noch hält

Augustus stand, doch seine Kräfte schwinden. Beeile dich!«

Die letzten Worte hallten durch die Luft, als Tiberius und Oscar zur Tür hereinkamen. Beide schauten in endlosem Erstaunen zu Morgana auf. Aber Ophelia achtete nicht darauf. Sie kam auf die Beine, offenbar zu schnell, denn plötzlicher Schwindel ließ sie schwanken. Sie fuhr sich über die Augen – und gleich darauf stand sie wieder Philippa gegenüber. Die Fee trug ihre Lumpen, die Haare fielen ihr ins Gesicht. Aber in ihren mitternachtsblauen Augen war noch immer dieses uralte Funkeln, und Ophelia neigte demütig den Kopf.

»Ich danke dir«, flüsterte sie. »Für … alles.«

Morgana lächelte eines ihrer rätselhaften Lächeln, und Ophelia hörte die Worte, die in ihrem Kopf auftauchten wie Sterne in der Finsternis.

Kleine Fee, flüsterte Morgana sanft. *Ich bin sehr stolz auf dich.*

Ophelia ließ die Bedeutung dieser Worte in sich widerklingen und spürte, wie sie mit einem berauschenden Prickeln erfüllt wurde. Eines war sicher: Niemals würde sie diesen Moment vergessen.

Morgana breitete unter Philippas Maske die Arme aus. Ihr Zauber ließ die Umrisse des Raums verschwimmen. Tiberius landete auf Ophelias Schulter, und gemeinsam sahen sie zu, wie sich alles um sie herum auflöste. Lautlos, als wäre es nie mehr gewesen als ein …

... Traum ...

Das Wort hallte mit Morganas Lachen durch Ophelias Körper. Dann fielen die Bruchstücke des Raums um sie nieder.

Ophelia holte tief Luft. Zu ihren Füßen erloschen die letzten Funken von Morganas Zauber. Ganz in der Nähe rauschte der Fluss. Und dort vor ihr, jenseits des Lichts, wartete die Dunkelheit.

34

Wie ein Engel in der Finsternis

Der Fluss zog sich malerisch an kleinen Häusern und alten Bäumen vorüber. Vor langer Zeit hatte er sich tief in die Erde gegraben und so diesem Ort seinen Namen beschert: Dean Village von *dene* mit der Bedeutung *tiefes Tal*. Über viele Jahrhunderte hatten die Menschen hier Getreide gemahlen und bis heute unterhielten die Kobolde etliche Mühlen, um dasselbe zu tun. Für die Anderwelt war das Tal noch immer die Kornkammer der Stadt – und das Zentrum der Hexenkunst. Überall spürte Ophelia magische Energie, und sie stieß einen Fluch aus, als es ihr zum wiederholten Mal nicht gelang, in die Dunkelheit hinüberzuwechseln.

»Diese verdammten Hexen«, murmelte sie, als sie schon wieder eine Schwade schwärzester Magie streifte. Irgendwo in der Nähe werkelte eine Hexe offenbar gerade an einem düsteren Liebeszauber, dessen Geruch nach Krötenspucke und Fledermausdreck Ophelia eine Gänsehaut bescherte.

»Was ist nur los mit dir?«, fragte Tiberius. »Sonst hast du doch auch keine Probleme damit, in die Dunkelheit zu gehen.«

»Ich weiß«, murmelte Ophelia niedergeschlagen. »Normalerweise ist das ganz leicht. Es ist wie ein Blinzeln, wie ein Atemzug, wie der Moment kurz vor dem Einschlafen. Es passiert einfach.«

Augustus erschien vor ihrem inneren Auge. *Noch hält er stand,* das hatte Morgana gesagt. Aber seine Kräfte waren erschöpft, so viel war Ophelia klar. Sie musste sich beeilen. Sie versuchte, sich an Morgana zu erinnern und an ihre glühende Träne. Doch gleichzeitig spürte sie noch einmal den Wind in ihrem Haar, als sie in die Dunkelheit gefallen war. Und ein anderes Gefühl wetzte in ihrem Bauch die Krallen, das sie nicht länger verdrängen konnte. Ophelia hatte Angst. Verfluchte Angst vor der Dunkelheit.

»Hm«, machte Tiberius und schaute zu einer Baumgruppe hinüber. »Wusste ich es doch. Die Gegend kam mir gleich so bekannt vor. Ist dir klar, wo wir sind?«

Ophelia zuckte mit den Schultern. »In der Nähe von Morganas Eiche. Und ansonsten wahrscheinlich kurz vor unserem Ende.«

»Da drüben bei den Bäumen haben wir uns zum ersten Mal getroffen. Ich steckte ganz schön in Schwierigkeiten.«

Ophelia erkannte die Bäume nicht wieder, aber sie erinnerte sich umso besser an ihr erstes Zusammentreffen mit Tiberius. »Du wurdest von ungefähr dreißig Krähen verfolgt, weil du ihre Blaubeersträucher leer gefressen hast.«

»Verfolgt ist gar kein Ausdruck«, meinte Tiberius. »Die verdammten Krähen haben mich angegriffen, bis ich am Boden lag. Sie hätten mir die Augen ausgehackt, wenn du nicht gekommen wärst. Ich war noch nie in meinem Leben so verzweifelt. Und auf einmal warst du da. Wie ein Engel in meiner Finsternis.«

Ophelia wollte über diesen Vergleich lachen, immerhin machte Tiberius sich sonst nur zu gern über den Glauben der Menschen lustig. Doch als sie dem Raben einen Blick zuwarf, schwieg sie. Tiberius' Augen glänzten, als würde er den Moment von damals noch einmal erleben.

»Du hast dich vor den Krähen gefürchtet«, fuhr er fort. »Das konnte ich sehen. Aber du hast nicht gezögert. Du hast dich mitten hineingestürzt. Und als sie deine Zauber mit ihrem Geschrei und ihren scharfen Krallen gestört haben, hast du dir einen abgebrochenen Ast geschnappt. Noch heute sehe ich dich vor mir, eine helle Gestalt inmitten der dunklen Schwaden, die mit einem morschen Ast um sich schlägt, als wäre er ein Schwert.«

Ophelia lächelte. »Und ich hatte Erfolg. Die dämlichen Krähen haben das Weite gesucht, nachdem ich drei von ihnen wie gefiederte Kastanien ins Unterholz gepfeffert habe.«

Tiberius neigte zustimmend den Kopf. »Nie werde ich den Triumph in deinem zerkratzten Gesicht vergessen. Von diesem Moment an warst du meine Heldin, und du bist es bis heute geblieben. Ich weiß, dass du deinen Weg durch die Dunkelheit finden wirst. Und auch wenn ich dir vielleicht ansonsten keine große Hilfe bin, weil an mir nun mal leider kein großartiger Krieger verloren gegangen ist, sollst du eins wissen: Ich bin bei dir. Ganz egal, was passiert.«

Ophelia dachte daran, wie sie damals in den Schwarm der Krähen gesprungen war – trotz der Angst, die auch jetzt in ihrem Bauch hockte. Und wie sie inmitten der Finsternis den Freund ihres Lebens gefunden hatte. Sie blickte Tiberius an.

»Du *bist* ein Krieger«, sagte sie und strich ihm zärtlich übers Gefieder. »Ich könnte mir keinen besseren an meiner Seite vorstellen.«

Tiberius schmiegte den Kopf in ihre Hand. Dann holte Ophelia tief Atem. Und als wäre es die leichteste Übung der Welt, glitt sie hinüber in die Dunkelheit.

35

Der Gesang der Nacht

Es war, als hätte sich ein Tuch über Ophelias Augen gelegt. Sie konnte überhaupt nichts mehr sehen. Auch Tiberius schien nur noch Finsternis wahrzunehmen, denn er schwankte auf ihrer Schulter. Ophelia tat einige Schritte, nur um dann stehen zu bleiben, ergriffen von der Panik, ins Leere zu treten, von der Dunkelheit überwältigt zu werden und jeden Gedanken, jedes Gefühl in der endlosen Schwärze zu verlieren.

Ophelia flüsterte den Zauber, mit dem sie normalerweise zumindest ein wenig Licht in die Dunkelheit tragen konnte. Aber der Funke auf ihrer Hand flackerte auf und erlosch mit einem Zischen, das wie ein Lachen klang. Die anschließende Finsternis war noch grausamer als die zuvor.

Tiberius raunte ihr etwas zu, doch Ophelia hörte ihn kaum. Zu deutlich begann jetzt die Dunkelheit zu flüstern, genau so, wie es immer gewesen war, kurz bevor Ophelia die Orientierung verloren hatte. All die Lektionen gingen ihr durch den Sinn, in denen sie versagt hatte, und plötzlich tauchte ein geisterhafter Schwarm aus der Dunkelheit auf. Ophelia sagte sich selbst, dass das nur ein Hirngespinst von ihr war, eine Illusion, erschaffen von ihrer eigenen Fantasie. Aber es half nichts. Mit Entsetzen sah sie die Gesichter ihrer Lehrer auf sich zujagen, hörte all die abfälligen Bemerkungen von früher – und verlor das Gleichgewicht.

Sie stürzte nach vorn wie in einen Abgrund. Der Geisterschwarm fegte um sie herum, in schrillen, schrecklichen Tönen. Tiberius rutschte von ihrer Schulter, vergeblich versuchte Ophelia, ihn zu fassen. Sie rief seinen Namen, doch ihre Stimme war nicht mehr als ein Flüstern im rauen Sturm der Dunkelheit. Er zerrte an Ophelias Haaren und ihren Kleidern. Wie ein Blatt im Wind trudelte sie dahin, umgeben von einem entsetzlichen Gesang aus demütigenden Lektionen und zerbrochenen Zauberformeln. Immer lauter schrien ihre Lehrer durcheinander. Ophelia spürte, wie der Schwindel ihr die Sinne raubte, als etwas anderes durch das Chaos klang. Es war eine Stimme, leise und eindringlich.

Es gibt einen Lehrer, der klüger ist als sie alle zusammen, flüsterte Augustus. *Und der bist du selbst. Vergiss das nicht.*

Ophelia riss die Augen auf. Sie hatte nicht gemerkt, dass sie sie geschlossen hatte, doch Augustus' Stimme ging wie ein Schauer durch ihren Leib. Sie hielt sich an seinen Worten fest, und auf einmal hörte der Sturm um sie herum auf. Stattdessen fand sie sich in einer einsamen Gasse wieder, genau an jener Stelle, an der sie gestanden hatte, als Augustus diese Worte zu ihr gesagt hatte. Ophelia atmete schnell, als die Szene um sie verblasste und wieder mit der Dunkelheit verschmolz. Aber sie verlor nicht noch einmal das Gleichgewicht. Stattdessen streckte sie die Hand aus und ließ Tiberius darauf landen.

Sie hatte gewusst, wo er war, instinktiv, kaum dass die Gesänge ihrer Lehrer verstummt waren. Sacht strich sie über sein Gefieder. So lange hatte sie sich von ihren Lehrern einschüchtern lassen, so lange war sie falschen Wegen gefolgt. Jetzt war das vorbei!

Ophelia fuhr sich über die Augen. Zum ersten Mal, seit sie denken konnte, spürte sie keine Angst mehr in der Dunkelheit. Doch sie stand noch immer wie eine Mauer vor ihr, und Ophelia kam sich vor wie erblindet. Sie war eine Dunkle Fee, sie musste ihre verlorene Seele wiederfinden. Aber wie sollte sie das anstellen?

Tiberius berührte ihre Wange mit seiner Stirn, unmerklich zwar, jedoch deutlich genug, um Ophelias Anspannung für einen Moment zu lösen. Wie hatte es Morgana formuliert? Es war mehr in der Dunkelheit als Finsternis. Und es war mehr in ihr als Angst.

Ophelia schloss die Augen. Die Schwärze hinter ihren Lidern war samten und vertraut, und sie schaute in sie hinein, bis die ersten Bilder in ihr auftauchten. Sie sah Augustus auf dem Turm der Camera Obscura, wie er die

Hand nach ihr ausstreckte, sah ihn lachend im Regen und grübelnd über seinen Büchern. Sie sah ihn wie ein Kind über den *Arthur's Seat* toben, dann majestätisch im Kampf mit Arion und gleich darauf mit diesem Glanz in den Augen, der sie noch immer innehalten ließ.

Wie eine Welle stiegen die Erinnerungen an Augustus Pinlin in Ophelia auf, und als sie den Mund öffnete, bildeten sie Töne auf ihrer Zunge, die nach Regen schmeckten. Sie waren rau wie der Wind in Augustus' Haaren, warm wie das Lachen auf seinem Gesicht und gnadenlos wie sein Wolfsblick. Und sie waren wild und frei.

Noch nie hatte Ophelia auf diese Weise gesungen. Silberklar erklang ihr Gesang in der Dunkelheit, ein Gesang, der jenseits aller Noten der Akademie lag. Dieses Lied wurde ganz aus ihr selbst geboren, es war ein Ruf in die Finsternis hinein, der eine Antwort forderte. Und als sie die Augen öffnete, tauchten Lichter wie Sternfunken vor ihr auf, zuerst schwach, dann immer deutlicher. Wie eine feine Spur führten sie tiefer in die Dunkelheit hinein.

Ophelia lief darauf zu. Tiberius sog die Luft ein, als das erste Licht sie streifte, und Ophelia nahm den Geruch von Mohn und Kornblumen wahr, noch bevor die abendliche Wiese um sie aufflammte, die das Licht in sich barg. Über ihr ging in strahlenden Farben die Sonne auf und tauchte alles in goldenen Glanz. Sie erinnerte sich daran, wie gern Augustus Sonnenaufgänge hatte, wie sehr er die Farben liebte, die sich dabei entfalteten. Und als sie das nächste Licht erreichten, war sie nicht überrascht, einen Berg gelesener Bücher zu sehen. Sie roch deren vergilbte Seiten noch, als sie schon durch die nächsten Bilder flog: Dùn Èideann mit ihren windschiefen Häusern. Die einsame Gasse, in der sie gerade noch gestanden hatte. Und schließlich sie selbst, tanzend, frierend, lachend an Augustus' Seite.

Es waren Augustus' Erinnerungen, die wie funkelnde Sterne vor ihr lagen – all jene, die er auf seinem Weg durch die Dunkelheit verloren hatte. Sie hatten nichts von ihrer Kraft verloren. Hell leuchteten sie in der Finsternis und wiesen Ophelia den Weg.

Ophelia stieß sich vom Boden ab. Ihr Gesang strömte als gewaltige Kraft durch sie hindurch, und zum ersten Mal seit langer Zeit fühlte sie wieder, wie es war zu schweben. Mit ausgebreiteten Armen glitt sie neben Tiberius dahin, tauchte in Augustus' Erinnerungen ein und spürte ihn im ganzen Körper: den Gesang der Nacht, der die Dunkelheit erhellte.

Erst, als die Erinnerungen blasser wurden, verlangsamte Ophelia ihren Flug. Sie empfand sie deutlich, die Kälte, die auf einmal in ihnen steckte, und obwohl sie liebend gern noch weiter in all die Farben eingetaucht wäre, glitt sie nun aus ihnen heraus. Mit einem letzten Ton ihres Gesangs ließ sie die Lichter erlöschen.

Tiberius flog auf ihre Schulter, die plötzliche Finsternis machte dem Raben zu schaffen. Ophelia jedoch lächelte.

Denn sie konnte sie noch immer hören, diese leise, sanfte Stimme, die sie inmitten der Dunkelheit gefunden hatte und die nun in ihren Gedanken flüsterte.

Augustus Pinlin war ganz in ihrer Nähe.

36

Die Ruine der Schatten

Ophelia und Tiberius blieben stehen. Vor ihnen hatte sich die Dunkelheit grau verfärbt. Es sah aus, als würde die Sonne aufgehen, nur dass das Licht auf einen Bereich inmitten der Finsternis beschränkt blieb. Ophelia schlich sich näher heran. Es war eine Ruine. Vereinzelt ragten zerbrochene Türme aus den Trümmern. Die Mauerreste waren schwarz. Ophelia wechselte mit Tiberius einen Blick. Ohne Frage hatte Arion diesen Ort geschaffen – die Ruine der Schatten als Schauplatz seines Triumphs.

Tiberius verstärkte den Druck seiner Krallen, als Ophelia in die Ruine hineinhuschte. Sie verstand, dass er sie warnen wollte, und er hatte recht damit. Augustus' Stimme war in ihren Gedanken lauter geworden, aber nicht nur er war ihnen ganz nah. Ophelia konnte auch Arion spüren. Wie ein eisiger Hauch strömte seine Präsenz über ihre Haut. Sie nickte Tiberius zu. Von nun an mussten sie noch vorsichtiger sein.

Sie gaben keinen Laut von sich, als sie sich geduckt

durch die Trümmer bewegten. Ophelia kam sich vor wie ein Tier in einem feindlichen Wald. Da ging ein Wispern durch das Zwielicht. Schnell zog sie sich hinter ein Mauerstück zurück. Tiberius presste die Flügel an den Körper, als könnte er sich so dünner machen. Ophelia spähte durch einen Spalt in der Mauer. Gleich darauf tauchten zwei Schatten hinter einer zerbrochenen Säule auf.

Sie waren Ophelia so nah, dass sie nur die Hand hätte ausstrecken brauchen, um sie zu berühren. Ihre Umhänge strichen flüsternd über die Steine. Kurz fürchtete Ophelia, die Schatten würden zu ihnen herübersehen und sie entdecken. Doch dann schlugen die Jäger eine andere Richtung ein.

Ophelia wartete, bis sie aus ihrem Blickfeld verschwunden waren, und setzte ihren Weg fort. Tiberius hockte wie eine kleine gefiederte Salzsäule auf ihrer Schulter. Nur sein Herz hämmerte gegen ihren Hals und machte einen Satz, als auf einmal eine Stimme durch die Ruine hallte. Ophelia konnte die Worte nicht verstehen, aber jede Silbe strich wie ein wärmender Schauer über ihren Leib.

Augustus.

Eilig kletterte sie über die Trümmerteile und spähte über ein Mauerstück. Dahinter lagen die Überreste eines Raumes, der wohl einmal das Herz der Festung gewesen war. Die Steine waren kunstvoll verziert und der Boden wurde von Mosaiken bedeckt. Auch hier lagen überall Gesteinsbrocken herum und vereinzelt strichen Schatten über umgestürzte Säulen. Doch Ophelia nahm sie kaum wahr. Ihre ganze Aufmerksamkeit lag auf Augustus, der in einiger Entfernung an einem schwarzen Felsen lehnte. Magische Fesseln hielten seinen Körper aufrecht, blutige Striemen bedeckten sein Gesicht. Sein Kopf war auf seine Brust gesunken. Er wirkte so leblos, dass sie fröstelte.

Tiberius grub seine Krallen in ihre Schulter, und das keine Sekunde zu früh. Ophelia duckte sich und lugte vorsichtig an der Mauer vorbei. Sie erkannte einen dunklen Schemen.

Arion.

Auch er hatte Wunden davongetragen. Sein Umhang war teilweise zerrissen, sein Haar hing ihm in Strähnen ins Gesicht. Aber zwischen seinen Fingern knisterten die Reste eines Zaubers, mit dem er Augustus offenbar bis eben zugesetzt hatte. Und als er lachte, hörte Ophelia nicht den Hauch von Schwäche in seiner Stimme. Sie biss die Zähne aufeinander. Früher war sie bei diesem Lachen in Ehrfurcht erstarrt. Jetzt konnte sie es kaum noch ertragen.

Dicht vor Augustus blieb Arion stehen und ließ seinen Zauber beiläufig erlöschen. »Alter Narr. Wie lange willst du dieses Spiel noch spielen?«

»Es ist *dein* Spiel«, entgegnete Augustus, ohne den Kopf zu heben. »Meinetwegen können wir es gern beenden.«

»Du weißt, was dafür nötig ist«, sagte Arion. »Verrate mir das Geheimnis des Amuletts, und du bist ein freier Mann.«

»Das Geheimnis des Amuletts«, wiederholte Augustus und lachte heiser. »Als ob du etwas von Geheimnissen verstehst. Du begreifst ja nicht einmal deine eigene Waffe, sonst wüsstest du, was mit ihr los ist.«

An der Art, wie Arion die Schultern spannte, konnte Ophelia seinen Zorn erkennen. »Sie ist in Menschenhand geraten«, gab er zurück. »Und wie alles, was ihr in die Finger bekommt, wurde sie verdorben.«

»So verdorben kann sie nicht sein, wenn sie sich weigert, dir zu dienen«, erwiderte Augustus. Er lächelte, doch nur kurz. Dann wurde er von einem Hustenanfall geschüttelt.

Ophelia sah mit Schrecken, dass er Blut spuckte.

»Du bist am Ende«, meinte Arion. »Nicht mehr lange, und ich werde alle deine Geheimnisse sowieso erfahren. Dein Schutzzauber flackert schon, er wird mich nicht ewig aus deinem Schädel fernhalten. Du weißt das. Gib auf und sichere dir den Rest deiner armseligen Existenz. Du musst nicht an diesem schwarzen Felsen zugrunde gehen, an dem das Blut deines Volkes klebt.«

Ophelia ballte die Hände zu Fäusten. Arion hatte keine Mühen gescheut, die Ruine der Schatten so wirklichkeitsgetreu wie nur möglich nachzubilden – jenen Ort, an dem die Fae sich einst blutig an den Menschen rächten. Es würde ihm ein Vergnügen sein, Augustus gerade hier zu besiegen, das konnte sie spüren. Aber so weit würde es nicht kommen.

Arion sagte noch etwas, doch sie achtete nicht länger auf seine Worte. Stattdessen behielt sie zwei Schatten im Auge, die sich nicht weit entfernt zwischen den Trümmern herumtrieben, und schlich sich näher an Augustus heran. Hinter einer rissigen Mauer hielt sie inne. Die Schatten konnten sie in diesem Versteck nicht sehen. Wenn Arion kurz abgelenkt würde, konnte sie zu Augustus hinüberlaufen, sich hinter dem schwarzen Felsen verbergen und seine Fesseln lösen.

Es brauchte nicht mehr als einen Blickwechsel mit Tiberius, damit der Rabe ihren Plan verstand. Er spähte zu den Schatten hinüber, die vor einem Mauerrest innehielten, und fixierte dann Arion, der gerade davon redete, wie schwach die Menschen seit jeher waren. Dann breitete Tiberius die Flügel aus und glitt lautlos davon.

Ophelia zählte die Sekunden. Sie starrte Arion an, als könnte sie ihn so dazu bringen, sich abzuwenden und ihren Weg zu Augustus frei zu machen. Er lächelte, als würde er sich über ihren Gedanken amüsieren. Da klang ein Poltern durch die Ruine. Arion wandte sich ab. Er gab seinen Schatten ein Zeichen, nach der Ursache des Lärms zu suchen, drehte Ophelia den Rücken zu – und sie zögerte nicht. Rasch kletterte sie auf Augustus zu und fiel hinter dem schwarzen Felsen auf die Knie.

Sie lauschte auf das Wispern der Schatten und hörte Arions Stimme, der sich offenbar mit einem seiner Schergen unterhielt. Dann huschte sie seitlich am Felsen vorbei.

Augustus bewegte sich nicht, als er sie bemerkte. Aber über sein Gesicht flammte ein Wechselspiel der Empfindungen: Erstaunen, Schmerz – und Dankbarkeit. Ophelia schaute über ihre Schulter. Arion war noch immer ins Gespräch vertieft. Schnell drehte sie sich wieder zu Augustus um. Sie durfte keinen Laut von sich geben. Tröstend legte sie die Hand auf seinen Arm und erschrak.

Blitzlichtartig schossen Bilder durch ihren Kopf: Augustus und Arion auf dem Flug durch die Dunkelheit. Augustus mit brennenden Händen, die sich um Arions Kehle legten. Arion, der einen grellen Zauber auf Augustus schleuderte. Augustus, der sich blutend an die Stirn griff. In rascher Folge erlebte Ophelia die Szenen des erbitterten Kampfes, den die beiden Magier sich geliefert hatten, bis Augustus an diesem Felsen gelandet war. Er stöhnte, als hätte auch er das alles gerade noch einmal gefühlt. Ophelia verstärkte den Druck ihrer Hand. Augustus hatte getan, was er konnte. Jetzt war sie an der Reihe. Sie musste ihn befreien. Und genau das würde sie tun.

Sie berührte die Fesseln, aber sofort fuhr ein stechender Schmerz durch ihre Finger. Sie zog die Hand zurück. Arion hatte all seine Kunstfertigkeit für diesen Zauber genutzt. Offenbar fürchtete er Augustus doch mehr, als er zugab. Eiskalt strömte die Erkenntnis durch Ophelias Schädel: Sie konnte die Fesseln nicht lösen, die Magie darin war zu stark.

Aber da sah Augustus sie an. Und für den Bruchteil

einer Sekunde war der tanzende Funke in seinem Blick zurück, der eines ganz deutlich machte: Augustus Pinlin war noch lange nicht am Ende. Unmerklich nickte er zu Arion hinüber und fixierte das Amulett, das dieser um den Hals trug. Ophelia verstand: Mit dem Schmuckstück würde Augustus sich befreien können. Sie wollte sich gerade zurückziehen, als eine Hand auf ihre Schulter niedersauste.

»Welche Überraschung«, sagte eine Stimme hinter ihr. »Wen haben wir denn da?«

37

Tänzer aus Sternenlicht

Ophelia fuhr herum. Obwohl sie die Stimme gleich erkannt hatte, erschrak sie, als sie in Cairons Gesicht schaute.

Der Schatten lächelte gnadenlos. »Ich wusste, dass wir uns noch einmal wiedersehen würden«, sagte er. »Aber ich hätte nicht gedacht, dass es so schnell passiert. Offenbar bist du noch dümmer, als ich dachte.«

Mit einem Schlag war Ophelias Entsetzen wie weggewischt. »Immerhin stinke ich nicht nach Kobold«, gab sie zurück. Sie sah den Zorn in Cairons Augen aufflammen und wollte noch mehr erwidern, doch da hörte sie ein Krächzen. Ein weiterer Schatten sprang über eine der Mauern, er hielt Tiberius in den Händen. Der Rabe hackte nach den Fingern seines Gegners, ohne sie zu treffen, und flatterte hilflos mit den Flügeln. Gleichzeitig packte Cairon wieder Ophelias Schulter, gerade dort, wo sie verwundet worden war. Der Schmerz ließ sie zusammenzucken. Seine Finger waren eiskalt, als er sie grob an Augustus vorbeischob, geradewegs auf Arion zu.

Der Magier drehte sich zu Ophelia um, als hätte er die ganze Zeit über gewusst, dass sie da war. »Sieh an«, sagte er mit seinem leisen Lächeln. »Die kleine Fee. Hast du es tatsächlich geschafft, die Dunkelheit zu durchqueren? Es ist kaum vorstellbar, wenn man bedenkt, wie du noch vor Kurzem in ihr herumgetorkelt bist.«

Am liebsten hätte Ophelia ihm ins Gesicht gespuckt. »Die Zeiten ändern sich«, erwiderte sie. »Noch vor Kurzem habe ich geglaubt, mit dir den großartigsten Fae aller Zeiten vor mir zu haben. Und jetzt weiß ich, dass du nur ein arroganter Mistkerl bist.« Sie hoffte inständig, dass Tiberius ihren Hinweis verstanden hatte. Aber sie kam nicht dazu, ihn anzusehen. Denn jetzt grub Cairon seine Finger so tief in ihre Schulter, dass sie aufschrie. Arion lachte.

»Und was nun?«, fragte er amüsiert. »Willst du mich herausfordern?«

»Nein«, presste Ophelia zwischen den Zähnen hervor. »Ich will dich besiegen!« Blitzschnell ließ sie ihren Körper erschlaffen, genau so, wie sie es von Walter in seinen Kampfkunstlektionen gelernt hatte. Sie entwand sich dem eisernen Griff und stieß Cairon ihren Ellbogen in den Magen. Keuchend krümmte er sich zusammen, und da hackte Tiberius mit voller Wucht in den Finger seines Peinigers. Der Schatten stieß einen Wutschrei aus, Arion drehte sich um. Aber er bemerkte den Raben zu spät. Mit lautem Krächzen schlug Tiberius ihm die Flügel ins Gesicht, schloss die Krallen um das Amulett und riss es Arion vom Hals. Pfeilschnell schoss Tiberius auf Ophelia zu … und doch nicht schnell genug.

Arion streckte die Hand nach ihm aus und traf ihn mit einem unsichtbaren Hieb. Tiberius trudelte gefährlich nah zu drei Schatten hinüber. In letzter Sekunde fing er seinen Flug ab und jagte wieder in Ophelias Richtung. Doch erneut traf ihn ein Schlag und beförderte ihn gegen eine Mauer. Hektisch flatterte er mit den Flügeln, als die Steine sich unter Arions Ruf auflösten.

Ophelia erkannte die Furcht in Tiberius' Augen, als die Dunkelheit hinter ihm aufloderte. Die verfluchten Schatten kamen auf ihn zu. Er saß in der Falle. Schon setzten seine Verfolger zum Sprung an – und da ging ein Flackern durch Tiberius' Blick. Ophelia hatte es schon einmal gesehen, damals, als er sich gegen die Krähen behauptet hatte. Und sie wusste, dass sie sich nicht geirrt hatte. Tiberius war ein Krieger und ein Meisterdieb noch dazu. Jetzt schoss er in die Höhe, gerade als die Schatten sich vorstürzten – und stob mitsamt dem Amulett in die Dunkelheit hinein.

Arions Befehl war nicht mehr als ein Zischen, doch die Schatten stürmten dem Raben sofort nach. Auch Ophelia setzte zum Sprung an. Sie musste Tiberius beistehen, sie musste das Amulett an sich bringen und …

Da schallte ein Ton durch die Luft, der sie taumeln ließ. Es war ein Klang jenseits der Vorstellungskraft, und er türmte eine Mauer direkt vor ihr auf. Ophelia prallte dagegen und begriff, was ihren Schädel gerade mit donnernden Klängen füllte.

Arion sang.

Es war ein Gesang von vollendeter Grausamkeit, ein Gesang, der von Finsternis erzählte und Leere und Einsamkeit, ein Gesang voller Schrecken – und voller Schönheit. Arion schickte seine Stimme kalt und erhaben durch jeden Stein der Ruine, und er entfachte die Dunkelheit zu Schemen, die rings um Ophelia auftauchten: Schatten, unzählige davon, geschaffen aus tiefster Nacht.

Ophelia blieb keine Zeit für Entsetzen. Die Schatten stürzten auf sie zu. Atemlos schickte sie ein flackerndes Feuer in ihre Hände, und als ein Schatten sie packte, schlug sie ihm mit beiden Fäusten vor die Brust. Er ließ von ihr ab, ihr Feuer verbrannte seine Haut wie Papier – nur um gleich darauf zu erlöschen. Der Schatten setzte zum Sprung an. Ophelia rannte vor ihm davon und spürte Arions Lachen in jedem Ton seines düsteren Liedes. Er spielte mit ihr, mehr nicht. Verzweifelt wich sie einem Schatten aus, nur um zwei weiteren in die Arme zu laufen. Einer von ihnen traf Ophelia an der Schläfe, schwer atmend schlug sie am Boden auf.

Arions Schritte klangen in ihr wider und für einen Moment verwandelte sein Gesang sich in das spöttische Gelächter der Lehrer, dem Ophelia in der Akademie begegnet war, immer dann, wenn sie bei einer Lektion versagt hatte. Jeder Ton bedeutete dasselbe: Sie war zu schwach, sie war lächerlich, sie war … Mitten in diese Gedanken hinein ballte Ophelia die Hände zu Fäusten. Sie war eine Dunkle Fee.

Entschlossen stemmte sie sich in die Höhe. Arion hatte sie erreicht, jetzt streckte er die Hand nach ihr aus, um sie an der Kehle zu packen. Aber da öffnete sie den Mund und begann ebenfalls zu singen, so laut, dass seine Hand von den Klängen beiseitegeschlagen wurde. Sie konnte sich nicht erinnern, je einen solchen Triumph gefühlt zu haben wie jetzt, da Arions Gesang vor Überraschung erzitterte.

Er taumelte rückwärts, getrieben von Ophelias Stimme, und er starrte sie an, als könnte er nicht glauben, dass sie es wagte, in seiner Gegenwart zu singen, in seiner Ruine der Schatten, die er aus der Dunkelheit geformt hatte. Ophelia spürte den Hass in diesen Mauern, die Verzweiflung und die elende Erstarrung, die Arion über alles gelegt hatte. Aber die Dunkelheit gehörte ihm nicht, das empfand sie mit jedem Ton, der über ihre Lippen kam. Und es lag mehr in ihr als endlose Finsternis.

Arion ließ seinen Gesang aufbranden wie eine Antwort auf Ophelias Gedanken. Eisig legten sich seine Töne um ihre Kehle. Doch gleichzeitig wurde auch ihre Stimme lauter, und da zischte ein silbernes Licht von hinten heran und traf Arion an der Wange.

Ophelias Stimme erreichte ungeahnte Höhen, als ein

blutiger Striemen in Arions Fleisch sichtbar wurde. Gleichzeitig tauchten noch mehr silberne Lichter auf, hoch über ihr wie Sterne am Firmament. Sie jagten durch die Dunkelheit zu ihr herab und wuchsen, kaum dass sie auf dem Boden auftrafen, zu silbernen Schemen heran. Ophelia schickte den Regen in ihre Stimme, und die Schemen wurden zu Tänzern aus Sternenlicht, die sich den Schatten entgegenstellten. In geschmeidigen Bewegungen wichen sie deren Angriffen aus, fassten sie an den Händen und wirbelten sie herum.

Ophelia spürte mit aller Macht, was sie waren: Erinnerungen all jener, die einst in diesen Mauern gestorben waren. Gelächter lag in diesen Schemen, Freude und Tränen – die Tränen von Menschen und Feen, die einander so ähnlich waren wie die Figuren, die sie nun bildeten. Sie alle waren ein Schimmer in der Finsternis. Sie alle waren Tänzer, geformt aus Sternenlicht.

Ophelia huschte an den Tänzern vorüber. Sie hatte Arion im Gewühl aus den Augen verloren. Wenn sie schnell war, konnte sie sich in die Dunkelheit stürzen und Tiberius suchen. Aber Licht und Schatten bewegten sich um sie herum wie ein wellenschlagendes Meer. Jedes Mal, wenn sie einen Kämpfenden berührte, flammten Szenen der Vergangenheit um sie auf: Bilder voller Sehnsucht und voller Schrecken.

Ophelia wollte sich gerade auf einen Mauervorsprung retten, als eine besonders helle Szene um sie entstand:

zwei Kinder in einem Meer aus Blüten. Ihr Gesang erzitterte, als sie sich daran erinnerte, wo sie dieses Bild schon einmal gesehen hatte. In Arions Palast.

Der Schrei war so markerschütternd, dass er Ophelias Gesang in Fetzen riss. Es war Arions Stimme, die die Luft erfüllte, doch sein Gesang hatte jede Schönheit verloren. Brutal war er nun wie ein Krieger mit blutigem Schwert, und ebenso gewaltsam brach er über die Ruine herein. Brüllend zerschlug er die meisten Tänzer und Schatten wie Figuren aus Glas. Und da stürzten die Mauern ringsherum ein.

Ophelia fiel auf die Knie. Die Steine unter ihr splitterten und durchzogen sich mit Rissen. Sie sah Augustus, der noch immer gefesselt, aber mit festem Blick zu ihr herüberschaute. Dann gab der Boden unter ihr nach und sie stürzte in die Tiefe.

38

Der Schrei eines Menschen

Ophelias Augen fanden keinen Halt. Alles, was sie fühlte, war der Wind in ihrem Haar – und gleich darauf eine seltsame Stille.

Sie fiel nicht mehr, sie schwebte nun. Und als eine durchdringende Kälte ihre Wangen streifte, begriff sie, dass sie in einem Käfig war: einem Käfig aus Finsternis, den Arion um sie geschlossen hatte.

»Kleine Fee«, sagte Arion sanft. Er schien ganz in ihrer Nähe zu sein, denn sie hörte seine Stimme dicht an ihrem Ohr. »Du musst dich nicht fürchten. Diese Dunkelheit, die du nun siehst, ist die einzige, die wirklich mächtig ist. Es gibt keine Farben mehr in ihr, keine Lichter, noch nicht einmal mehr Schatten. Sie ist vollkommen. Und deswegen ist sie so stark, dass es nur eines Flüsterns bedarf, um dich den Verstand verlieren zu lassen.«

Ophelia wusste, dass er recht hatte. Sie konnte es spüren, wenn sie nur in diese Schwärze schaute, und sie schauderte, so hilflos fühlte sie sich. Auf einmal kam sie sich so klein und verloren vor, dass sie fast dankbar war, als Arion weitersprach.

»Ich kann dich retten«, flüsterte er. »Ich kann dir geben, was du dir so lange gewünscht hast: die Macht über die Dunkelheit. Folge mir. Lass die Farben hinter dir und erlebe, wie es ist, keine Angst mehr zu kennen, wenn du die Dunkelheit betrittst, und das aus einem einzigen Grund: weil keine Dunkelheit der Welt tiefer ist als jene, die du in dir trägst. Du hast gezeigt, wie stark du sein kannst, aber du bist auf einem Irrweg. Wirf deine Gaben nicht weg … für einen Menschen.«

Das letzte Wort strich durch Ophelias Haar und ließ sie frösteln. Sie versuchte, Augustus' Bild vor ihre Augen zu zwingen, doch es gelang ihr nicht.

»Du hast mit der Dunkelheit gespielt«, fuhr Arion fort. »Aber du hast keine Ahnung, was sie ist. Denn in Wahrheit spielt die Dunkelheit mit dir. Wenn du sie nicht beherrschst, wird das auf ewig so weitergehen. Und eines Tages wird sie dich verschlingen. So wie deinen Bruder.«

Ophelia schaute in die Dunkelheit, und sie spürte noch einmal den Schwindel und die Angst, die sie, seit sie denken konnte, begleiteten, wenn sie in dieser Finsternis war. Sie fühlte die schwarzen Wellen über ihrem Kopf zusammenschlagen, hörte all die schrecklichen Klänge, die sie fast wahnsinnig gemacht hatten, und breitete die Arme aus. Sie fiel nicht, rief sie sich ins Bewusstsein. Sie schwebte. Sie holte tief Luft, und da strömte die Dunkelheit in sie hinein, mit all ihrer Kraft und Stille. Furcht und Schwindel waren verschwunden, und ebenso jedes andere Gefühl. Es gab nur noch Finsternis und sonst ... *nichts* ...

Dieses Wort streifte durch ihre Gedanken und schickte einen Schmerz durch ihren Leib, so heftig, dass Ophelia zusammenfuhr. Und da stieg die Musik in ihr auf, die Arion mit seiner Dunkelheit gelähmt hatte, all die Töne, die in Ophelia darauf warteten, entfacht zu werden – der Gesang der Nacht, der darauf brannte, die Dunkelheit in Himmel oder Hölle zu verwandeln. Ophelia schauderte angesichts seiner Kraft, und sie spürte eines ganz deutlich: Niemals würde sie die Farben aufgeben, die für diesen Gesang nötig waren. Ein Lächeln glitt über ihre Lippen, als sie ein Geräusch hörte, sacht wie in einem Traum.

»Vielleicht hast du recht«, flüsterte sie und sah Arion in all der Finsternis ins Gesicht. »Vielleicht werde ich wirklich eines Tages in die Dunkelheit stürzen und alles verlieren, was ich bin.« Sie hielt inne. »Aber nicht heute Nacht. Und noch eins: Mein Bruder ist nie in die Dunkelheit gefallen, denn er konnte fliegen. Der Einzige, der in die Dunkelheit stürzte, warst du!«

Sie spürte noch das Erstaunen, das Arion die Sprache verschlug. Dann begann sie zu singen, so laut, dass die Töne wie farbige Lichter durch die Dunkelheit glitten. Erneut drang das traumwandlerische Geräusch zu ihr – und ihr Gesang jagte ihm entgegen und hüllte es ein.

Ein Schrei war es, der sich nun in ihre Töne mischte, der Schrei eines Raben. Donnernd schlug er Arion entgegen, der rückwärts gegen seinen Kerker taumelte. Risse zogen sich durch seine Finsternis, als hätte sie tatsächlich Mauern. Arion stürzte durch den Spalt in der Wand. Und sein Gefängnis zerriss.

Ophelia kam auf einer weiten Ebene auf. Erst auf den zweiten Blick erkannte sie, dass es die Reste der Ruine der Schatten waren, von einem Meer aus Blumen durchsetzt. Augustus war noch immer an den Felsen gefesselt. Ophelia rannte auf ihn zu. Ihr Gesang erfüllte die Ruine. Sie konnte den Flügelschlag auf ihrer Haut spüren, und da tauchte Tiberius aus der Dunkelheit, verfolgt von Cairon und seinen Schatten. In seinen Krallen hielt er das Amulett der Nacht.

Ophelia streckte die Hand nach ihm aus. Gleißend hell brachen ein paar verbliebene Sternentänzer aus den Trümmern und stellten sich den Schatten entgegen. Schwarze und silberne Flammen durchzogen die Finsternis, jedes Mal, wenn die Gegner aufeinanderprallten, und etliche Schatten verwandelten sich in helles Licht. Als Cairon einen der Tänzer am Arm ergriff, zog sich der Glanz über seine Finger und seine linke Hand wurde zu einer Hand aus Silber.

Ophelia hatte Augustus fast erreicht, als eine donnernde Stimme sich ihrem Gesang entgegenstellte. Sie fuhr herum und sah, wie Arion über sie hinwegraste. Er packte einen ihrer Sternentänzer an der Kehle. Knisternd verwandelte dieser sich in einen Schatten, und als Arion ihn durch die Luft schleuderte, wurde er zu einem Schwarm kreischender Krähen. Die Töne fuhren Ophelia wie scharfe Krallen ins Gesicht und sie schrie auf, als Tiberius in den Schwarm geriet.

Doch der Rabe ließ das Amulett nicht los. Wie wild hackte er um sich und schaffte es aus dem Schwarm heraus. Er schoss auf Ophelia zu, die ihre Stimme noch einmal aufbranden ließ. Glühende Rabenkrallen gruben sich in Arions Gesicht, Ophelia sprang hoch in die Luft und ergriff das Amulett noch im Fallen.

Arions Gesang tobte um sie herum, aber Ophelias eigene Stimme wühlte sich durch seine Töne wie ein Schwimmer durch ein aufgepeitschtes Meer. Sie rannte auf Augustus zu und presste das Amulett auf seine Brust. Sie sah noch, wie ein warmer Glanz durch seine Augen ging. Dann schlang sich etwas um ihren Hals.

Ehe sie wusste, wie ihr geschah, wurde Ophelia zurückgerissen. Ihr Gesang brach ab, die Sternentänzer zerbarsten in tausend Scherben. Sie griff nach der magischen Fessel, mit der Arion sie zu sich heranzog. Eiskalt strömte seine Magie durch ihren Körper und sie meinte schon, die Besinnung zu verlieren, als ein gleißendes Licht sie traf. Sie wandte den Blick – und da sah sie Augustus.

Das Amulett auf seiner Brust erstrahlte so hell, dass Ophelia die Augen zusammenkneifen musste. Fauchend stürzte das Licht sich auf seine Fesseln und zerfetzte sie so gewaltsam, dass Funken durch die Luft stoben. Ophelia spürte die Hitze dieses Lichts auch durch ihre Fessel jagen. Es lag mehr darin als Magie, mehr als alle Zauber der Welt. Und es kannte keine Grenzen.

Im nächsten Moment war sie frei. Arion schrie auf vor Schmerz. Sein Gesang stürzte in sich zusammen, und als Ophelia sich umdrehte, bemerkte sie das Blut, das über seine Hände strömte. Er taumelte, als wäre er wie sein Zauber zerrissen worden. Doch seine Augen standen in wildem Feuer. Grollend ertönte sein Gesang erneut, und mit einem gewaltigen Satz sprang er auf Augustus zu.

Ophelias Stimme raste ihm nach. Sie schlang sich um die Scherben ihrer Sternentänzer, riss sie in die Höhe und ließ sie erglühen, sodass sie Arion blendeten. Und da mischte sich Augustus' Stimme mit ihrer. Grollend rief er die Scherben zu sich und umfing sie mit dem Licht des Amuletts. Und gerade, als Arion wie ein Todesengel auf ihn niederstürzte, riss Augustus das Amulett empor. Ophelias Stimme wurde eisklar, als das Amulett zerbrach. Farben von unnennbarer Schönheit strömten daraus hervor – und schossen mit den Scherben der Sterne durch Arions Brust.

Wie in Zeitlupe flog er rücklings durch die Dunkelheit und kam mit beiden Füßen auf.

Für einen Moment stand er nur da, die linke Hand vor die Brust gepresst, die rechte erhoben, teils abwehrend, teils drohend. Dann taumelte er nach vorn und sank auf die Knie.

Aus dem Augenwinkel sah Ophelia, dass es seinen Schatten ebenso erging. Cairon und die anderen schwankten und brachen zusammen, als wären auch sie verwundet worden. Ihr Blick jedoch lag nicht auf Arion, sondern auf dem Wirbel aus Licht und Farben, zu dem das Amulett der Nacht sich gewandelt hatte. Er funkelte, als er vor Arion innehielt, und Ophelia riss die Augen auf, als er sich zu einer Gestalt formte: einer Gestalt mit wehendem Haar und mit einem klugen, leisen Lächeln auf den Zügen.

Philomena.

Ophelia eilte zu Augustus hinüber. Sie griff seine Hand, und als er ihre Finger umfasste, begriff sie, was geschehen war: Philomena war nach ihrem Kampf gegen Arion nicht gestorben, wie er geglaubt hatte – nicht gänzlich. Ihre Seele hatte im Amulett der Nacht ausgeharrt, um es zu schützen. Und nun war sie wieder frei.

Arion sah mit seltsamem Staunen in den Augen zu ihr auf. Ophelia rechnete damit, dass Philomena ihn niederstrecken würde für das, was er ihr angetan hatte. Aber sie lächelte nur, als sie sich zu ihm hinabbeugte. Ein Licht entstand in ihrer Hand, und darin war ein Bild zu erkennen. Es zeigte zwei Kinder in einem Meer aus Blüten.

Ohne ein Wort zu sprechen berührte Philomena Arions Wange. Das Bild glitt wie ein goldener Schimmer über seine Haut und sammelte sich in seinen Augen, und als das Lachen der Kinder erklang, schauderte er. Arion wirkte so verwundbar, dass er Ophelia fast fremd erschien, und sie hielt den Atem an, als eine Träne über seine Wange lief: golden wie ein Sonnenstrahl in der Finsternis.

Arion saß nur da, hingegeben an das Bild, das er gerade gesehen hatte. Dann erlosch das Licht. Im selben Augenblick breitete Arion die Arme aus und schrie. Nichts mehr hatte seine Stimme nun noch von dem Gesang, der gerade so erhaben und kalt durch die Ruine gegangen war. Jeder Ton barg den Schmerz eines Vaters, der seine Kinder verloren hatte. Arions Schrei klang fast wie der Schrei eines Menschen.

Seine Stimme brach ab und hallte durch die Finsternis wie ein nicht enden wollendes Echo. Gleichzeitig überzog sein Körper sich mit Rissen, ebenso wie die Leiber seiner Schatten. Und im selben Moment, da Arions Schrei ganz verklungen war, brachen sie in einem gewaltigen Tosen auseinander.

Ophelia duckte sich in Augustus' Arm, so heftig zerrte der Sturm an ihr, der sich gleich darauf wieder legte. Sie richtete sich auf und rechnete damit, die zerbrochenen Körper der Schatten zu sehen und irgendwo zwischen ihnen den zerrissenen Körper Arions. Doch die Ruine war leer.

Arion und seine Schatten waren verschwunden.

39

Philomena

»Zum Teufel noch eins«, krächzte Tiberius und landete auf Ophelias Schulter. »Und da behaupte noch mal einer, ich wäre zu dick! Jedenfalls nicht zu dick, um den Tag zu retten, haha!«

Ophelia drückte ihn an sich, so fest, dass er nach Luft schnappte. »Du bist eben ein Krieger, genau, wie ich gesagt habe. Und ein Held bist du obendrein.«

Tiberius reckte stolz den Kopf. »Ja, ich gebe zu: Die Aktion, dem Herrn der Dunkelheit das Amulett der Nacht vom Hals wegzustehlen, war nicht schlecht. Die Krähen werden nie wieder den Schnabel aufreißen, wenn sie davon erfahren. Ich wusste es ja immer schon: Die Motivation muss stimmen, das ist alles. Wobei du auch nicht übel warst. Und Augustus ist ganz schön aus sich rausgekommen für seine alten Tage. Ganz zu schweigen von …« Er brach ab und Ophelia folgte seinem Blick.

Augustus hatte sich ein paar Schritte von ihnen entfernt und schaute Philomena entgegen, die nun in flirrendem Silberlicht auf ihn zutrat. Erhaben hatte sie gewirkt, als sie Arion gegenübergestanden hatte. Aber als sie nun vor Augustus innehielt, liefen Tränen über ihr Gesicht und sie lachte dabei wie ein Kind.

Ophelia schluckte. Philomena war ihr schon vorher überaus eindrucksvoll erschienen. Doch erst jetzt, lachend und weinend in einer Ruine, konnte sie sich nichts Schöneres und Stärkeres mehr vorstellen als sie.

Augustus nahm ihr Gesicht in beide Hände. Auch er weinte, und als sie sich küssten, umhüllte sie das Licht mit den schönsten Farben, die Ophelia sich denken konnte. *Ich war zu schwach, um sie zu beschützen,* ging Augustus' Stimme durch ihren Sinn. *Bei all meinem Wissen war ich eben doch nur ein jämmerlicher Mensch.* Ophelia lächelte. Augustus hatte sich geirrt. Er hatte Philomena sehr wohl beschützt, in all der Zeit, in der sie im Amulett ausgeharrt hatte … mit jeder Farbe, die jetzt in die Finsternis flog. Diese Kraft hatte Ophelia gefühlt, als das Licht aus dem Amulett geströmt war. Es war die Liebe, die nun die Dunkelheit erhellte – die Liebe, die grenzenlos war und stärker als jede Finsternis.

Langsam kamen Augustus und Philomena zu ihnen herüber, und Ophelia stellte fest, dass sie seltsam nervös war, als sie Philomenas Blick begegnete.

»Darf ich euch vorstellen«, sagte Augustus. »Tiberius, stärkster Rabe, der mir je begegnet ist. Philomena, die Liebe meines Lebens.«

Tiberius verbeugte sich höflich. »Es ist mir eine Ehre und eine Freude, endlich die Frau kennenzulernen, von der wir jetzt schon so viel gehört haben. *So* viel, dass es fast ein bisschen *zu* viel wurde. Aber nur fast.«

Philomena lachte. »Es freut mich, dich kennenzulernen«, erwiderte sie. »Und ich hätte mir keinen besseren Rabenkrieger in diesem Kampf vorstellen können als dich.«

Hätte er keine Federn gehabt, hätte Ophelia geschworen, Tiberius erröten zu sehen.

»Und dies ist Ophelia«, fuhr Augustus fort. »Ich behaupte nicht zu viel, wenn ich sage, dass ich keinen Schritt dieses Abenteuers ohne sie gegangen wäre. Sie ist eine Dunkle Fee, wie sie sein sollte – und mehr als das. Viel, viel mehr als das.«

Ophelia erwiderte seinen Blick, und als sie den Glanz in seinen Augen sah, verschwamm auf einmal sein Bild vor ihr. Verlegen fuhr sie sich über die Wangen. Farbige Schlieren blieben an ihren Fingern haften.

»Ophelia!« Philomena ergriff ihre Hände. »In all den Jahren hatte ich so gehofft, dass Augustus dich finden würde – eine Fee, die diese Bezeichnung verdient. Ich danke dir dafür, dass du an seiner Seite warst. Eure Freundschaft ist etwas ganz Besonderes und ich bin dir so dankbar, dass Augustus sie erleben durfte.«

»Das bin ich auch.«

Die Stimme umtoste sie wie ein Sturm. Auf einmal zog

sich die Dunkelheit zurück und sie fanden sich hoch oben auf dem *Arthur's Seat* wieder – gerade dort, wo die wahre Ruine der Schatten stand.

Ophelia kniff die Augen zusammen, als sie die Gestalt erkannte, die über den Berg auf sie zukam.

»Ist das die Möglichkeit«, murmelte Tiberius. »Der Herr des Schwarzen Zirkels.«

40

Eine richtige Dunkle Fee

Ophelia brachte kein Wort über die Lippen. Demetrius' Gestalt erschien ihr unwirklich hier oben auf dem Berg, und doch wurde ihr Mund bei seinem Anblick vor Ehrfurcht staubtrocken. Seit ihrer ersten Begegnung war das so gewesen. Jedes verfluchte Mal hatte sie zu ihm aufgesehen wie ein kleines Kind, und genauso fühlte sie sich auch jetzt, als er wenige Schritte von ihnen entfernt stehen blieb. Aber da war noch ein anderes Gefühl in Ophelias Bauch. Ein Gefühl, das sie daran hinderte, sein Lächeln zu erwidern.

»Endlich habe ich euch gefunden«, sagte er und schaute von einem zum anderen. »Es war schwer, auf den richtigen Wegen zu bleiben. Euer Kampf hat die Dunkelheit in Aufruhr versetzt. Und ich bin mir sicher, dass das schon sehr bald auch für die Anderwelt gelten wird. Denn ihr habt sie vor großem Unheil bewahrt – einem Unheil, das kaum jemand kommen sah. Ihr seid die Helden der Stunde.«

Vor noch nicht allzu langer Zeit hätte Ophelia sich

über ein Lob aus Demetrius' Mund so sehr gefreut, dass sie vor Begeisterung in die Luft gesprungen wäre. Jetzt allerdings rumorte es in ihrem Inneren und sie ertrug es kaum, ihm in die Augen zu schauen.

»Augustus Pinlin.« Demetrius trat auf Augustus zu. »Ich kannte deinen Meister. Es gibt wenige Menschen, die es schaffen, in der Anderwelt eine Legende zu werden. Er gehörte dazu – ebenso wie du.«

»Es war nie meine Absicht, eine Legende zu sein«, sagte Augustus. »Aber dem berühmten Demetrius gegenüberzustehen, ist ein lang gehegter Wunsch gewesen. Ich las von deinen Abenteuern als Krieger und bin noch immer beeindruckt von deiner Stärke, innerlich wie äußerlich. Es wäre sicherlich ein Vergnügen gewesen, Seite an Seite mit dir zu kämpfen.«

Ophelia sah es genau, das füchsische Flackern in Augustus' Augen.

Doch Demetrius erwiderte dessen Blick regungslos. »Ja«, meinte er leise. »Es wäre mir eine Ehre gewesen.« Damit wandte er sich an Philomena.

Sie stand da, als erwartete sie einen Angriff: den Kopf leicht geneigt, die Augen wachsam auf Demetrius gerichtet.

Ophelia musste daran denken, was Augustus ihr erzählt hatte. *Philomena war stets eine Ausgeschlossene. Unter den Menschen war sie eine Fee. Und unter den Feen war sie ein Mensch. Ihr Volk hat ihr immer klar gemacht, wo ihr Platz ist.*

»Kind der Feen.« Demetrius' Stimme war so sanft, als stünde tatsächlich ein Kind vor ihm. »Oder sollte ich sagen: Kind der Menschen?«

Philomena betrachtete ihn kühl. »Mir wurden viele Namen gegeben von euch Feen. Ich habe mir immer meine eigenen gesucht.«

Demetrius nickte. »Du hast es nie leicht gehabt, in keiner deiner Welten. Aber du konntest dir deine Stärke bewahren, allen Widerständen zum Trotz, und du hast bewiesen, dass es nicht darauf ankommt, zu welchem Volk man gehört. Sondern nur darauf, wer man im Inneren ist. Ich weiß, dass du vielen dadurch eine Lektion erteilt hast. Und ich nehme mich nicht aus.« Er neigte vor ihr den Kopf, und Ophelia sah, wie Philomenas Maske von ihren Zügen fiel. Niemals hätte sich in früheren Zeiten ein Leiter des Schwarzen Zirkels vor einer halben Fee verbeugt oder mit einem Menschen so gesprochen, wie Demetrius zuvor mit Augustus geredet hatte. Philomena lächelte unmerklich, als sie seinen Blick erwiderte, und Ophelia zog die Arme um den Körper. Am liebsten hätte sie dieses nagende Gefühl in ihrem Bauch zum Teufel geschickt und Demetrius wieder in den sagenumwobenen Fae verwandelt, der er einst für sie gewesen war. Doch sie konnte es nicht. Auch dann nicht, als Demetrius vor Tiberius stehen blieb.

»Tiberius«, sagte er und der Rabe hob überrascht den Kopf. »Ja, ich kenne deinen Namen. Wie sollte ich ihn nicht kennen? Du bist weithin als Schrecken der Krähen bekannt.«

»Tatsächlich?«, fragte Tiberius geschmeichelt.

Demetrius nickte. »Und du wirst noch weitere Namen bekommen nach heute Nacht, da bin ich mir sicher. Die Namen eines Helden.«

Tiberius reckte stolz die Brust. »Ich erwarte sie voller Spannung.«

Demetrius verstärkte sein Lächeln, ehe er sich an Ophelia wandte und es bis auf eine leichte Ahnung zusammenschmolz. »Ophelia Nachtgesang. Du hast deinem Namen alle Ehre gemacht. Und ich habe nie daran gezweifelt, dass du genau die Richtige für diese Aufgabe warst. Du hast meine Zeichen gekonnt gedeutet und deine Stärken erkannt, wie ich es immer vorausgesagt habe. Und du hast gesiegt.«

»Dann war all das also wirklich geplant«, presste Ophelia hervor, ohne ihn anzusehen. »Du hast gewusst, dass Arion hinter Adámas steckt, und du wolltest, dass Augustus und ich ihn besiegen. Wobei ich mich frage, warum du ausgerechnet mich in dieses Abenteuer geschickt hast. Weil ich kein großer Verlust für die Feenwelt gewesen wäre?« Ophelias Wut pochte in ihren Schläfen.

Demetrius sagte kein Wort. Und wie immer schaffte er es mit seinem Schweigen, dass sie den Kopf hob und ihn ansah. Er betrachtete sie mit stillem Ernst. »Nein!« Betroffenheit schwang in seiner Stimme mit. »Im Gegenteil. Ich kenne kaum eine Fee, um die ich stärker geweint hätte als um dich.«

Diese Worte kamen so überraschend, dass Ophelia nichts erwidern konnte. Sie blickte Demetrius nur an. Die Gedanken in ihrem Kopf überschlugen sich, bis nur noch zwei übrig blieben. Demetrius, der Herr des Schwarzen Zirkels, hätte beinahe geweint. Um sie.

Er bemerkte ihre Verwirrung und lächelte. »Tränen sind das Leben«, meinte er leise. »Ich wünschte, ich hätte mehr davon in mir. Ich weinte viele um deine Eltern und um deinen Bruder. Du hast recht, es war kein Zufall, dass ich dich für dieses Abenteuer auswählte. Oder besser: Es wäre keine andere Fee dafür infrage gekommen. Nur eine Fee, die trotz ihrer magischen Kraft Mitgefühl empfinden kann, die weinen und lachen und verzweifeln kann, war in der Lage, Augustus Pinlin auf seinem Weg zu begleiten und den sogenannten *Herrn der* Dunkelheit zu besiegen. Nur du, Ophelia. Du bist eine wahre Nachtgesang. Und es war mir Heilung und Balsam zugleich, dich auf deinen Wegen zu sehen – zu erleben, mit welcher Kraft du dich gegen die eisigen Regeln der Akademie gewehrt hast. Wir sind Feen. Es ist leicht, in die Kälte zu fliehen und jeden Schmerz hinter uns zu lassen, und ich will ehrlich sein: Für die meisten von uns ist es nötig, um mächtige Magie wirken zu können. Deswegen verwahren sich so viele von uns gegen Feen wie dich. Denn du erinnerst uns daran, was wir verloren haben. Ich jedoch möchte diese Erinnerung niemals missen. Und ich bin mehr als erleichtert, dass du aus dem Kampf gegen Arion siegreich hervorgegangen bist.«

Ophelia presste die Zähne aufeinander. Demetrius' Worte hatten ihre Wut fast besänftigt, aber jetzt loderte sie wieder auf, und sie bemühte sich nicht mehr, sie zurückzuhalten. »Es war verdammt knapp«, brachte sie hervor. »Wir wären fast draufgegangen, denn Arion war verflucht stark. Du wusstest, wer er ist. Du hast uns sogar einen Hinweis gegeben, wie wir das Amulett der Nacht an uns bringen können. Warum hast du uns nicht geholfen, jetzt, als es hart auf hart kam?«

Demetrius schwieg. »Du bist noch sehr jung«, sagte er dann. »Wäre ich noch der Krieger von einst, hätte ich nicht gezögert. Doch nun bin ich alt und der Herr über den Schwarzen Zirkel, was bedeutet, dass ich die Verantwortung trage für unser Volk. Es mag dir anders erscheinen, aber der Zirkel ist kein Zusammenschluss von Feen mit derselben Weltsicht, wie ich sie habe. Viele stehen Arion sehr nah, auch im Rat des Lichts übrigens. Es war schwer für mich, ihm unbemerkt auf die Schliche zu kommen. Ich konnte nicht offen agieren, sonst hätte ich einen Krieg zwischen den Feen riskiert, bei dem es nur Verlierer gegeben hätte. Und den habe ich schon einmal erlebt. Nie, niemals wieder will ich solche Schrecken ertragen.«

Ophelia konnte nichts erwidern. Sie schaute Demetrius

nur an, in dessen Augen Szenen lang vergangener Zeit aufloderten: Feen, die auf endlosen Schlachtfeldern aufeinander zustürmten, die Gesichter hassverzerrt, und Himmel voller Rauch und Glut. Auf einmal fühlte sie, dass Demetrius recht hatte, mit allem, was er gesagt hatte, vor allem mit diesem: Sie war tatsächlich noch sehr jung.

»Ich kann deine Wut verstehen«, fuhr Demetrius fort. »Doch selbst ungeachtet all dieser Punkte wäre ich euch in diesem Kampf keine Hilfe gewesen. Und das liegt nicht nur daran, dass der Zenit meiner kriegerischen Kräfte seit Langem hinter mir liegt. Ihr habt Arion nicht besiegt, weil ihr besonders mächtige Zauber gewirkt habt oder besonders trickreich wart im Kampf. Ihr habt ihn in die Knie gezwungen, weil ihr das wart, was er nicht sein konnte, und weil ihr von Anfang an Seite an Seite standet: eine Fee und ein Mensch.« Er sah zu Tiberius hinüber, der ein enttäuschtes Krächzen ausgestoßen hatte, und lächelte. »Und ein Rabe, natürlich.« Dann wurde er wieder ernst. »Arion und seine Schergen sind verschwunden, aber ich gehe jede Wette ein, dass wir ihnen nicht zum letzten Mal begegnet sind. Sie werden wieder versuchen, die Welten in ihre Finsternis zu hüllen. Und umso dankbarer bin ich, wenn ich euch ansehe. Philomena hat es soeben gesagt: Eure Freundschaft ist etwas ganz Besonderes. Und auch ich bin froh, sie erleben zu dürfen. Sie ist ein Schimmer der Hoffnung für die Zukunft unserer Welten.« Seine Worte schwebten in der feierlichen Stille, die sich über sie legte.

Ophelia schaute zu Augustus hinüber, der ihren Blick auffing. Sie erwiderte sein Lächeln, und für einen Moment spürte sie noch einmal die Glut in ihrem Leib, als er sie in der Dunkelheit übertölpelt hatte. Nie im Leben hätte sie gedacht, dass dies der Startschuss hätte sein können für ein Abenteuer wie dieses – und eine Freundschaft, die sie niemals vergessen würde.

»Ich kam hierher, um euch das alles zu sagen«, meinte Demetrius. »Doch das war nicht der einzige Grund.« Er sah Ophelia direkt an, und auf einmal kam sie sich wieder vor wie im Schwarzen Zirkel, wenn sie kurz davor gestanden hatte, einen Tadel zu hören.

Aber Demetrius lächelte. »Keine Sorge«, sprach er weiter. »Ich habe nicht vor, dich gleich ins nächste Abenteuer zu schicken. Wobei man es schon als Abenteuer bezeichnen könnte, was nun kommen kann.«

Tiberius legte den Kopf schief. »Ich verstehe gar nichts«, flüsterte er Ophelia zu, lauter als erwartet, sodass Demetrius ihm einen Blick zuwarf und der Rabe verlegen krächzte.

»Du hast dich nicht grundlos in dieses Abenteuer begeben«, fuhr Demetrius an Ophelia gewandt fort. »Du wolltest dich einer Dunklen Fee als würdig erweisen, um in den Schwarzen Zirkel aufgenommen zu werden. Entspricht das noch immer deinem Wunsch?«

Ophelia schluckte. Auf einmal hörte sie ihr Blut in ihren Ohren rauschen. »Nein.« Sie spürte alle Blicke auf sich, aber als sie dieses kleine Wort aussprach, wusste sie, dass es die richtige Antwort gewesen war.

Demetrius schaute auf sie herab. »Du überraschst mich immer wieder. Willst du denn nicht in die Bibliothek der Finsternis gehen können? Oder dunkle Zauber lernen dürfen?«

Ophelia sah ihn an. »Doch, das will ich. Und ich habe alles getan, um eine richtige Dunkle Fee zu sein und in den Zirkel aufgenommen zu werden. Ich habe gedacht, dass ich anders sein muss, als ich in Wahrheit bin. Jetzt weiß ich, dass ich richtig bin – genau so, wie ich eben bin, auch wenn ich bunte Tränen weine, oder vielleicht gerade deshalb. Und ich passe nicht in den Schwarzen Zirkel. Dort würde ich alles verlieren, was mir wichtig ist. Alles, was ich bin.«

Für einen Moment war es totenstill. Flüchtig schaute Ophelia zu Augustus hinüber, und als sie sein Lächeln bemerkte, breitete sich Wärme in ihr aus. Ganz egal, welche Folgen ihre Entscheidung für sie haben würde, jetzt oder später: Sie war es wert gewesen.

»Ich verstehe«, sagte Demetrius. »Unter gewöhnlichen Umständen würde das bedeuten, dass dir der Zugang zu all den Geheimnissen unseres Volkes verwehrt bleiben würde.« Er hielt inne. »Aber dies sind keine gewöhnlichen Umstände. Kennst du die Legenden um die Freien Feen?«

»Ich kenne ein paar Lieder und Geschichten«, erwiderte Ophelia. »Die Freien Feen sollen sehr mächtig sein und sich keinem Bündnis unterwerfen, sondern stattdessen frei für sich leben – abseits der großen Zusammenschlüsse der Feen. Manche Barden singen davon, dass diese Feen eine Flamme auf der Stirn tragen, unsichtbar natürlich, die ihnen den Weg über alle Grenzen erlaubt.« Sie hob die Schultern. »Ehrlich gesagt habe ich die Freien Feen immer für ein Märchen gehalten.«

Demetrius lächelte unmerklich. »Märchen sind eine Erfindung der Menschen. Die Freien Feen gibt es tatsächlich. In früheren Zeiten waren sie zwar zahlreicher als heute, aber immer noch leben einige mitten unter uns. Ich glaube fast, dass du eine von ihnen vor Kurzem getroffen hast.«

Für den Bruchteil einer Sekunde flammte ein tiefes Mitternachtsblau durch seine Augen und Ophelia hielt den Atem an, als der Name der uralten Fee durch ihre Gedanken strich. *Morgana.*

Demetrius nickte, als hätte er diesen Namen auch gehört. »Nur die stärksten Feen unseres Volkes ertragen ein Leben in völliger Freiheit«, sagte er. »Nur die wenigsten wählen eine Existenz jenseits unserer Bündnisse. Denn die Gemeinschaft gewährt auch Schutz, trotz all ihrer Regeln. Doch ich weiß, dass ein Leben im Schwarzen Zirkel all das ersticken würde, wofür du jetzt einstehst, und wer bin ich, dass ich das begrüßen würde? Gleichzeitig aber wäre es ein großer Verlust für dich und auch für unser Volk, deine Gaben an den Grenzen verkümmern zu sehen, die sich im Augenblick noch um dich schließen.« Er hielt inne. »Aus diesem Grund gestatte ich dir, als freie Dunkle Fee zu leben – mit allen Farben, die du in dir hast. Ist es das, was du willst?«

Ophelia stand reglos da, doch in ihrem Inneren brach das reinste Chaos aus. All die Geschichten über die Freien Feen zogen durch ihre Gedanken, sie erinnerte sich an die Lieder voller Einsamkeit über die Feen, die jenseits der Gemeinschaft lebten, und an die Gefahren, die die Anderwelt für sie bereithielt. Aber inmitten all der Bruchstücke, inmitten des Sturms, in den Demetrius' Frage sie geworfen hatte, glühte ein unangreifbares Gefühl. *Frei,* flüsterte eine uralte Stimme in Ophelias Kopf, und sie hörte noch einmal Morganas Worte: *Du solltest dich niemals anders fühlen.*

»Ja«, sagte Ophelia. »Das will ich.«

»Dann tritt vor«, forderte Demetrius sie auf.

Tiberius flatterte von ihrer Schulter und Ophelia folgte Demetrius' Worten. Dicht vor ihm blieb sie stehen. Sie erinnerte sich daran, wie sie einander zuletzt so nah gewesen waren: auf den Runen des Schwarzen Zirkels, kurz bevor die anderen eingetroffen waren. Es war noch nicht lange her, doch es kam Ophelia vor wie eine Ewigkeit. Auf den Runen war Demetrius sichtlich erschöpft gewesen, genauso wie jetzt. Aber nun war die Sorge in seinem Blick einem Schimmer der Zuversicht gewichen. Mit fließender Bewegung erschuf er eine silberne Flamme in seiner Hand. Sie flüsterte, als er sie vor Ophelias Stirn hob.

»Ophelia Nachtgesang«, verkündete Demetrius feierlich. »Du hast dich einer Dunklen Fee mehr als würdig erwiesen und hohe Verdienste zugunsten unseres Volkes errungen. Aus diesen Gründen wird es dir erlaubt, als Freie Fee zu leben. Von nun an stehen dir alle Geheimnisse unseres Volkes offen.« Mit diesen Worten führte er die Flamme über Ophelias Stirn. Zuerst spürte sie nur einen kühlen Schauer. Doch gleich darauf loderte die Flamme auf, und Ophelia sah nichts mehr als gleißendes Licht. Sie verlor den Kontakt zum Boden. Kopfüber stürzte sie in den Glanz hinein und hörte eine Stimme um sich aufbranden. Es war Demetrius, der für sie sang, und gleichzeitig nahm sie die unterschiedlichsten Gerüche wahr. Verbranntes Papier. Tinte auf Pergament. Feuer und Eis. Sie hörte geflüsterte Zauber und spürte, wie Demetrius' Gesang ihren Körper durchströmte, ebenso wie ihre Gedanken. Es war, als würde er bisher verborgene Tore für sie aufschließen, und sie sog die Luft ein, so tief sie nur konnte. Es war die Bibliothek der Finsternis, die sie roch, es waren die dunklen Zauber, die sie hörte, und überschäumende Freude stieg in ihr auf, als sie begriff, was das bedeutete. Beides war ihr nicht länger verschlossen. Die Mauern waren gefallen.

Das Licht um sie erlosch und sie stellte fest, dass sie noch immer an Ort und Stelle stand. Aber Demetrius schaute mit leisem Lächeln auf sie herab, Augustus neigte stolz vor ihr den Kopf, Philomena nickte ihr zu und Tiberius krächzte so hingegeben, wie er es sonst nur angesichts eines vollen Blaubeerstrauchs tat. Ophelia fasste sich an die Stirn. Noch immer fühlte sie die Kühle der silbernen Flamme, die Demetrius auf ihre Haut gelegt hatte – die Flamme der Freien Feen.

Der kühle Hauch war kaum wahrnehmbar, doch Ophelia zuckte dennoch zusammen, als sie ihn spürte.

Tiberius erging es nicht anders. Rasch flog er auf ihre Schulter, und auch Demetrius wandte wachsam den Kopf. Philomena hingegen schaute in die Richtung, aus der der Hauch gekommen war, und ein Sehnen ging durch ihren Blick, als hätte eine weite Ferne ihren Namen gerufen. Augustus sah zu Ophelia herüber, und ihre Kehle zog sich zusammen, als sie begriff, dass es das Reich des Todes war, das Philomenas Seele nun zu sich rief.

Langsam trat Demetrius auf Philomena zu. »Eine Kriegerin, wie du es bist, braucht meine Begleitung nicht«, sagte er. »Und vermutlich würdest du den Weg ohnehin allein finden. Aber es wäre mir eine Ehre, noch etwas länger in deiner Gesellschaft zu sein. Und es wäre mir ein Vergnügen, für dich zu singen.«

Philomena lächelte. Sie umarmte Augustus noch einmal und küsste ihn. Dann hakte sie sich bei Demetrius ein. Sie hob die freie Hand zum Abschied, Ophelia erwiderte den Gruß noch, als Demetrius längst seinen Gesang erklingen ließ. Betörend beschwor er die Dunkelheit herauf, und im nächsten Moment war er mit Philomena darin verschwunden.

Augustus holte tief Atem. Er hatte Philomena losgelassen, wieder einmal. Doch nicht für lange. Bald schon würden sie wieder vereint sein.

41

Hand in Hand

Die Sonne hob sich in glühenden Farben über den Horizont. Rot, Orange und Violett entzündeten den Himmel und die Strahlen fluteten wie flüssiges Gold über die Dächer der Stadt bis zur alten Eiche.

Die Blätter flüsterten, als würden sie die Wärme spüren, und Ophelia sog die Luft ein. Sie schaute nicht hinüber zur Sonne. Sie beobachtete das Spektakel in Augustus' Augen, der neben ihr hoch oben in den Zweigen saß. Und eines stand außer Zweifel: Noch nie zuvor hatte sie so einen wunderschönen Sonnenaufgang gesehen wie diesen.

»Was für ein vollkommener Abschied«, sagte Augustus leise. »Was für ein vollkommener Moment.« Er schaute auf seine Hand, an der ein goldener Schimmer aufglomm. Oscar hatte unter der Eiche auf sie gewartet. Er war auf sie zugerannt und Augustus in die Arme gesprungen, und der alte Magier hatte Oscar an sich gedrückt wie damals als Kind.

Ophelia sah noch einmal den dunklen Schemen Morganas vor sich, die im Schatten des Baumes gestanden und unmerklich vor Augustus den Kopf geneigt hatte, ehe sie verschwunden war. Und sie erinnerte sich daran, wie Oscar zu einem goldenen Licht geworden und in Augustus hineingeglitten war. Augustus hatte gelächelt wie jetzt, da er seine Hand betrachtete. Oscar war in seine Gedanken zurückgekehrt.

»Ja«, krächzte Tiberius, der neben ihm auf einem Ast hockte. »Ein wirklich schöner Abschied. Abgesehen davon, dass Abschiede so ziemlich das Schrecklichste sind, was ich mir vorstellen kann. Vor allem, wenn sie für immer sind.«

»Für immer ist ein großes Wort«, erwiderte Augustus. »Rechnet stets mit einem Augustus Pinlin, meine Freunde.«

Tiberius legte den Kopf schief. »Ich hätte nicht gedacht, dass ich das mal sage. Aber du wirst mir fehlen, alter Knabe.«

»Es ist schön, das zu hören«, erwiderte Augustus. »Vor allem aus deinem Schnabel. Und mir wird es mit dir genauso gehen, bis … nun, bis zuletzt.« Er holte tief Atem, die Farben des Sonnenaufgangs waren verglüht. »Wir sollten gehen.«

Wortlos kletterten sie den Baum hinunter und landeten auf der Wiese. Nebel zog über die Gräser und hüllte alles in einen geheimnisvollen Schleier.

Tiberius krächzte kläglich auf Ophelias Schulter. »Ich wünschte, ich könnte euch begleiten. Aber …«

»… aber das kannst du nicht«, unterbrach ihn Ophelia. »Und das weißt du auch. Dem Weg zum Totenreich dürfen die Lebenden nicht folgen, wenn ihnen ihr Leben lieb ist – es sei denn, sie sind Dunkle Feen. Ihr müsst euch jetzt verabschieden.«

Tiberius zögerte. Dann beugte er sich vor und sacht, kaum merklich, rieb er seinen Kopf an Augustus' Brust.

»Nanu«, sagte Augustus. »Weinst du etwa?«

»Dummer alter Mann«, erwiderte Tiberius. »Raben weinen doch nicht.«

Und sie sahen einander schweigend an, das Lächeln des einen im Blick des anderen gespiegelt. Dann breitete Tiberius die Flügel aus, und ohne sich noch einmal umzudrehen flog er durch den Nebel davon.

Ophelia wandte sich Augustus zu und bemerkte, dass eine rote Flamme in seiner Hand loderte. Unwillkürlich hielt sie den Atem an. Ihre Magie fühlte sich so warm an, dass sie schauderte. Noch vor Kurzem hätte sie Augustus die Flamme sofort aus der Hand gerissen. Aber jetzt stand sie nur da und betrachtete die flackernde Glut wie ein kostbares Geheimnis.

»Eine so kleine Flamme«, flüsterte Augustus. »Und doch birgt sie so viel Kraft in sich. Ich hatte sie nun lange genug. Jetzt wird es Zeit, dass sie nach Hause zurückkehrt.«

Ophelias Mund war staubtrocken. Sie sehnte sich nach ihrer Magie, aber gleichzeitig wusste sie, was das bedeutete: Im selben Moment, in dem Augustus die rote Flamme überreichte, gab es kein Zurück mehr. Er würde die magischen Kräfte verlieren und wieder zu einer verblassenden Seele werden … einer Seele, die nicht mehr in diese Welt gehörte.

»Kleine Fee«, sagte Augustus sanft. »Es ist in Ordnung. Ich habe mir deine Magie nur geliehen und jetzt gebe ich sie dir zurück. Ich hatte nie etwas anderes vor. Du brauchst nicht zu zweifeln, ob diese Entscheidung richtig ist. Es ist der einzige Weg. Und tief in deinem Inneren weißt du das auch.«

Ophelia nickte. Ohne ein Wort zu sprechen neigte sie den Kopf. Da hüpfte die Flamme über Augustus' Finger. Sie drehte eine Pirouette, als wollte sie sich von ihm verabschieden, und als er lächelte, sprang sie zu Ophelia hinüber. Kurz glühte sie auf ihrer Stirn. Dann schoss sie als gleißender Strom durch ihre Glieder, erfüllte ihre Gedanken und hob sie ein Stück weit in die Höhe. Ophelia breitete die Arme aus. Sie hatte vergessen, wie es sich anfühlte, so leicht zu sein, und sie sog die Luft tief in ihre Lunge. Sie fror nicht mehr, als der Wind ihr ins Haar griff. Sie war wieder ganz.

Augustus hingegen hatte sich verändert. Sein Körper war in den Nebel hinabgesunken, und als seine Seele sich aufrichtete, war sie durchscheinend. Das rote Feuer war aus seinen Augen verschwunden, und wie er dastand in seinem Morgenrock, die Schultern hochgezogen und das Haar in alle Richtungen abstehend, wirkte er wie das Abbild eines schwachen alten Mannes. Doch dann lächelte er als der Wolf, der er noch immer war, und Ophelia griff nach seiner Hand. Sie fühlte sich kühl an wie ein Nebelstreif und ebenso flüchtig, und Ophelia schauderte, als ein Kältehauch über sie hinwegstrich. Sie musste nicht den Blick wenden, um den Raureif zu sehen, der wie eine lautlose Mahnung über den Boden zog. Sie wusste auch so, was das bedeutete. Dieser Frost war ein Ruf aus weiter Ferne. Und er ließ sich nicht länger vertrösten. Sacht strich sie über Augustus' Hand.

»Bist du bereit?«, fragte sie leise.

Augustus nickte. »So bereit, wie man nur sein kann.« Er zögerte. »Aber lass mich nicht los.«

Ophelia erinnerte sich daran, wie sie ihn um dasselbe gebeten hatte – vor einem Tag oder hundert Jahren auf dem Turm der Camera Obscura, als sie im Regen getanzt hatten.

»Ich dich loslassen?«, erwiderte sie und schüttelte den Kopf. »Niemals.«

Er lächelte und sie drückte seine Finger. Für einen Moment standen sie einfach da, Hand in Hand. Dann gingen sie hinüber in die Dunkelheit.

42

Der glühende Pfad

Ophelia spürte das Zittern, das Augustus durchlief. Nie zuvor hatte er die Dunkelheit so gesehen – ohne verborgene Zauber in den Händen und ohne ihre Magie im Leib. Hilflos und verloren kam er sich nun vor, genau so, wie auch Ophelia sich gefühlt hatte bis zu dem Tag, da sie ihn getroffen hatte. Er hatte ihre Angst durchbrochen. Er hatte ihr gezeigt, wie viel mehr es jenseits ihrer Vorstellung gab, und welche Schönheit gerade dort wartete, wo man sie nicht vermutete. Er hatte ihr die Dunkelheit zum Geschenk gemacht. Und jetzt würde Ophelia dasselbe für ihn tun.

Ihr Gesang war sanft wie ein Frühlingsahnen. Er erfüllte die Dunkelheit mit Schleiern aus Gold und Silber, die wie auflodernde Zauber umeinander herumstrichen. Ophelia fühlte, wie Augustus' Anspannung bei diesem Schauspiel nachließ, und da verwandelte sie die Schleier in die Stube eines Magiers. Ophelia formte ein Feuer aus ihnen, einen Tisch und mehrere Stühle, und als der Duft der Kräuter sie umflog, sog Augustus die Luft ein. Sie spürte seine Erwartung, als sich die Schleier zu einem Zauber über dem Feuer sammelten – und hörte sein Lachen, als sie die Magie zu flüssigen Farben zerbrechen ließ. Binnen eines Wimpernschlags sprühten sie über den Tisch, die Wände, den Boden und die Decke, und als Augustus' Lachen in ihr widerklang, sah sie ihn vor sich: Augustus Pinlin, den Zauberlehrling, der in dieser Stube einst seinen allerersten Zauber gewirkt und verdorben hatte.

Die Farben flossen unter Ophelias Gesang in die Dunkelheit hinein. Eine neue Szene entstand. Dieses Mal war es ein Feld im Winter, über das der Schnee wehte, so wild, als wäre er ein leibhaftiger Tänzer. Er bäumte sich auf, wurde zu einem Riesen, einem Engel, einem Drachen, und Ophelia spürte Augustus' Freude im ganzen Körper. Vor langer Zeit hatte er diesen Schneezauber gewirkt – und nun fühlte er ihn noch einmal so deutlich, als glitten die Schneeflocken tatsächlich gerade über seine Wangen.

Behutsam führte Ophelia ihn weiter, von Bild zu Bild, von Erinnerung zu Erinnerung. Sie konnte spüren, wie sie aus Augustus hinausglitten wie Kiesel aus einem Beutel, und sie dachte daran, wie erpicht andere Dunkle Feen darauf gewesen wären, Erinnerungen dieser Art zu sammeln und für sich selbst zu nutzen. Früher hatte Ophelia das verstanden, aber jetzt kam es ihr so absurd vor, dass sie fast lachen musste. Sie war keine Dunkle Fee, die Erinnerungen stahl. Sie war eine Dunkle Fee, die Erinnerungen schenkte.

Und sie entfachte sie zu glühenden Szenen. Philomena tauchte aus der Dunkelheit auf. Fast musste Ophelia lachen, so abweisend war sie anfangs zu Augustus, nur um sich dann umso heftiger in ihn zu verlieben. Sie erschuf Oscar inmitten blühender Blumen, ließ Augustus' Meister von seinen Reisen berichten und brachte den Wind in die Dunkelheit, genau wie damals, als Augustus ihm hoch oben in den Bergen zugehört hatte.

Immer wieder blieb Augustus stehen und streckte die Hand nach den Farben aus. Doch jedes Mal, wenn er sich in ihnen verlor, hüllte Ophelia ihn in ihren Gesang der Nacht und führte ihn weiter. Es war wie ein Rausch aus Gerüchen, Gedanken und Gefühlen, den Ophelia mit ihrer Stimme beschwor, und als sie schließlich stehen blieb, gerade dort, wo die Kälte am größten war, schaute sie mit Augustus auf einen glühenden Pfad zurück.

Er reichte scheinbar endlos durch die Dunkelheit, eine Narbe des Lebens inmitten der Finsternis, und mit Ophelias letztem Ton blühten die Farben noch einmal in voller Pracht auf. Atemlos betrachteten sie den Pfad und hielten einander an den Händen. Hinter ihnen brandete die Kälte auf, aber ehe sie sich umdrehten, sahen sie einander an. Ophelia lagen so viele Worte auf der Zunge, doch als sie Augustus' Blick erwiderte, wurden sie zu einem einzigen, das wie ein silberner Stern hinaus in die Dunkelheit flog.

»Danke«, flüsterte sie und lächelte, als eine bunte Träne über ihre Wange rann. Augustus hatte dieses kleine große Wort im selben Moment ausgesprochen, und eines wusste Ophelia genau: keine dieser Farben würde sie jemals vergessen – keine Farbe aus dem Leben von Augustus Pinlin, der ihr Freund geworden war.

Augustus nickte unmerklich und Ophelia hielt seine Hand noch ein wenig fester. Dann drehten sie sich um.

43

Nur ein neues Abenteuer

Vor ihnen lag eine schier endlose silberweiße Weite. Vereinzelt hoben sich Dünen in einen hohen Himmel, und Ophelia bemerkte erst nach einem Moment, was sie an diesem Anblick irritierte. Der Horizont verlor sich in schillerndem Licht, als wäre er gar nicht da. So oft hatte sie sich das Totenreich vorgestellt, hatte sich Bilder erschaffen oder sie aus den Beschreibungen in den Büchern der Akademie abgeleitet. Aber nie war sie auf den Gedanken gekommen, dass dieses Reich, das da vor ihnen lag, nicht in Bildern zu formen war, ganz einfach, weil es keine Grenzen hatte. Doch sie konnte es fühlen. Und zu ihrer Überraschung empfand sie weder Furcht noch Verzweiflung, sondern einen tiefen Frieden.

Sanft strich sie mit den Fingern über Augustus' Hand. Er rührte sich nicht, während er in diese Weite schaute, aber Ophelia konnte die Müdigkeit in ihm spüren und die Sehnsucht nach Philomena, die irgendwo dort draußen auf ihn wartete. Sie würden einander finden, bevor ihre letzten Erinnerungen zerbrachen, daran zweifelte Ophelia nicht.

Sacht fuhr die Kühle über Ophelias Gesicht und strich Augustus das Haar zurück. Sie hielten den Atem an. Die endlosen Dünen hatten sich nicht verändert, und doch schien es Ophelia – und sie wusste, dass es Augustus genauso ging –, als würden sie beide für einen Wimpernschlag aus dieser Weite heraus angesehen werden. Ophelia meinte, einen mächtigen Flügelschlag zu hören, und sie bemerkte im Augenwinkel, dass Augustus lächelte. Dann war der Moment vorüber und sie waren wieder allein.

»Hast du Angst?«, fragte sie leise.

Augustus legte leicht den Kopf schief. Er sah aus wie ein kleiner Junge, der über eine sehr wichtige Frage nachdachte. Dann schaute er Ophelia in die Augen.

»Angst?«, fragte Augustus mit füchsischem Lächeln. »Ach was. Das ist nur ein neues Abenteuer.«

Sein Blick wurde so prüfend, als wollte er Ophelias Gedanken lesen – als wollte er sichergehen, dass auch sie keine Angst hatte vor dem, was nun kam. Ophelia nickte unmerklich. Darauf hob Augustus die Hand und sanft, wie ein Windhauch, strich er ihr übers Haar. Ein stiller Zauber schimmerte in seinen Augen, als er die Hand sinken ließ. Dann glättete er seinen Morgenrock. Und mit einem letzten Zwinkern ging er hinein in die Weite.

Ophelia schaute ihm nach, wie er über die Dünen lief, zügig und doch staunend, als würde sich um ihn herum gerade die herrlichste Welt entfalten. Kurz war es, als würde ein goldener Schatten aus ihm hinausgleiten und ihn fröhlich umspringen. Dann stob ein neuer Windstoß Ophelia entgegen, so eisig, dass sie die Augen schließen musste. Als sie wieder hinsah, war Augustus verschwunden.

Ein Stich ging durch Ophelias Brust, aber da hörte sie noch einmal die letzten Worte, die Augustus zu ihr gesagt hatte, so klar und deutlich, als stünde er noch immer neben ihr.

Das ist nur ein neues Abenteuer, flüsterte der Wind mit Augustus' Stimme, und Ophelia lächelte.

Sie ging jede Wette ein, dass er damit recht hatte.

44

Für immer und immer

In der Vergessenen Gasse war ein Mordstrubel. Zwei Trödler hatten gleichzeitig ihre Waren reduziert, und nun prügelten sich nicht nur Trolle und Hexen um die besten Tränke, sondern auch die Trödler stritten miteinander, wer was billiger machen durfte und wer nicht. Mit anderen Worten: Es herrschte das ganz normale Chaos der dreizehnten Stunde.

Ophelia schob sich mit Tiberius auf der Schulter an ein paar Kobolden vorbei. Es war noch gar nicht so lange her, als sie so schnell wie nur möglich durch den Tumult geeilt war, um an ihr Ziel zu kommen. Aber immer, wenn sie der Impuls überkam, blitzartig an den Hexen und Trollen vorbeizupreschen, dachte sie an Augustus.

Man muss immer noch ein wenig Zeit haben, um an den Blumen zu riechen. Sonst verpasst man nämlich zu viel von dem, was wirklich wichtig ist.

Wie so oft hatte er auch damit recht gehabt. Auch wenn die Blumen in diesem Fall keifende Hexen waren.

»Du gähnst jetzt schon zum dritten Mal«, stellte Tiberius fest. »Warum?«

»Weil drei eine magische Zahl ist«, antwortete Ophelia. »Oder weil ich müde bin. Was kommt der Wahrheit wohl näher?«

Tiberius warf ihr einen Blick zu. »Müde bist du auf jeden Fall. Wenn du in den letzten Tagen nicht grübelnd in den Zweigen der Eiche gesessen hast, dann hast du wild geträumt. Sogar Hedwig und Konstantin haben sich gewundert. Nach dem, was du dabei so von dir gegeben hast, würde ich meinen, dass du eine ziemlich anstrengende Party mit Arion, Demetrius und dem Schwarzen Zirkel gefeiert hast. Ach, und Augustus war auch dabei. Und ich. Und seltsamerweise auch Dorothy.«

Ophelia gähnte noch einmal, so müde wurde sie bei Tiberius' Aufzählung. Tatsächlich hatte sie in den letzten Tagen wenig Schlaf bekommen, was vor allem mit einem Brief zusammenhing, den sie kurz nach ihrem Abschied von Augustus erhalten hatte. Und das hatte darin gestanden:

Ophelia Nachtgesang wird mitgeteilt, dass auch eine Freie Fee einen Meister haben darf.
Gezeichnet: Demetrius

Ohne jeden Zweifel hatte Dorothy den Brief geschrieben, denn sie hatte so fest aufgedrückt, dass einige Buchstaben aussahen wie Kleckse. Ophelia hatte ihre geballte Empörung durch die Zeilen hindurch spüren können – und sie hatte sie gehört, als der Brief mit einem heiseren PUFF zu Asche verbrannt war.

Zuerst hatte sie sich über diese Neuigkeit gefreut, bedeutete sie doch, dass sie sich nicht völlig allein an all die Geheimnisse heranpirschen musste, die jenseits ihrer bisherigen Grenzen auf sie warteten. Aber dann hatte sie angefangen, darüber nachzudenken. Und je länger sie das getan hatte, desto schwieriger war ihr eine Antwort auf die Frage erschienen, wer als Lehrmeister für sie infrage käme. Heute Nacht jedoch hatte sie nun eine Entscheidung getroffen. Und das fühlte sich verdammt gut an.

»Hier ist die Stelle«, sagte Tiberius und schaffte es umgehend, Ophelias Laune zu verschlechtern. »Hier hast du vor gar nicht allzu langer Zeit von Arion geschwärmt, dass es eine Freude war.«

Ophelia verdrehte die Augen. »Jeder kann sich mal irren. Oder soll ich davon anfangen, wie du aus Versehen zu viel Holunderbeersaft getrunken hast, weil du dachtest, das hilft gegen Bauchweh?«

Tiberius zog beleidigt den Kopf zwischen die Flügel. Allerdings musste Ophelia feststellen, dass er recht hatte. Tatsächlich war gleich dort vorn der koboldsche Tuchladen, von dem aus sie Arion vor wenigen Tagen erst beobachtet hatte. Es kam ihr vor, als wäre seitdem mindestens ein Jahr vergangen. Immerhin hatte sich ihre ganze Welt einmal auf den Kopf gestellt. Und nicht nur ihre.

Die Nachricht, dass Arion hinter Adámas steckte, dass er besiegt worden und seither mitsamt seiner Schatten verschwunden war, ging wie ein Lauffeuer durch die Anderwelt. Ophelia und Tiberius konnten sich vor neugierigen Barden gar nicht retten, die unbedingt die Geschichte aus erster Hand erfahren wollten, um ein Lied daraus zu formen.

In der ersten Nacht nach ihrer Rückkehr in die alte Eiche waren sogar zwei Krähendamen angekommen und hatten Tiberius schöne Augen gemacht, um vom Meisterdieb und Rabenkrieger höchstpersönlich mehr Informationen zu bekommen. Tiberius hatte sich recht schnell und ziemlich genervt in die entlegensten Baumwipfel der Stadt zurückgezogen und war in den Tagen darauf bei jedem Annäherungsversuch eines Anderwesens geflüchtet.

Ophelia hatte länger Geduld bewiesen. Etliche Schüler der Akademie waren bei ihr aufgeschlagen und sogar einige Lehrer hatten ihr Anerkennung gezollt für das, was sie getan hatte. Auch jetzt folgten ihr bewundernde Blicke, und sie hörte es genau: das Tuscheln all jener, die in ihr nun so etwas wie die Retterin der Welt sahen, obwohl sie sie noch vor Kurzem nicht einmal beachtet hätten.

Sie ist eine Nachtgesang, flüsterte es um sie herum, und es klang wie eine Auszeichnung. Vermutlich glaubten die anderen, dass Ophelia gerade zum Schwarzen Zirkel ging oder auf den Hügel der Meister, um sich einen Palast zu errichten, wie es viele berühmte Feen taten. Sie musste lächeln. All die Leute konnten ja nicht wissen, dass sie überhaupt nicht vorhatte, ihre Eiche zu verlassen, diesen heulenden Baum mit Hedwig und Konstantin, den nägelkauenden Kobolden und dem Flüstern der Blätter. Und sie würden Augen machen, wenn sie wüssten, wohin sie gerade unterwegs war. Ophelias Lächeln wurde zu einem Grinsen. Nun … früher oder später würden sie es erfahren.

Sie kaufte eine riesige Tüte mit Staubnüssen und verließ die Unterwelt. Während sie durch die einsamen Gassen der Stadt lief, musste sie an den Brief ihres Großvaters denken, der sie am Morgen erreicht hatte. Natürlich hatte auch er von den Vorkommnissen gehört. Es war ein Brief ohne Worte. Statt Buchstaben fand Ophelia etwas anderes darin: das buntgefärbte Blatt einer Eiche, von silbernem Staub bedeckt.

Unwillkürlich waren ihr die Tränen in die Augen geschossen. Es war das Zeichen der Träumer, das Mino ihr vor langer Zeit geschenkt hatte. Sie hatte nicht gewusst, dass ihr Großvater es aus den Fängen des Sturms gerettet hatte, in die Ophelia es in ihrer Trauer um Mino gelegt hatte. Ihr Großvater hatte es aufgehoben, und auf einmal hatte sie ihn vor sich gesehen: den alten Krieger, wie er das Blatt zärtlich zwischen den Fingern hielt, mit diesem sanften Glanz, den auch Augustus im Blick getragen hatte – diesem Ausdruck voller Wärme, der Ophelia schaudern ließ.

Sie lächelte, als sie an das gerahmte Bild ihres Großvaters neben ihrer Tür dachte. Heute früh hatte es ausgesehen, als würde er ihr Lächeln erwidern. Bald würde sie ihn besuchen, oben in den Highlands, bald würde sie nach Hause fahren. Aber vorher hatte sie noch etwas zu erledigen. Etwas, für das er stolz auf sie sein würde, daran zweifelte sie nicht – er, der wie sie immer seinen eigenen Weg gegangen war.

Wie in der Vergessenen Gasse herrschte auch oben auf dem Mound ein gewaltiges Durcheinander. Es war Vollmondmarkt. Die Kobolde hatten Haselnüsse und Trauben geerntet, und das bedeutete, dass der Kampf um die schmackhaftesten Stücke bereits in vollem Gange war. Überall schoben sich Anderwesen an den bunten Ständen vorüber, stopften Leckereien in Tüten oder gleich in den Mund und begegneten alten Bekannten, mit denen sie bei einem kleinen Schwatz die Gänge blockierten. Und dennoch bemerkte Ophelia die Dunkle Fee sofort.

Philippa saß auf ihrer Bank. Sie sah aus wie immer in ihren Lumpen und mit den zotteligen Haaren. Viele Marktbesucher gingen kopfschüttelnd an ihr vorüber, manche sprachen abfällig über sie und natürlich gab es auch ein paar junge Feen, die meinten, besonders lustig zu sein, wenn sie Philippa nachäfften. Ophelia erinnerte sich nur zu gut daran, wie sie vor nicht allzu langer Zeit selbst noch auf die alte Fee herabgeschaut hatte. Jetzt jedoch fiel es ihr schwer, die Lumpen und die Zottelhaare überhaupt wahrzunehmen. Dafür hörte sie viel zu deutlich die warme, raue Stimme, in der so viel Kraft lag, und sie spürte noch immer den Feuerblick auf ihrer Haut, der alles Wissen der Welt in sich barg. Jetzt jedoch schaute Philippa nicht zu Ophelia herüber.

»Scheint uns nicht bemerkt zu haben«, meinte Tiberius, aber Ophelia lachte nur.

»Sie hat uns schon bemerkt, als wir von zu Hause losgelaufen sind«, gab sie zurück und wusste, dass es so war. Sie ging auf Philippa zu und musste über die erstaunten Gesichter derer lachen, die sie dabei beobachteten. Früher war es ihr schon unangenehm gewesen, nur in Philippas Nähe gesehen zu werden. Sie hatte sich immer gefragt, warum um alles in der Welt Philippa sich ausgerechnet mitten auf den Marktplatz setzte, um mit ihren Tieren zu sprechen – gerade dorthin, wo alle sie sehen und auslachen konnten. Jetzt begriff Ophelia, dass Philippa gerade deswegen dort saß: eben weil dort so viel Trubel herrschte. Philippa hockte nicht auf der Bank, um beobachtet zu werden, sondern um ihrerseits zu beobachten.

Ophelia hatte die alte Fee fast erreicht. Aber Philippa schaute noch immer nicht zu ihr hoch. Sie sprach gerade mit einer kleinen weißen Ratte, die verständig den Kopf neigte.

Ophelia setzte sich neben sie, die Tüte mit den Staubnüssen auf dem Schoß. Und während Tiberius sich auf die Lehne hockte und neugierig zu der Ratte hinablinste, meinte Ophelia, eine feine Stimme zu hören, die all die erstaunten und verständnislosen Bemerkungen um sie herum verstummen ließ. Ihr Herz machte einen Satz, als sie begriff, dass sie gerade zum allerersten Mal in ihrem Leben die wahre Stimme einer Ratte gehört hatte, wenn auch nur sehr, sehr leise.

Sie lächelte, als sie sich an Augustus' Worte erinnerte: *Ratten beispielsweise sollen ihre wahren Stimmen nur den wenigsten Leuten offenbaren. Was ein Zeichen für ihre Klugheit ist.*

Da schaute die Ratte Ophelia an, musterte sie mit arrogantem Blick und verschwand unter der Parkbank.

Philippa lehnte sich zurück. »Ich kann dir deine Antwort gleich geben«, sagte sie, noch immer ohne Ophelia anzusehen. »Sie lautet Nein.«

Ophelia hob die Brauen. »Was? Ich …«

»Du suchst einen Meister«, unterbrach sie Philippa. »Du hast deine Sache gut gemacht, ich gratuliere dir dazu. Und es ist löblich, dass du mich mit Staubnüssen bestechen willst. Aber ich kann dich nicht ausbilden.«

»Und warum nicht? Ich habe in der kurzen Zeit bei dir so viel mehr gelernt als in all den Monaten in der Akademie und …«

»Das freut mich!« Philippa klang überraschend ehrlich. »Und ich wünsche dir, dass du einen guten Meister findest. Doch ich bin es nicht. Hast du dich nie gefragt, warum ich ausschließlich Tiere durch die Dunkelheit führe? Weil sie sich praktisch nie verirren. Sie wissen instinktiv, wohin sie gehen müssen. Ich bin nur da für den richtigen Schubs im passenden Moment. Für alles andere fehlt mir die Geduld. Ich habe genug Finsternisse gesehen in meinem langen Leben. Ich habe keine Lust, auch noch darüber zu lehren.«

Ophelia presste die Zähne aufeinander. »Dann ist es ja gut, dass ich das auch gar nicht von dir verlange.«

»Ach nein?« Philippa sah sie an, zum ersten Mal in dieser Nacht. »Sag mir die Wahrheit: Bist du gekommen, um etwas über den Tod zu lernen?«

Ophelia erwiderte ihren Blick regungslos. »Nein – aber über das Leben.«

Für einen Moment starrten sie einander nur an. Ophelia schaute in diese uralten Augen und kurz fühlte sie noch einmal den eisigen Hauch jener Fee, die unter dieser heruntergekommenen Maske lauerte. Deren Blick ging tiefer als jedes Gefühl und jeder Gedanke. Wenn sie gelogen hatte, vielleicht sogar ohne es selbst zu wissen, würde die Wahrheit jetzt ans Licht kommen. Tiberius hielt auf der Lehne den Atem an.

Da flog ein Lächeln über Philippas Gesicht. »Ophelia Nachtgesang«, murmelte sie. »Über das Leben kann ich dir in der Tat jede Menge erzählen.«

»Soll das heißen ...«, fing Ophelia an, und Philippa nickte.

»Wir haben eine spannende Reise vor uns«, sagte sie und fischte sich eine Staubnuss aus der Tüte. »Du und ich ... und der fette Rabe, denn wie ich ihn kenne, will er auch mit dabei sein.«

Tiberius plusterte sich auf. »Ich bin nicht fett«, krächzte er. »Ich habe nur ...«

Doch ehe er weitersprechen konnte, landete ein riesiger Regentropfen mitten auf seinem Schnabel. Er erschrak so sehr, dass er rücklings von der Lehne kippte, krallte sich aber gerade noch rechtzeitig fest und sauste kopfüber mehrere Male im Kreis. Es sah so lustig aus, dass Ophelia lachen musste. Philippa erging es nicht anders, und während die anderen Marktbesucher die Beine in die Hand nahmen, als der Regen richtig losging, breitete Ophelia die Arme aus.

Da saß sie nun also mit der verrückten Philippa im Regen und lachte, dass alle Leute sie ebenfalls für durchgedreht hielten. Doch das war ihr völlig egal. Der Regen fühlte sich an wie tausend Sternfunken auf ihrer Haut. Und es war ein wunderschönes Gefühl.

Als sie den Kopf zurücklegte, meinte sie, ein Lachen zu hören, verborgen im Regen. Sie holte tief Atem und schloss die Augen. Das Lachen ihrer Großmutter, ihrer Eltern und ihres Bruders klang deutlich an ihr Ohr. Und da, warm und sanft, war eine weitere Stimme.

Ophelia öffnete die Augen. Sie weinte und lachte gleichzeitig. Und ihre Tränen vermischten sich mit dem Regen – dem Regen, in dem Augustus Pinlin war.

Für immer und immer.

Schwartz, Gesa:
Ophelia Nachtgesang. Die Dunkle Fee
ISBN 978 3 522 50696 0

Covergestaltung: Alexandra Helm
Innentypografie: Eva Mokhlis, Swabianmedia, Stuttgart
Reproduktion: DIGIZWO GbR, Stuttgart
Druck und Bindung: GGP Media GmbH, Pößneck

FSC www.fsc.org MIX Papier aus verantwortungsvollen Quellen FSC® C014496

Dieses Buch wurde vermittelt durch die AVA international GmbH
Autoren- und Verlagsagentur.